女たちのアンダーグラウンド

戦後横浜の光と闇

山崎洋子

AKISHOBO

女たちのアンダーグラウンド

目次

プロローグ

地元神奈川新聞のT記者からその電話があったのは、二〇一五年の夏だった。終戦七十周年の年である。T記者は終戦記念日に向けた特集記事のため、取材に奔走していた。そして私は、その取材に同行していた。

取材先のひとつに横浜市役所が入っている。市営墓地を管轄している課を一緒に訪れ、中区にある根岸外国人墓地のことで話を聴く予定だった。

「すみません、じつはですねえ。アポイントを入れるために電話をしたら、駄目だと言われたのですよ、山崎さんが一緒だと……」

「駄目って？　どういうことですか？」

「つまり、僕一人なら取材を受けるけど、山崎さんには来てもらいたくないと……」

この日まで、T記者と一緒の取材は順調だった。取材といっても、実際、仕事をするのはT記者だけ。原稿を書くのも彼だ。ではなぜ彼が私を誘ったのかというと、今回、取材して回る場所や人は、一九九九年に出版された拙著『天使はブルースを歌う』と重なっているからだ。

一緒に回れば、当時のことなどもなんとなく聞けるかな、という思惑が、T記者にはあったのだろう。

『天使はブルースを歌う』は、横浜が生んだ人気グループサウンズ「ザ・ゴールデン・カップス」を軸に据えている。そこに米軍接収時に生まれた混血児秘話をからめた。小説やエッセイしか書いたことのなかった私が初めて手掛けたノンフィクションだ。横浜という街と、深く関わるきっかけになった作品でもある。取材と執筆で二年かかった。

二回り以上も若いT記者と一緒に、その現場を再び辿ることは、私にとっても興味深いことだった。男性の目から見たあの時代も、感想として聞かせてもらいたかった。

それでありがたくお誘いを受け、七月の暑い最中、混血児を専門に保護していた聖母愛児園、多くの混血児が密かに埋葬されたという根岸外国人墓地、英連邦加盟国の戦死者たちが眠る英連邦戦死者墓地などを、何日間かに分けて一緒に回った。

ところが、ここへ来ていきなり、私は取材先のひとつである横浜市役所から拒否されたのだ。

なんとも奇妙な気分にかられた。十八年前、これとまったく同じ台詞の電話を受けている。ただし掛けてきた相手は、『天使はブルースを歌う』を担当していた毎日新聞社の編集者だ。

あの時、根岸外国人墓地を管理していたのは衛生局だった。いまは健康福祉局という部署になっていた。役所の人たちは三年ごとくらいに部署が代わる。十八年もたっているというのに、またそっくり同じことが起きるとは想像もしていなかった。部署名や職員が代わっても、即座に拒否されるほど、私は「ブラック市民」になっているのだろうか。

　この十八年間、同じ横浜市役所の他部署からは委員や審査員の依頼を数多くいただき、それなりの貢献もしてきたつもりだったし、二〇〇九年の横浜開港百五十周年記念イベントでは、市民参加を促す組織の委員長も拝命した。市民の一人として、市役所との関係は決して悪くないはずだった。

「なぜ、私が行ってはいけないのか、理由を訊いてくれました？」

「ええ、もちろん訊きました。だけど、いやまあ、みたいな感じで、明確な答えはありませんでした」

「だったら、行ってもいいんじゃないですか？　相手は市役所なんだし、私は市民だし、なにかクレームをつけに行くわけでもないんだし」

「そうなんですけど……今回は、僕一人で行きます。向こうがそう言うのですから」

「じゃあ、私が神奈川新聞に原稿を書くということにすれば？」

「いえ、僕の一存で山崎さんに原稿依頼はできません」

「だから、ほんとうに書くわけじゃないですよ。書くということで一緒に行って、後から、やっぱり記者が書くことになったと言えばいいんじゃないですか？」

　私もちょっと苛立って、強引なことを言ってしまった。

「いえ、それは駄目です。根岸外国人墓地の真実を追求するための取材なのに、そんな嘘をつくことはできません」

あほらし、と内心で舌打ちした。若いとはいえ、もはや記者としてベテランだ。なのになにを、清らかな正義の味方のような台詞を！

私が一人で行っても、「担当者がいない」とかなんとか、適当な言い訳をして拒否されるに決まっている。だからなんとしても記者にくっついて行きたかった。私ではなく、新聞記者に役所がなんと答えるか、見届けたかったのだ。

記者にしても、役所が私に対してどんな対応をするか、見たほうがおもしろいのではないだろうか。

そう考えたのだが、これほどきっぱり断られたからには諦めるしかない。では、取材でなにか得られたら、後で教えてくださいね、とお願いして、電話を終えた。

冷静になって考えると、私の言い分は身勝手だった。『天使はブルースを歌う』を書いた時の編集者も、最初は相手が言うとおりに一人で行ったのだ。それから役所を説得し、二度目は私を同行した。

彼には、私に本を書かせるという義務があった。しかも、毎日新聞社だから、横浜市役所に対して、なんの義理も負い目もない。

一方、T記者にはまず、私に対する義務などない。おまけに地元紙だ。これまでもこの先も、行政とは持ちつ持たれつで付き合っていかなければならない。なのに私は自分のことしか考えず、相手を困らせてしまった。

後日、T記者は約束通り取材の様子を教えてくれた。が、予想通り、資料がなにも残っていないのでわからない、という返答しかなかったという。

「私のことをなぜ拒んだか、訊いていただけた？」

「訊きましたけど、いやまあ、という、電話の時と同じあいまいな返事でした。『天使はブルースを歌う』を持っていって、これ、読まれましたか、と尋ねたのですが、ぽかんとしてました。読んでないみたいですね」

T記者に対応した職員は、当然ながら十八年前と同じ人ではない。要するに、私は根岸外国人墓地に関して要注意人物である、と申し送りされているのだろう。もっと穿《うが》った想像をするなら、聞かれては困ることがあるのかもしれない。

地元新聞の記者と違って、私はまったくフリーの物書きだ。圧力も利かない。委員や審査員を務めたといっても、報酬はほんとうに交通費程度。また名誉職のようなものを、私は自分から欲しがるほうではない。つまり、私は役所と利害関係のある人間ではない。

私は自分のことを、人一倍、横浜愛の強い人間だと自認しているし、だからこそ、隅々までこの街のことを知りたいのだが、こういう対応をされるということは、役所にとって面倒くさい市民ということなのかもしれない。しかしその後、嬉しい出来事があった。

神奈川新聞は二〇一三年から「時代の正体」という、かなり骨のあるシリーズを連載している。二〇一五年には『時代の正体――権力はかくも暴走する』というタイトルで、それをまとめた本も出版された。

「「安全保障」の暴走」「抑圧の海――米軍基地を問う」「ヘイトスピーチの街で」「戦後七〇年――扇動と欺瞞の時代に」「熱狂なきファシズム」といった章タイトルが目次に並んでいる。シリーズはその後も続いており、市役所との一件があった後の二〇一五年八月十二日に、T記者が発表した記事もそのひとつだった。

新聞二面を使った大きな記事で、まずは一面が「消された〝天使〟たち『GIベビー』の実像」。

終戦後の占領下、進駐軍と日本人女性との間に生まれた混血児のことを、山手の聖母愛児園に取材したものだ。どんな事情で、どのようにして、混血孤児たちがこの養護施設に入所するに至ったかが、例を挙げて紹介されている。

そしてもう一面は、「横浜市が削除し書き換え　根岸外国人墓地GIベビー案内板」という、かなりショッキングな見出しから始まる。

一九八八年、横浜山手ライオンズクラブが創立二十周年記念として、墓地の入口に案内板を寄贈した。英語と日本語で書かれたもので、文面は山手ライオンズクラブと横浜市が協議して作成した。

それから十二年たった二〇〇〇年、市は案内板を補修した。その際、文面の「第二次大戦後に外国人軍属と日本人女性との間に生まれた数多くの子どもたちが埋葬されている」という記述を、「第2次大戦後に埋葬された嬰児《えいじ》（幼児）など、埋葬者名が不明なものも多い」と勝手に書き換えた。

市はその書き換えを黙っていた。ライオンズクラブ関係者が知ったのは二〇一五年の七月。案内板の文字がかすれていて読めないので原文を確認したところ、このことに気づいたという。

二〇〇〇年といえば、横浜市と悶着《もんちゃく》の末、ようやく「密かに埋葬された混血児たち」のための慰霊碑が、この墓地に建立された翌年だ。その時の騒動が案内板にも関係しているのは間違いないだろう。

T記者の記事によれば、これに関して、横浜市環境施設課は「山手ライオンズクラブには事前にファックスで伝えた。担当者が替わっているので、はっきりしたことはわからない」と前置きした上で、「事実かどうか確認がとれないとすると、断定的な文言をそのまま記載するのは難しい」と答えたそうだ。

記事はその後、この墓地とGIベイビーに関する秘話、さらに慰霊碑建立時になにが起きたかを、『郷土横浜を拓く』の著者、田村泰治《たいじ》さん、山手ライオンズクラブの元会長・依田成史《よだせいし》さん、そして山崎洋子のインタビューで解説している。

記事は「暗い歴史であっても受け止め、そこから未来を考えていくことが必要ではないか」という私の言葉でしめくくられていた。

私はこの記事のためのインタビューを受けた覚えはない。が、T記者に誘われ、根岸外国人墓地、聖母の園墓地（聖母愛児園と同系列）、英連邦墓地、聖母愛児園などを一緒に歩いた過程でこういうことを話したのは間違いない。

力のこもった記事だった。地元紙なのに、よくぞここまで書いたと、正直、驚いた。記事が出るまでは市役所を刺激するのはまずい。私を無理に連れていきたくなかったのも当然だ。

しかしこの出来事がきっかけになり、私はまたあらたな「横浜」への旅を始めることになった。

まずは一九九七年に遡ることが旅の第一歩である。

第一章　闇からの声

「ザ・ゴールデン・カップスを書いてみませんか」

「喪も明けないうちに……」という言い方があるが、あの時は、忌すら明けていなかった。一九九七年三月八日に、夫が亡くなり、三十日に横浜日ノ出町のシャンソニエ「シャノアール」でお別れ会。その翌日から、初めて書くノンフィクションの取材に、私は飛び回り始めたのだ。

闘病する夫はもちろんだが、介護する私もほとんど病人だった。心身だけでなく経済面もとことん疲弊し、追い詰められたあまり食事が喉を通らなくなった。夫ほどではないものの私も痩せ細り、病院へ行くと、栄養失調だと診断された。ちょうど更年期障害の出る年齢だったから、それも重なったのだろう。

毎日新聞社から書き下ろし小説を依頼されたのは、まだ夫が入院している最中だった。すでに始まっていた連載すら、中途で止めるしかなかったのに、あらたな仕事など、とても受けられない。体力も気力も枯渇している。ありがたいお話ではありますが、と丁重に断ると、それではノンフィクションを書いてみませんかと、即座にその編集者、M氏は言った。

私は大いに戸惑った。小説は創りもの、すなわちフィクションだが、ノンフィクションは実録だ。自分が取材したり調べたりしたことを、ありのままに書く。小説のための取材はもちろんしていたし、短めの人物評伝は、まとめて単行本五冊になったほど書いた。とはいえ……。

「あの……ノンフィクションといってもいろいろありますよね。どういうものを……」

「たとえば、カップスから見る戦後横浜史なんかどうですか？」

元からそういう企画が頭にあったのか、彼はすらりと言った。カップスとは、グループサウンズの全盛期に横浜から出た人気グループ、ザ・ゴールデン・カップス（以下、カップス）のことだ。

M氏は三十代半ば。かなりマニアックなタイプで、ことに音楽は、古い歌謡曲から最新のJ‐POP、ジャズ、サンバなど、なんでも詳しかった。だから、カップスという、彼の年齢にはちょっとそぐわないものが飛び出してきたのも不思議ではない。

しかし戦後史となると硬派なイメージがある。どう結び付けたらいいのか。ますます当惑顔の私をまっすぐに見つめ、M氏は続けた。

「カップスは山崎さんと同年代ですよね。メンバーは全員、横浜。しかもグループの出身は、米軍基地の町、本牧《ほんもく》じゃないですか。横浜を象徴する場所ですよ。あの時代、彼らが人気を博したのはなぜか、その後、どうなったのか、そのあたりを取材して書くことで、戦後横浜が見えてくると思うんです」

恥ずかしい話だが、またもや返答に窮した。この時たしかに、私は横浜に住んでいた。のみならず、デビュー作になった江戸川乱歩賞受賞作『花園の迷宮』は、昭和初期の横浜遊郭を舞台にしたものだ。

そういうものがあったということをたまたま知り、これまでの受賞作には使われていない題材だから、応募作として有利なのではないか、遊郭というのはもともと妖しく怪しい場所なのだから事件も起こしやすいし……と思って舞台に選んだ。

その後も横浜を舞台にした小説は書いたが、正直、この時点ではまだ、横浜の歴史に詳しいとはとても言えなかった。横浜市に住んでいるとはいえ郊外の緑区だ。いわゆる横浜のイメージとはほど遠い。知り合いも友人も、まったくと言っていいほどいなかった。

カップスにしても、「長い髪の少女」というヒット曲こそ知っているが、メンバーの顔も、ヴォーカルのデイヴ平尾くらいしか浮かんでこない。

それでも「考えてみます」と一応、頷いたのは、これまでとまったく異なることなら、やる気が出るのではないかと希望を抱いたからだ。

それが、夫が亡くなる半年ほど前のことだった。

そして、一人になってから、カップスの取材を始めたわけだが、その顚末については拙著『天使はブルースを歌う』をぜひ読んでいただきたい。これを書くことで、私はほんとうの意味で横浜と出会った。さらには、横浜の作家として、横浜の人々に認知していただけたのだ。「物語が勝手に動き出す」とは、小説のストーリーが作者の構想を超えて進み出すことを言う。これがノンフィクションになると、さらに顕著になる。取材しているうちに、思いがけない話が飛び出すからである。この時もまさにそれが起きた。

カップスのメンバーは途中で何度か入れ替わっているが、デイヴ平尾（ヴォーカル）、エディ藩《ばん》（リードギター）、ルイズルイス加部（ベースギター）、ミッキー吉野（キーボード）、マモル・マヌー（ドラムス）という、最盛期を飾った人たちにインタビューをしていくことになった。

当時、彼らはそれぞれ、ソロ活動をしていた。誰かに焦点を絞ろうと決め、リードギターだったエディ藩を選んだ。彼の実家は中華街の老舗料理店「鴻昌《こうしょう》」。中華街生まれの華僑というのが、いかにも横浜的に思えたからだ。

関内のこぢんまりしたライブハウスで、エディ藩は定期的にライブを行っていた。私はそこへ何度も通った。

後に、「山崎さんと会った頃って、男の最後の反抗期というかさ、なんかこう、世の中に背を向けてた時期だったんだよね」と彼は言ったが、じつに無愛想で、とっつきにくい相手だった。

取材を始めて間もなく、そのエディ藩から、ある夜、ライブの中休みに話しかけられた。

「山手ライオンズクラブがね、創立三十周年を記念して、根岸外国人墓地に慰霊碑を建てるんだけど、お金を集めるためのチャリティソングを頼まれて……。俺が作曲するから、山崎さん、作詞してくれませんか」

なんのことやらさっぱりわからない。山手ライオンズクラブも知らないし、根岸外国人墓地という名前も初耳だった。

「いや、俺もじつはわからない。だけど、やってるのは俺の昔からの友達だから、後で呼び出すよ。ちょっと会って」

いやもおうもない。取材を迷惑がっているとしか思えない彼が、どういう風の吹き回しか、互いの距離を縮める場を与えてくれたのだ。ライブが終わった深夜、中華街にある寿司屋で、二人の男性をエディ藩から紹介された。

一人はＹＣ＆ＡＣ（横浜カントリー＆アスレティッククラブ）の総支配人、依田成史さん。もう一人は元町の有名なフランス料理店「霧笛楼」のオーナー、鈴木信晴さん。二人は山手ライオンズクラブの会長と副会長だった。鈴木さんとエディ藩は、インターナショナルスクール時代からの幼馴染だという。

私のデビュー作は「遊郭」という、どちらかといえば横浜裏面史の世界だったが、この時、初めて、裏面史と、一口に言ってしまうにはあまりにも酷い「闇」と向き合うことになった。

横浜の外国人墓地に、その「闇」は眠っているという。

横浜には外国人墓地が四つある。一つめは観光地としても有名な、中区山手の山手外国人墓地。開港期の横浜に功績のあった外国人が埋葬されている。二つめは保土ヶ谷区にある英連邦戦死者墓地。三つめは中区大芝台の中華義荘。華僑の墓地だ。

そして四つめが、横浜の人にさえあまり知られていない根岸外国人墓地。中区仲尾台七丁目にある。面積約三千坪。

じつを言うと、私も山手ライオンズクラブのお二人に会うまで、四つめの外国人墓地のことを知らなかった。開設は明治十三年（一八八〇）。山手外国人墓地が手狭になったので、人家がまばらだったこの地を、横浜区（当時）があらたな外国人墓地として取得したのだ。京浜東北線山手駅を降り、仲尾台の坂を少し上ったところにある。

ちなみに、山手駅を挟んで仲尾台と反対側には、本牧通りへ通じる大和町商店街がある。六百メートルの長さがあるこの商店街は、見事な直線になっている。なぜこれほどまっすぐなのかというと、横浜の開港期、水田だったところをイギリス軍が借り受け、射撃場にしたからである。明治四年からは他の外国軍や日本軍も使用するようになり、明治二十年頃まで射撃場として使われていたという。

流れ弾が墓地に飛んできたらどうする、という懸念もあったようだ。そのせいかどうか、この墓地が実際に使われ始めたのは、明治三十年代半ばを過ぎてからだった。埋葬者は、一般的な意味で知名度の高い人たちではない。一九六七年（昭和四十二）まで、管理人もいなかった。墓地としての使用も、終戦後は一切許可されていない。

そこに初めて検証の目を向けたのが田村泰治さんという方である。田村さんは中区石川町という、横浜中心部で生まれ育ったハマっ子である。大学卒業後、中区、金沢区、南区、港南区の小中学校で教鞭を執り、港南区の横浜市立港南台第一中学校の校長を勤め上げた後、退職された。その後も、横浜市の郷土史編纂などに関わり、いま現在も郷土史家として活躍されている。

私は山手ライオンズクラブのお二人から田村さんの著書『郷土横浜を拓く』を教えられ、さっそく入手して読んでみた。

根岸外国人墓地は崖に沿って段々畑のようになっている。平らな部分に遺体が埋葬されているのだが、墓標はまばらだ。

田村さんは昭和四十八年（一九七三）から十四年間、崖の上にある横浜市立仲尾台中学校で教師を務めていた。そして毎日、荒れ果てて、墓参りに来る人もほとんどない墓地を見下ろしていた。

田村さんが墓地の清掃活動と調査を、ここを管理する横浜市衛生局の許可を得て、歴史研究部の部員たちと一緒に始めたのは昭和五十九年（一九八四）。草取りをしたり、倒れている墓標を立て直し、きれいに拭いたりしながら、どういう人々が埋葬されているのか調べていった。

根岸外国人墓地（1983 年、撮影・町田昌弘）

夏休み期間が中心だったため、生い茂る草、ヤブ蚊、ブヨなどに悩まされながらの活動だった。ひとつずつ、墓標の刻印を写し、読み取り、台帳と合わせていく。

台帳といっても、終戦後、進駐軍が書類を接収していったため、ほとんど残っていない。図書館や横浜開港資料館に通い、古い文書と照らし合わせての、根気がいる作業だった。横浜市衛生局も、誰かが掃除をして調査してくれるのならありがたい、というわけで協力的だったという。

衛生局の台帳によれば墓籍数千二百二基。だが、ほとんど放置状態だったせいか、墓標は約百五十基しか残っていなかった。が、それ以外に、二本の木を十字に重ね合わせただけの白い小さな十字架が、ある地点にびっしり立っていた。

その墓碑銘を仔細に調べた結果、ほとんどが終戦直後の昭和二十年から数年以内のもの。しかもアメリカ人と日本女性の間に生まれた嬰児だった。その数、約八百基。親の身元などはまったくわからない。

書類が残っていない中、田村さんがここまで調べることができたのは、終戦時、山手外国人墓地の管理人だった安藤寅三さん、調査時に根岸外国人墓地の管理人だった国富正男さんの協力があったからだ。

昭和二十年八月十五日、ラジオから流れる玉音放送によって、日本国民は戦争の終結を知った。天皇陛下が自らの声で、日本の敗戦を告げたのだ。言論の自由などまったくない軍国主義国家のもと、「快進撃」という国策報道をマスコミは続けていた。国民はそれを信じるしかなかった。

そこへいきなりの「敗戦」である。当初から勝ち目のない戦だったことを、そして広島、長崎に投下された原子爆弾がどのようなものだったのかを、この後、日本人は徐々に思い知らされることになる。

ともあれ、戦争は終わった。同時に進駐軍が入ってきた。横浜は港湾、関内、伊勢佐木町とその周辺、山手、本牧など、中心部のほとんどが米軍の接収地となった。

そんな状況のもと、ある時期から山手外国人墓地に、嬰児の遺体がこっそりと置いていかれるようになった。ひと目見て、外国人の血が入っているとわかる嬰児だった。

当時の墓地管理人の安藤寅三さんは、最初こそ警察に届け出をしたかもしれない。が、どういういきさつでここに置いていかれたのか、その頃の情勢からすれば明白だ。おそらく警察も、「そちらでなんとかしてくれないか」と言っただろう。

現代なら、嬰児が遺体で発見されただけで事件だ。しかし戦後間もない横浜では、身元不明の遺体など珍しくなかった。焼け出され、浮浪児、浮浪者となった人が街に溢れている。食料はない。病死、餓死、自殺、殺人、さまざまな理由の死者が、日々、絶えなかった。

まして日本の警察は、占領軍であるＧＨＱ（連合国軍最高司令官総司令部）の前に、なんの力もない。混血児の遺体には関わりたくなかっただろう。

墓地の空いていたスペースに、安藤さんはその遺体を埋葬した。台帳にも載せられないし、墓標も立てられない。そうした遺体が、一体や二体ではなく、日を追って増えていった。

しかしここは、由緒ある外国人墓地だ。あらたな埋葬者も受け付けていない。もちろん、スペースにも限りがある。これ以上、わけありの遺体を埋めることはできない。

そこで思い浮かんだのが根岸外国人墓地。あそこならまだまだ空きがあるはずだし、事実上、米軍が接収している。嬰児たちの父親が米兵であることは、米軍にもわかるだろう。

というわけで、それは実行されることになった。当然ながら、米軍の許可を得てのことだろう。根岸外国人墓地の入口には「OFF LIMIT」の看板があり、基本的に日本人は出入りできなかった。

朝鮮戦争（一九五〇〜五三）で亡くなった米軍兵士を、米軍が一時ここに仮埋葬したこともあったようだ。が、その遺体は後に本国へ送り返されている。

それにしても混血の嬰児が、約八百体とは多すぎないか、と誰しも疑問を持つだろう。私もこの話を知った時は同じ思いだった。ところが、米軍接収時の横浜について知れば知るほど、じつのところ、こんなものではなかったということがわかってきた。ここに密かに埋葬された嬰児たちのことも、田村さんの調査以前に、一部の人たちの間では常識だったようだ。

だから山手ライオンズクラブは三十周年記念として慰霊碑建立を企画したのだ。横浜市衛生局の許可も得た。ブロンズ像を発注し、エディ藩の作曲、私の作詞でチャリティＣＤの制作もスタートした。ありがたいことに、地元紙をはじめ、複数のマスコミがこのチャリティ企画について取り上げてくれた。季節はもう秋になっていた。

良いタイミングで朝日新聞からコラムの依頼がきたので、このことを書いた。まさかこの後、たいへんな騒ぎが起きるとは想像もしていなかった。

「山崎さんは利用されたのでしょう」

「困ったことになりました!」

という連絡を受け、急遽、依田さん、鈴木さんと会った。朝日新聞にコラムが出て、すぐのことだった。

「山崎さんが朝日新聞に書いたコラムを見て、衛生局が激怒してるんです。あんなでたらめを書くなら、慰霊碑を建てさせないと言って」

「でたらめ? つまり、山手外国人墓地の管理人だった安藤さんの話も、田村泰治さんの研究も、嘘だということですか?」

驚いて問い返す。

「いや、事実ですよ。たしかに書類はなにもないけど、嘘をつく必要がない方たちの証言や研究成果があるわけですから。衛生局もそれはわかってるんです。だから嘘だとは言ってないです」

わけがわからない。

「でも、赤ちゃんたちの慰霊碑は許可されたんでしょ?」

関東大震災の被災者、ドイツ巡洋艦爆発事故犠牲者の慰霊碑は、すでに建っている。

「そうです。でも、役所としてはひっそりと、そのための銘板も建てずにやるなら、ということだったんでしょうね。こんな風に公になると、横浜のイメージが悪くなる、ということなんです」

「私はこのことを、これから出す本に書くつもりだったのですが、いけないのでしょうか?」

山手ライオンズクラブに迷惑をかけたくはなかった。クラブのメンバーには飲食店経営者も多い。衛生局と揉めたくはないだろう。

「いやいや、ぜひ書いて! 横浜にはこういう歴史もあるのだということを、なんらかのかたちで伝えていきたいのです。だけど、衛生局を刺激したくないから、慰霊碑が無事に建つまでは、あまり表沙汰にしないほうがいいかと」

だけど、チャリティCDが出来上がってくる。売らなければならない。なんと言って売ればいいのか。いやそれより、きちんとした情報や資料を得る必要がある。山手ライオンズクラブの話と田村泰治さんの著書で充分、理解したと思っていたのだが、行政資料はほんとうにないのだろうか。

「市役所へ行って取材してきます」

と言う私を、もうちょっと待ってほしいと二人は止めた。山手ライオンズクラブとしては、いまさらこの企画を中止するわけにはいかない。

だが、年が明けて一九九八年になっても、許可は下りなかった。日経新聞にチャリティCDの記事が小さく出たのだが、それでもまた、衛生局は臍《へそ》を曲げたらしい。

「朝日と日経、この二紙はけっこう影響が大きいのですよ」

二人は溜息をつく。が、思いがけず、後をこう続けた。

「これまでは、企画が潰れてしまうといけないと思って山崎さんに我慢してもらっていたのですが、我々としても、いつまでもこんな状態に置かれていたくはない。よければ衛生局へ行って、好きなように取材してきてください」

ほっとした。もし私がでたらめを書いていて、市役所への取材でそれが明らかになるのなら、そのことはどこかのコラムなり、執筆する本の中なりで、ちゃんと明記しなければならない。それが物書きの良心というものではないか。

さっそく編集者から取材依頼の電話を入れてもらった。彼は衛生局の私に対する反感を考慮して、毎日新聞社、としか言わなかったようだ。その時点では、なんの問題もなく取材は受けてもらえそうだった。

が、ちょっと気が咎《とが》めた編集者が「ライターも一緒に行きます」と言った。そのとたん、電

話口の職員が沈黙し、「そのライターの名前は？」と問い返した。わざわざ「作家」ではなく

「ライター」と言ったのに、相手は気づいたのだ。よほどこの問題に対して神経質になっていたらしい。

まさかここで嘘を言うわけにもいかず、編集者は私の名前を告げた。すると、「ちょっと待ってください！」と、あわてた風に電話は保留にされ、次に繋《つな》がった時の返答は「その人はなんとか、連れてこないようにしてもらえませんか」だった。

これが民間企業だったらわかる。だが市役所だ。そして私は横浜市民だ。根岸外国人墓地について話を伺いたい、というだけのことで、なぜこんな風に拒まれるのか。

私はクレームをつけに行くわけではない。なるべく正確なことを知りたいというだけだ。なのにこの拒否反応はどうしたことだろう。逆に、なにかあるのではないかと疑いたくもなる。

「とりあえず、僕が行ってみますよ」

困惑して怒る私を、編集者はそう言って宥《なだ》めた。一人で出向いた彼に対して、市役所の担当者は、「なにも資料がありません」の一点張りだったが、彼は辺見庸さんや故・平岡正明さんなど、一筋縄ではいかない作家を担当してきた強者《つわもの》だ。

「本を書くのは山崎さんですから、市役所の見解を、じかに山崎さんにおっしゃってください」

と言い、私の訪問のアポを取ってくれた。

しかし、私ごとき物書き一人に、大げさな対応だった。通された会議室には、部長以下五人もの男性が、長テーブルにずらりと並んでいる。そこに対峙《たいじ》するかたちで、私と編集者に椅子が用意されていた。取材に来たというのに、まるで取り調べを受ける容疑者だ。五人のうち一人は、ノートを広げてペンを構えている。

この時のやりとりについては、『天使はブルースを歌う』に詳しく書いたので、ここでは簡略に記す。要するに、嬰児たちに関する書類はなにもない、したがって嬰児埋葬の根拠もない、というのが市役所の答えだった。

もちろん、それは予測していた。が、平成九年に出た田村泰治さんの本はどうなのか。田村さんは教育者で、退職後も行政との繋がりは深い。そのような人が、あれほどはっきりと嬰児のことを書き、当時、新聞のインタビューも複数、受けている。衛生局は抗議しなかったのだろうか。

「したんじゃないかと思いますけどね」

部長はあいまいに言った。そして意外にも、

「まあ、私も個人的には、ほんとのことだと思ってますよ、嬰児たちのことは」

と続けた。が、証拠がない以上、行政として認めるわけにはいかない、と。

それはそうだ。まっとうな答えである。だが、次の言葉には頷けなかった。

「そんな歴史を掘り起こして、誰が喜ぶと思います？　事実だったとしても、みんな、忘れた

いんじゃないでしょうか」

さらに彼は、とどめを刺すように言った。

「山崎さん、利用されてるんじゃないですか、山手ライオンズクラブに」

その言葉が正しかったことを、私は後に知ることになる。山手ライオンズクラブは、慰霊碑を建てる許可を得た。が、その碑が、密かに葬られた嬰児たちのためのものであることを、衛生局には内緒にしていた。言えば反対されることがわかっていたのだろう。

エディ藩と私はそのことは告げられないまま、チャリティＣＤの作曲、作詞を引き受けたのだ。だからといってライオンズクラブのお二人を恨んでなどいない。むしろ感謝している。

「知らなかった横浜」の扉が、この時、開かれたのだから。

片翼の天使

そんなことがあったにもかかわらず、一九九九年五月二十二日、根岸外国人墓地で慰霊碑の除幕式が行われた。先に記したように、ここは崖に沿った階段状の墓地だ。門と地続きになったこの場所は、墓地の一階部分にあたる。

ここには管理事務所があり、いつも在所しているとは限らないが、管理人もいる。ドイツの巡洋艦爆発事故の犠牲者を祀《まつ》った碑があり、毎年十一月に、ドイツ領事なども出席して墓前祭が行われている。そこへあらたな慰霊碑が加わったのだ。

横浜市衛生局、山手ライオンズクラブ、地元・立野小学校の生徒、横浜インターナショナルスクールの生徒たちがそれぞれ数十人。そして横浜国際社会の代表者などが列席した。

私はエディ藩と一緒に作成したチャリティCD『丘の上のエンジェル』を、ここで流したかった。だが、衛生局ががんとして許可しなかった。どんな歌なのか聴いてもいないと、はっきり言われた。

結局、これはなんのための碑なのか、伝えるものはなにもない。マスコミも来ているだろうに、衛生局も山手ライオンズクラブも、なんと説明する気なのだろう。

参列した日本と外国籍の子どもたちによる美しいコーラスを耳にしながら、私は白い布で覆《おお》われた慰霊碑を見つめていた。歌が終わると、いよいよ除幕だ。どのようなデザインの碑なのか、私は知らない。

白布がさっと払われた。ほぼ円筒形の台座の上に、不思議な曲線を持つなにかが載っている。あれはなんだろうと、誰もが無言で見つめていたと思う。私もそうだ。

その時、私の耳に囁《ささや》く声があった。

「片翼の天使です。『丘の上のエンジェル』を聴かせていただいて、なんとかその心を写し取りたかったので」

首を曲げて、声の主を見た。初めて会う人だ。この碑を制作した澤邊設計事務所取締役の澤邊保美さんだと、後で知った。

よく見れば、台座の上に載っているのは、拡げられた翼だ。だが、片方が短い。つまり、飛び立つことができない天使たち……。私は言葉もなく、青みがかったブロンズの翼を見つめていた。

碑というものは、なんの碑かわかってこそ意味がある。しかし、この碑には「rest in peace慰霊」という文字が刻まれているだけで、一切の説明がない。山手ライオンズクラブの挨拶状には「戦後の混乱期に埋葬された子どもたちを含む、墓碑、墓標のない方々のため」の碑だとあった。衛生局と折り合いをつけるには、それが精一杯だったのだろう。

衛生局からは課長が列席し、挨拶に立ったが、内容は「今後も墓地の運営に努力してまいります」という紋切り型のものだった。

だが、救いがひとつあった。横浜国際社会代表として列席されたジョン・ウィルコックスさんは、挨拶の中ではっきりと「戦後の混乱期に生まれた、名も知れぬ多くの嬰児たちのために」とおっしゃったのだ。英語だったから、衛生局は気にしなかったのかもしれない。

この除幕式のことは、翌日、複数の新聞に出たが、どの記事も、「米兵と日本人女性との間に生まれた子どもが八百人余りも埋葬されている」ということが記されていた。しかし、その記事に対して市の衛生局から苦情が来たという話は聞かない。

こうした行政の態度は、ちょっと理解しがたい。証拠のない伝聞に過ぎないと反対するのな

片翼の天使をかたどった慰霊碑（2019 年、撮影・大森裕之）

ら、なぜそれを貫かないのか。

ともあれ、碑は建った。『天使はブルースを歌う』という、私にとって初のノンフィクションも、この年の九月に刊行された。

根岸外国人墓地と慰霊碑をめぐる秘話は、戦後横浜の闇とともにその本に詳しく書いた。もともとのメインテーマだったカップスのメンバーも、ひとりひとり取材した。そこから浮かび上がってきた「横浜」の素顔は、当時の私にとって、じつに新鮮なものだった。まさしく、この街にどっぷりとはまるきっかけになった。

それから十六年後の二〇一五年、日本は終戦七十周年を迎えた。十六年の間には、さまざまなことがあった。私は小説、エッセイ、ノンフィクションの他に五本の舞台脚本を書き、そのうちの二本では演出も経験した。

カップスは二〇〇三年、再結成し、「ザ・ゴールデン・カップス　ワンモアタイム」というドキュメンタリー映画も二〇〇四年に公開された。

私が彼らを取材したのは一九九七年から九九年にかけてだったが、当時の彼らはばらばら。これからまた、音楽業界で一旗揚げようという意欲も、とくに感じられなかった。

デイヴ平尾は六本木で「ゴールデン・カップ」というライブハウスを経営していた。いつ会っても酒のグラスが手にあり、愛想の良い酩酊状態だった。

ミッキー吉野はカップスの後もゴダイゴのメンバーとして活躍していた。だがこの頃は心臓を悪くして六週間もの入院をした直後。カップス時代もゴダイゴ時代もころころと太っていたのに、横幅が昔の三分の一ほどしかないほど痩せていた。けれども、メンバーの中でただ一人、音楽についての夢を熱く語っていた。

マモル・マヌーはまったく連絡の取れない人だった。困り抜いて、失礼かと思ったが留守電に「電話をください」と入れておいたが、一向に返事は来なかった。

ところが、ミッキー吉野のスタジオへ取材に行った時、前触れもなく彼が現れた。私がいることを知って来たのか、偶然なのか、わからない。尋ねたことには真面目に答えてくれたが、その後も単独では会えなかった。なのに本が出てから「俺のところにはちゃんと取材に来なかった」と怒っていたらしい。

ルイズルイス加部は、娘のように年の離れた女性ミュージシャンと結婚したばかりだった。「俺はもう男性機能がないから駄目だと言ったのに、ラブホテルへ引っ張って行かれた」と、いかにもハーフという大きな目で、こちらをまっすぐに見て真面目な口調で言った。

そういう人なのだ。嘘がない。自分に不利になろうとお構いなしに、ほんとうのことを言う。バチカンのサン・ピエトロ大聖堂で見たミケランジェロのピエタを、私は思い浮かべた。とても母親には見えないほど、若くて美しいマリアの膝に、細長い体をぐったりと預けたキリスト。加部と女性との関係は、いつもこうなのではないかと思った。

そして、メインで取材したエディ藩は、音楽活動に身を入れているようには見えず、荒《すさ》んだ印象だった。だが不思議と周囲に愛され、いつも誰かが彼を、見返りも求めずフォローしていた。私もその一人だったかもしれない。そうさせるだけの魅力が、彼にはどこかあるのだ。

二〇〇三年、突如として彼らの前に現れたのが桝井省志《ますいしょうじ》さんだ。「Shall we ダンス?」「ウォーターボーイズ」「それでもボクはやってない」など、数々のヒット映画を世に送り出したアルタミラピクチャーズの代表取締役である。

桝井さんが全面的にサポートして、ザ・ゴールデン・カップスは華々しく甦った。

それから四年後、デイヴ平尾が亡くなった。さらに、解散直前のメンバーだった柳ジョージも二〇一一年に他界した。いまこれを書いている二〇一七年の時点で、エディ藩、マモル・マヌー、ルイズルイス加部、ミッキー吉野は音楽業界で仕事をしている。

そして私は、終戦七十周年の二〇一五年、またもや根岸外国人墓地のことで横浜市から拒絶されたのだ。

この開放的な街には隠さねばならないことが、少なくとも行政はそう信じているらしい歴史が、いろいろとあるらしいことを、私はあらためて思い知った。

タブー

その碑は横浜スタジアムを擁する横浜公園にある。場所は根岸線の関内駅から徒歩五分足らず。道を挟んで横浜市中区役所がある。

一画に、鴨や川鵜が集う日本庭園があり、一基の石灯籠が立っている。この場所には安政六年（一八五九）、横浜の開港と同時に誕生した遊郭があった。その名を港崎《みよざき》遊郭という。

石灯籠は、港崎遊郭最大手であり、幕府から鑑札を受けて外国人客を取り仕切っていた妓楼《ぎろう》「岩亀楼《がんきろう》」にあったものだという。石灯籠のそばに、昭和五十七年、横浜市によって建てられた解説碑がある。内容を要約すると、こういうことだ。

「この横浜公園は横浜開港時に埋め立てられた太田屋新田である。港崎町と命名され、そこに岩亀楼などの国際社交場ができて栄えた。しかし慶応二年の大火で一帯は消失し、跡地は明治九年（一八七六）、日本最初の洋式庭園となった。

この灯籠は石に刻まれた『岩亀楼』の文字から、港崎町にあった岩亀楼の灯籠であろうが、大火の後、二転三転して明治十六年に永楽町に移された」

これを読むと、岩亀楼というのは日本と外国の上流階級が集う、鹿鳴館のようなものだと思わないだろうか。遊郭という言葉はどこにもない。

数年前にようやく、港崎遊郭のことを記した碑も建てられたが、それまでは長いこと、この不可思議な解説の碑しかなかった。私には、まるでここに遊郭があったことを恥じるかのように思えた。

私は何度か、エッセイに書いたり講演で話したりして、正しい内容にするべきだと訴えた。

役所の人にもじかに言った。それが功を奏したとうぬぼれているわけではないが、正しく港崎遊郭のことを記した碑が、新たに加わったのはよいことだと思う。

東京の吉原遊郭も長崎の丸山遊郭も、それがなんであるかを隠してはいない。それどころか昔を偲《しの》ぶ観光地になっている。

札幌の玉宝禅寺という寺には、薄野《すすきの》遊郭の娼妓と水子（流産や中絶で亡くなった胎児）の哀悼碑がある。昭和五十一年に建立されたものだ。開拓を支えた娼妓たちに対する感謝と敬意の言葉が、当時の北海道知事の名で刻まれている。

だが、横浜の港崎遊郭は、「国際社交場」などというまやかしの言葉で、事実を覆い隠していた。遊郭があったことはそんなにも、横浜にとって恥ずべきことだったのだろうか。

日本の開国で海外への表玄関になった横浜には、外国人という未知の人間たちが大挙して入ってきた。国力も体格も、相手のほうがはるかに勝っている。

迎える日本人には、もちろん好奇心があっただろう。だが、恐怖も大きかった。あえて言えば、現代の世に、姿形が異なり、言葉も通じない異星人が降り立つようなもの。初期の横浜浮世絵に描かれた外国人は、天狗か鬼にしか見えないまがまがしさだ。

岩亀楼の経営者である岩槻屋佐吉は、もともと品川宿で女郎宿を営んでいた。外国人向けの妓楼をまかされ、女集めに奔走した。だが、女たちの拒否は想像以上に激しかった。身売りして、故郷の親兄弟を養わなければならない身であっても、鬼や天狗に差し出されるのだけはい

横浜公園にある「岩亀楼」（2019 年、撮影・大森裕之）

やだ、飢えで死んだほうがましだと、それこそ命がけで拒んだ。

佐吉は仕方なく、最下層の女郎とされた夜鷹に声をかけ、被差別部落を駆け巡り、外国人専用の娼妓《しょうぎ》を集めたという。

そのような逸話を持つ港崎遊郭だが、開港から七年目の慶応二年（一八六六）、近くの豚肉営業店が火元の火災で全焼した。開国日本、開港横浜で、外国人に対する緩衝剤《かんしょうざい》の役目を果たした娼妓たちの多くが、この時、命を落とした。

なのになぜ、薄野遊郭の娼妓たちのように顕彰されないのか。なぜ遊郭が国際社交場などという言葉に置き換えられ、開港横浜の礎となった女たちの存在が闇に葬られるのか、私にはわからない。

そして、遊郭の女たち同様、この世に存在しなかったことにされた子どもたちがいる。このことを私は看過できなかった。消された女、子どもに、自分自身を見るような気がしたからである。

戦災孤児と混血児

私は日本海に面した関西の港町で生まれ育った。古代からの豊かな歴史を持ち、城下町としても栄えたところだ。美しい松並木の砂州もある。が、こうした町にありがちの閉鎖的なところがいやで、子どもの頃から横浜に憧れた。

昭和二十二年（一九四七）の生まれ。戦後ベビーブームのトップだ。敗戦日本の貧しい時代を体験している。豊かな欧米への憧れが強かった。

憧れの源は、図書館から借りて読んだ本だった。まずは少年少女文学全集。『宝島』『十五少年漂流記』『若草物語』『赤毛のアン』『砂の妖精』。

児童読み物といえばまだ日本には、桃太郎や浦島太郎などの昔話、そして道徳教本のような絵本しかなかったが、海外児童文学に登場する子どもたちは違った。大人や社会に対して果敢に自己主張する。赤毛のアンもトム・ソーヤーもそうだ。

児童文学以上に読みふけったのが翻訳ミステリーだった。まだこの頃、日本には推理小説ブームが来ておらず、江戸川乱歩や横溝正史などの「探偵小説」しかなかった。なぜか私は乱歩にも正史にも惹かれず、アガサ・クリスティ、エラリー・クイーン、コーネル・ウールリッチなど、イギリスやアメリカのミステリーにはまった。

もちろん殺人は出てくるのだが、物語の背景が絢爛《けんらん》豪華だ。石畳の舗道、老舗ホテルのアフタヌーンティー、豪華客船、上流社会のパーティー……。

どれもこれも、ハリウッド映画のスクリーンでしか観ることができない世界だ。日本全体がまだ敗戦国の貧しさを背負っていたから、日本映画も概して庶民的だった。

でも、その世界へ行く扉はある。それが私にとっては横浜だった。無国籍映画と呼ばれた日活アクション映画には、よく横浜が登場した。華やかなハリウッド映画と違って、拳銃と麻薬の横行する怪しい世界だが、同時に、妖しい異国情緒に満ちていた。
そして、童謡「赤い靴」。

赤い靴　はいてた
女の子
異人さんに　つれられて
行っちゃった

横浜の埠頭《はとば》から
船に乗って
異人さんに　つれられて
行っちゃった

私はものごころつかないうちに両親の離婚でどちらからも置いていかれ、引き取ってくれた祖母も入水自殺で亡くなった。血の繋がらない人のもとで子守や家事にこき使われ、暴力まで振るわれるという子ども時代を送っていた。

本や小説の世界。それをもとに妄想世界を創りあげ、いつもそこへ逃げ込んでいた。いつか横浜へ行きたい。横浜に行きさえすれば必ず奇跡が起き、私も映画や小説のヒロインになれる。異人さんが赤い靴を差し出し、船で異国へ連れていってくれる……そんな妄想の世界を持つことで生き延びていた。

野口雨情の歌詞のモデルは、貧しい北海道開拓民の娘で、彼女の境遇を哀れに思ったアメリカ人牧師が養女にするつもりで引き取ったところ、渡航する前に病気で死んでしまった……という説がある。

それを裏付けるかのように、歌詞にもメロディにもやるせなさが漂っているのだが、私はまったく気にならなかった。なにが起きようと、いまより悪いはずがない。ここから逃げ出せるなら、どこの国にいようと、目が青くなろうと、ちっともかまわない。

いきなり話を飛ばしてしまうが、その後、紆余曲折の人生を経て、ようやく横浜に住むことができた。二十三歳の時だった。

そこから船に乗って異国に行くことこそなかったが、三十八歳の時、横浜の遊郭を舞台にした『花園の迷宮』という推理小説で作家デビューした。

そこに至ってようやく、夢や妄想ではない、横浜の過去と現在を学び始めたわけだが、期待が裏切られることはなかった。波乱万丈の歴史、国内外から人々を受け入れてきた冒険者の都、開放的な気質……知れば知るほど、この街にはまっていった。

その思いを裏切られたような気がしたのが、『天使はブルースを歌う』を書いた時の取材拒否だ。さらに十八年後、同じことが起きるとは思ってもみなかった。

このままでいいのか。もう一度、あのテーマを掘り起こしてみるべきではないだろうか。

そんなもやもやした気持ちを抱えたまま、年が明けて二〇一六年になった。一月半ば、一人の男性から電話があった。

「突然の電話で失礼します。報道番組のディレクターをしております。Sと申します」

丁寧に名乗ったその人は、『天使はブルースを歌う』を十年も前に読んだのだという。

「以来、ずっと気になってました。じつは終戦直後、たくさん生まれたはずの混血児たちのことを、いつか番組で特集したいと思ってまして……」

夕方の報道番組で、つい先月、彼は「戦災孤児」の特集を報じたばかりだという。

その特集なら観た。もともと私は報道番組が好きで、硬派なその番組もよく観ていたのだ。しかも、彼がつくったという「戦災孤児」の特集は、できることならぜひ、もう一度観たいと思っていたものだった。これを制作したディレクターが、キャスターと並んで出演していたことも思い出した。それがS氏だったのだ。

ずっと前から、戦争と混血児のことをドキュメンタリーで取り上げたいと考えていた、と彼は言った。その関連でいろいろな本を読んできたが、そのうちの一冊が『天使はブルースを歌う』だった。

「いろいろ難しい問題もあって、すぐには実現できないのですが、一度、お目にかかれないかと思いまして」

そういうことなら、私もぜひ会いたいと即答した。小説家としてデビューしたが、年々、小説よりノンフィクションを読むことのほうが多くなっている。事実のおもしろさに惹かれてやまない。だが、読むことと書くことは別だ。正直に言えば取材の仕方がいまだによくわからない。

もちろん、テレビは何人ものスタッフがいて、長年培ってきたコネクションもあるだろう。編集者の手助けがあるとはいえ、基本的には一人で動くしかない私とは、基本的に異なる。それでも、取材ということをもっぱら仕事にしている人から、ノウハウを教えてもらいたかった。

数日後、元町の霧笛楼・喫茶「カフェ・ネクストドア」で、私たちは会った。S氏は「戦災孤児」の特集を録画したDVDも持参してくださっていた。

そのドキュメンタリーは、東京大空襲の時、荒川区で母親とともに被災した男性のインタビューから始まる。焼夷弾《しょういだん》の炎を浴びた顔は、ひきつれ、のっぺりした仮面のようだ。耳も焼け落ちて無い。

「表情がはっきりしないから、喜怒哀楽がないのかと思われるんですよ」

目が不自由だった母は助からなかった。公費で入院できたのは三ヶ月だけ。退院後は戦災孤児施設に入れられたが、空腹に耐えられず脱走。上野に集まってくる孤児の一人となった。

「この顔を見ると、誰もが目を背けます」

と、彼は言う。どれほど過酷な人生であったか、推して知るべしだろう。

孤児狩りというのがあった。焼け跡の街をうろつく孤児たちを、警察が保護し、施設に連れていく。東京では、代表的な施設として東京都養育院があった。保護というより収容だ。窓には逃亡防止の格子がはめられている。周囲も柵で囲われている。しかも与えられる食べ物は極端に少ない。

亡くなった私の夫は、生まれ育った横浜で、この時代を体験した人だが、結婚した時、「頼むから、おかずにカボチャだけは出さないでくれ」と、真顔で私に言った。

カボチャは栄養があっておいしい。私は大好きだ。どうしていけないの、と問い返すと、

「毎日、毎日、カボチャだったんだぞ。想像してみろよ。来る日も来る日もカボチャだけ食べることを」

そんな食糧難の時代だから、施設の孤児たちに充分な食料が配布されるわけもない。蟬やバッタを捕まえて食べるのはまだましで、壁の漆喰をほじくって口に入れていた子もいたという。

飢えた孤児たちは次々と脱走し、東京や横浜の街なかに舞い戻った。なにか仕事にありつけるかもしれない。誰かが食べ物を恵んでくれるかもしれない。そうでなければ盗んででも……

そう思い詰めたのだろう。

痩せ細り、腹だけが異常に膨らんだ子、肋骨が浮き出て、すぼんだ尻に皺の寄った子……施設の孤児たちを写した写真は、まるでアウシュビッツを見ているようだった。

もっと恐ろしい話もある。「いいところへ連れていってあげる」と、孤児たちが集められ、トラックに乗せられた。薄暗い山中で降ろされ、そのまま置き去りにされたという。

養育院の玄関先には一日、七、八人の捨て子があった。ほとんどが栄養失調で死んだ。毎日のように、子どもの遺体を埋葬しなければならなかった。

当時の調べで、戦災孤児は全国（沖縄を除く）で十二万三千人にものぼった。混乱期だから、もちろんカウントされない孤児も相当数いただろう。

「この中には当然、混血児がいたはずです。日本各地が接収され、在留米軍がいたわけですから。その子たちのことは、日本人孤児とは別の問題をはらんでいます。終戦、接収で、なにが起きたのか、その観点からドキュメンタリーにまとめたいと、もう十年以上前から考えているのですが、いまだに実現できてなくて……」

S氏は言う。関連図書などは、私以上に読んでおられる様子だ。

なぜ実現できないかというと、「差別」の問題があるからだ。

いつの頃からか、差別用語とされるものが異常なほど増えた。物書きである私も、そのことを実感している。最近だが、新聞のコラムで「未亡人」という言葉を書いたら、校閲で引っかかった。

「すみません、僕もいままで、これが差別用語に入っていることを知りませんでした」と、担当記者も驚いていた。もちろん、小説ではかまわないのだが、新聞の場合はいけないのだという。

小説でも、身体の障害や職業を表す言葉は、昔と異なる表現にしなければならない。時代小説作家は苦労するだろう。

ちなみに、「混血」という言葉もいまは差別用語である。しかし本書ではその言葉が使われていた時代のことを書く必要があるので、あえて使わせていただく。

こうした「差別問題」をまっこうから取り上げることは、テレビではたしかに難しい。書籍は、それを読みたいと思う特定の人が求めるのだが、テレビは、いわゆるお茶の間のメディアだ。観たくない人の眼にも入ることになる。さらに、スポンサーという絶対的な存在がある。

「今回の戦災孤児特集でさえ、こういう悲惨なものを放映するべきではないという抗議が幾つも来ました」

だけど、いつかやれるかもしれないと信じ、S氏はこうして取材を続けているのだという。

映像の力は大きい。まさに百聞は一見にしかずで、戦災孤児の飢えがどれほど凄まじかったか、百の言葉で説明するより、痩せ細り、腹だけが突き出たあの写真を出すほうが、訴える力ははるかに大きいだろう。

この時、胸にことりと落ちるものがあった。規制が厳しくなったとはいえ、紙媒体ならそれが書ける。『天使はブルースを歌う』で書ききれなかったこと、取材し残したことを、いま、やるべきではないか。

あれから二十年近くたったとはいえ、私にはまだかろうじて気力と体力が残っている。それを世に出せるかどうかは別として、まず動いてみよう。S氏と話しながら、そう決めていた。

第二章　横浜・混血の系譜

横浜村大事件――条約締結の場から港都へ

横浜は、横に長い砂嘴《さし》の上にできた半農半漁の村だった。「横浜村」の名が、現存する古文書に初出するのは室町時代。少なくともその頃には、砂嘴の上で人々が暮らしていた。陸側には釣鐘形をした入海があり、砂嘴は入海の底辺を支えるような形で伸びていた。先端近くには洲干《しゅうかん》弁天と呼ばれる弁天社があった。砂嘴の付け根は山手の丘の裾だ。

明暦二年（一六五六）、江戸の石材・材木商である吉田勘兵衛が、幕府の許可を得て、この入海の干拓・埋立に着手し、十年後にほぼ完成させた。彼の名を冠して、ここは吉田新田と呼ばれている。

時は移り、嘉永六年（一八五三）、ペリー提督率いる黒船艦隊が浦賀に現れ、日本に開国を迫った。じつのところ、マルコ・ポーロが伝えた「黄金の国ジパング」は、十九世紀の列強であるイギリス、フランス、ロシアなどからも目をつけられていたのだ。

日本は小さな島国だが南北に長く、中央には山脈が通っている。動植物の層が豊富で水は清らか。工業こそ進んでいないが、長い平和を保ち、首都である江戸はパリやロンドンに勝るとも劣らぬ文化都市。その評判は欧米にも伝わっていた。

未開の地ではないから、土足で踏み込むような真似はできない。列強のアジアに対する態度としては珍しいほど低姿勢で、そっと船を寄せ、「我が国と交易をすれば、このような品が手に入りますぞ」とお伺いをたてる。そのたびに幕府は「ありがたきお申し出なれど、我が国は自給自足できておりますゆえ」と丁重に断っていた。

日本もじつは、世界の情勢をよく知っていた。長崎で中国、オランダとだけは交易している。そこを通じて「オランダ風説書」という情報書が入ってくる。西洋列強を一度中へ入れたら、他のアジア諸国のように蹂躙《じゅうりん》されるであろうことを幕府は懸念していた。

あの大国、清でさえ、イギリス、ロシア、フランス、アメリカなどから、よってたかって食い物にされている。訓練された軍隊も大型の武器も、沿岸で迎え撃つ軍艦もない日本などひとたまりもないだろう。

だがアメリカはいきなり、四隻の艦隊でやってきた。浦賀で対応した役人は、「即答はできない」「将軍との面会も受け入れることはできない」と、頑張り通した。

「では一年だけ猶予期間を置く。それ以上は待てない」

と言い置いて、ペリーは日本を去った。そして一年どころか半年余りで再来航したのである。

アメリカは植民地を持っていない新興国だが、当時、世界一の遠洋捕鯨国だった。水や食糧の補給、船の修理などのため、寄港できる場所が欲しい。清と行き来するにも、日本は最適な航行拠点だ。なにがなんでも、日本を開国させ、条約を結びたかった。だから艦隊や大砲の威力を見せつけはしたが、日本を「独立国」として敬う姿勢を崩さないよう、気を配った。

そのことを、幕府も理解していた。ここで頑固に拒み、アメリカとの間に良からぬ空気が生まれたりすれば、他の列強がその機に乗じてなにを仕掛けてくるかわかったものではない。世界の情勢からみて、いずれ開国は免れないだろう。ならば独立国としてアメリカと条約を結ぶのが得策だ。すぐに他の国も国交を申し出てくるだろうが、アメリカとの条約が前例としてあれば、それに倣うはずだ。

開国か否か、幕府は一応、広く庶民にも意見を求めたが、もう腹は決まっていたはずだ。大騒ぎの最中、江戸市中にはこんな狂歌も出回った。

泰平の眠りをさます上喜撰たった四杯で夜も寝られず

上喜撰とは高級な茶の銘柄。「上喜撰」を「蒸気船」にかけ、尊王だ攘夷だと黒船に翻弄される幕府を皮肉ったのだ。

武蔵久良岐郡《むさしくらき》横浜村は、この時、戸数百程度だった。外国との関わりもなければ、幕府にとって意味のある場所だったわけでもない。ただ、この砂嘴は「江戸名所図会」に描かれたことがある。誰かがそれを思い出し、「あそこだ！」と提案したのだろう。

砂嘴だから三方を海に囲まれている。残る一方は崖だ。背後は人の少ない田畑。江戸への道は東海道だが、それもここには通じていない。万が一、剣呑《けんのん》な事態になっても、犠牲は横浜村でくいとめられる。

ペリー側も、ここなら沖は黒船が停泊できるだけの深さがあり、江戸からもさほど遠くないということで納得した。

艦隊に同行してきたドイツ人画家ハイネが、横浜村上陸の光景を描いている。沖には八隻の黒船艦隊が停泊。その周辺には無数の小舟。急ごしらえの応接所脇には、制服に身をかためた米艦隊員が「捧げ銃《つつ》」の姿勢で整然と並んでいる。彼らに挟まれたかたちの空間で、わらわらと数人かたまっているのは日本の侍たち。

艦隊員たちの背後には、おびただしい数の日本人たちが張り付いている。どう見ても警護ではない。野次馬だ。横浜村や近隣から、ひと目、黒船と外国人を見ようとおしかけてきたのだろう。

幕府にとっては命がけの大仕事だが、おもしろおかしく描かれた瓦版以外、なにも情報のない庶民にとっては、格好の見世物だ。小舟を出して黒船に近づき、身振り手振りで船員と物々交換までやってのけた者もいた。

上陸した艦隊員たちはすぐさま砂浜に線路を敷き、ミニチュアの蒸気機関車を走らせ、機械文明のすごさを見せつけた。対する日本は力士を出し、米俵を担いでみせた。機械対人力。まさに、この時の欧米列強と日本の格差を象徴していた。

条約に少々の不平等はあったものの、平和裏に日米和親条約が締結され、日本はここに長い鎖国を解いた。が、これだけでは終わらない。二年後、初代駐日領事としてタウンゼント・ハリスが来日した。そして安政五年（一八五八）、日米修好通商条約が結ばれ、交易開始となった。

この時、同時にオランダ、ロシア、イギリス、フランスとも同様の条約を結んだが、その後も、条約締結国は次々と増えていった。

外国と交易をするには、それを前提とした港が必須だ。箱館、新潟、神奈川、兵庫（神戸）、長崎などが開港場に選ばれた。

問題は神奈川（現・横浜市神奈川区）である。ここには神奈川湊《みなと》という賑やかな港がある。東海道の要所でもある。だが、幕府にとってはまさにそれが問題だった。

江戸に近い、日本の玄関口となる交易港は必要だ。そこには外国人居留地も設けなければならない。しかし、ほんとうに江戸へひとっ飛びで来られるようだと困る。高度な武器を携えた外国が、江戸へなだれ込んで占領したら、日本はたちまち乗っ取られる。それだけは避けたい。

そこで再び浮上したのが横浜村である。幕府は村の住人に対価を払い、山手の崖裾へ移住させた。そして、砂嘴の真ん中あたりに港を築造し、横浜村のあったところを外国人居留地と定めた。港を挟んで反対側の半分は日本人町として、江戸や大坂から有力商人を誘致した。さらには、砂嘴の上部にある太田屋新田という新しい埋立地に遊郭を造った。

てっきり神奈川が交易港になるものと思っていたアメリカは、話が違うと抗議した。が、日本側は「ここも神奈川の一部だ」と言い張り、強引に工事を進める。いまではたしかに横浜は神奈川の一部だが、当時は違う。武蔵国久良岐郡横浜村だ。

アメリカが文句を言っている間に、イギリスのジャーディン゠マセソン商会がいち早く、港の脇に商館を構えた。続いてさまざまな国が我勝ちに拠点を構える。こうして既成事実ができてしまった以上、アメリカもこれをのまないわけには行かなくなった。港都横浜はどさくさまぎれに誕生したのである。

横浜村の住人が移住したのは現在の元町にあたるところだが、そこと砂嘴の間に堀川という運河が造られた。砂嘴は四方を水に囲まれ、島状態になった。陸との間に橋が架けられたが、すべての橋に関門が設けられ、刀を持つ人間は厳重にチェックされた。だからこの一帯を、関門の内側、すなわち「関内」と称し、ＪＲと市営地下鉄の駅名にもなっている。

関内という名の由来を知っている人は多くないので、いまでは駅周辺をすべて関内と言ったりもする。が、関内駅を挟んで海と反対の側、具体的に言うと伊勢佐木町あたりは「関外」なのである。

関内は長崎の出島と異なり、日本人も外国人も、互いのエリアへ自由に出入りすることができた。開港の少し前に埋め立てられていた「横浜新田」には、清国人のコミュニティが生まれ、やがて横浜中華街へと発展していく。

外国人居留地はすぐ手狭になり、山手へと広がった。住まいは山手、仕事場は関内。このスタイルが一般的になったので、その中間にある元町には、外国人向けの品を扱う店ができていった。元町がおしゃれなストリートとして名を馳《は》せたのは、舶来品を扱う店が多かったからである。

らしゃめんと港崎遊郭

太田屋新田は嘉永三年（一八五〇）から安政三年（一八五六）にかけて埋立が行われたエリアだ。新田と名付けられているとおり、田畑をつくるために造成された。

しかし横浜の開港により、まだ沼地を多く残したまま、突貫工事で遊郭が築かれた。敷地一万五千坪。神奈川宿や品川宿の飯盛宿経営者たちが出店の名乗りを上げた。

女の私には、男の性はそんなものかと思うしかないのだが、遊郭は築港に劣らぬ急務だったらしい。

漁村から国際都市に変貌するのだから、商人、職人、日雇い労務者など、おびただしい数の人間がここへ入ってくる。そのほとんどが男だ。海外諸国から来る者たちも、さしあたって男。なにがなんでも性処理の相手をする女たちが必要だ……というのは、アメリカからの要望でもあった。

遊郭経営者たちは女集めに奔走した。問題は外国人の相手をする遊女たちである。なり手がない。みな、外国人が恐ろしいのだ。それに、蔑視の対象になる。

目の色、肌の色が異なり、わけのわからない言葉を喋る者など、日本では人間として認められていない。そのような者を相手にする女は、もはや人間以下だ。身を売る女はただでさえ蔑視されるのに、その度合がもっと激しくなるのだ。

しかし遊郭側も、幕府から開業を急げと追い立てられている。遊郭最大手になる岩亀楼の経営者、岩槻屋佐吉が中心となり、過酷ともいえる女集めが実施された。年齢、美醜は問わない。場末の夜鷹でもいい。被差別部落の女なら、いまさら差別されたところでどうということはないだろう。そんな理屈もまかり通ったようだ。

港崎遊郭と名付けられた遊郭は、開港からほどなく建ち上がった。周りを高い塀で囲み、遊郭につきものの大門、金毘羅社を備え、桜並木をはじめとして、四季折々の花が植えられた。

開港の翌年である万延元年（一八六〇）四月の「港崎遊郭細見《さいけん》」を見てみよう。ちなみに「細見」とは遊女屋や遊女の名、玉代《ぎょく》などを記した案内書である。

遊女三十六人を抱える岩亀楼を筆頭に、妓楼十五軒。遊女三百三十一人。長屋状の局《つぼね》見世四十四軒、遊女二百三十九人、案内茶屋二十七軒。

元治二年（一八六五）になると、妓楼十六軒、遊女四百六人、局見世八十軒、遊女六百三人という規模にまで膨れ上がっている。

港崎遊女町は市中より南の方にて、波止場よりの見通しなり。衣紋坂見返り柳あり。土手つづきを俗に吉原道と云ふ。此道筋の繁盛なること、江戸人形町通り浪花順慶町に劣らず。左右の唐物店は旅客の目を養い、茶屋の掛行灯は月の光をうばふ。大門口を往かふ送りむかひの箱でうちんは、ホタルの飛かふより猶《なお》しげく、仲の町の桜は艶々として、娼妓に色をあらそふ。すべて四季おりおりの美花、絶ゆる間なし。岩亀楼の家造りは、蜃気楼のごとくにして、あたかも龍界にひとしく、文月の灯籠、葉付きの俄踊《にわかおどり》、もん日もん日の賑ひ目をおどろかし、素見《すけん》ぞめきは和人・異人打まじりて、昼夜を分《わか》たず。娼妓《おいらん》道中は綺羅をかざりて、唐物・和物を好みのままに取りまじへ、さし飾り着かざりたる粧《よそお》い、天女のあまくだりしかと疑はる。楼上には洋銀（ドル）の花を咲みだしめ、座敷には分銀の実を蒔《ま》きちらせり。かゝる全盛の有様、三都の廓にもおさおさおとるまじとぞ思はる。さればひとたび此廓《さと》に遊べるものは、魂有頂天にのぼり、更に家に帰るを忘るべし。

（「美那登能波奈横浜奇談」文久三年版）

死んでも外国人はいやだと言っていた遊女たちも、日を経ずに変節した。実際に接してみると、外国人は金を持っているし、女性に対する態度が丁寧だ。進んで外国人の相手をしようという遊女が増えていった。

外国人に遊女を斡旋《あっせん》するには鑑札がいる。攘夷派の浪士たちによる襲撃などを警戒しての措置だ。その鑑札を一手に握っていたのは、岩亀楼の岩槻屋佐吉である。

岩亀楼の中は外国人向けと日本人向けに分けられていたが、たとえば商館などに遊女を呼ぶ時も、この鑑札が必要だった。

外国商館には、居住者として、日本人のボーイやコックがいた。その他に「娘」という記載が多く見られる。これはその商館の主が囲っている遊女のことである。

外国人に慣れてくるにしたがって、素人娘も外国人と付き合うようになってきた。中には真面目な恋愛や結婚もある。そこにまで鑑札を適用することはできない。外国人に身を売る女は「らしゃめん」と呼ばれて蔑まれたが、素人娘は「娘《ガール》らしゃめん」と呼ばれた。

「らしゃめん」の語源は、布地の羅紗から来ているという説がある。「ラシャ」はポルトガル語で、毛織物の一種だ。防寒性の高い羅紗を、外国人たちは衣服や毛布として愛用し、それを遊女ももらうことがあったから、ということらしい。「洋妾」と書いて「らしゃめん」と読んだりもした。

鑑札制度は徐々に消えていったが、外国人と日本娘の恋や結婚、自由売春は、その分、増えていった。

大佛次郎の「霧笛」、M・デュバールの「おはなさんの恋――横浜弁天通り1875年」などに、そのあたりの世相がよく描かれている。

慶応二年（一八六六）、十月二十日午前八時頃、遊郭に近い末広町の豚肉店から火が出た。おりからの風に乗って炎はまたたく間に拡がり、遊郭を焼き尽くし、日本人町の三分の一、外国人居留地の四分の一を焼き尽くした。

遊郭の周りはまだ沼のまま。駐屯していた英国軍が舟を出し、裏口から救出しようとしたが、我勝ちに乗り込む人で転覆したりと、あまりうまくいかなかったようだ。

遊女や遊郭関係者の犠牲は数百人にも及んだ。砂嘴の上に建てられた港崎遊郭は、まさしく「砂上の楼閣」となったのである。

じつは、居留地に隣接するかたちで遊郭があることに対して、キリスト教の宣教師たちから抗議が出ていた。造れと言ったり止めろと言ったり、欧米人はややこしい……と、私などはつい思ってしまうのだが、なくせというわけではなく、もっと目立たない場所にしろということだったらしい。

幕府は場所を考慮中だったが、そこへこの大火。遊郭は必然的に移転することになり、数回、場所を変えた後、明治十五年、南区（現）の真金《まがね》町・永楽町に落ち着いた。が、昭和三十三年（一九五八）の売春防止法施行で幕を閉じ、人身売買だと諸外国から評判の悪かった公娼制度も、ようやく廃止になった。

メリケンお浜とチャブヤ

横浜にはもうひとつ、チャブヤという独特な娼館があった。こちらは始めから私娼である。中区本牧の小港、中区石川町の大丸谷あたりに集中していた。

「チャブ」の語源は、英語の「チョップハウス」だと言われている。ステーキをメインとする気軽なレストラン、というような意味だが、長崎や横浜などで「ちゃぶ」という日本語風な発音になったらしい。波止場に降り立った外国人船員たちを待ち構え、ここへ案内する人力車夫《リキシャマン》からこの言葉が広まったというだけあって、チャブヤの客は基本的に外国人だ。

このモダンな娼館群が誕生したについては、横浜らしい由来がある。

居留地に住み着いた外国人たちは、馬や馬車を移動手段として持ち込んだ。そして好奇心の赴くまま、あちこち見物に行きたがった。幕府としては不安でならない。すでに何件も、攘夷派の浪士による外国人殺傷事件が起きている。そのたびに多大な賠償金支払いを余儀なくされる。野蛮な国だと責められる。

文久二年（一八六二）、薩摩藩の藩士が、藩主・島津久光の行列に馬で割り込んだとして、イギリス人三人を殺傷するという事件が起きた。「生麦事件」として知られる出来事だ。賠償金だけでは済まず、この事件は薩英戦争にまで発展した。

これに懲りた幕府は、外国人たちが馬で安全に散歩できる道を造ることにした。そして慶応元年（一八六五）、開設されたのが「外国人遊歩新道」である。

元町近くの地蔵坂を出発点にして、根岸を巡り、本牧をぐるりと回って戻る。約九キロの、丘あり海岸線ありの風光明媚な道程である。外国人たちにも大いに喜ばれた。

だが、喜ばれた理由は景色の良さだけではなかったようだ。遊歩新道の沿道には、そこここに休憩のための茶店が設けられたのだが、やがて、そこで提供されるのは茶菓だけではなくなった。女性との密なひとときも買うことができる。それがいつしか、堂々たる二階建ての娼館へと発展していったのである。

一階がバーのあるホール。客はここで、女性と一緒に飲んだりお喋りしたり、ダンスに興じたりする。相手が決まれば二階の個室へと消えていく。西部劇でよく見るスタイルだ。

日本人お断りというわけではないのだが、この頃はドルのほうがはるかに強い。外国人用に設定された料金だと、入れる日本人は金持ちや売れっ子文化人に限られる。

北林透馬、大佛次郎、谷崎潤一郎などが、本牧のチャブヤについて書いているが、彼らのような流行作家でもなければ、おいそれと遊べる場所ではなかった。

小港でナンバーワンといわれたチャブヤ、キヨホテルには、メリケンお浜という名物娼妓がいた。大柄で社交的、床《とこ》上手だというので外国人に人気があり、「日本、横浜　お浜さん」という宛名書きだけで外国からの郵便が届いた、というエピソードまである。

大正時代に入ると、こうしたチャブヤは三十軒を超え、全盛期を迎えた。新しもの好きだった谷崎潤一郎は、キヨホテルの隣に家を借りて住み、元町の裏手にあった映画会社、大正活映の文芸顧問を務めていた。

自ら脚本を書き、ハリウッド帰りの栗原トーマスを監督に据え、「アマチュア倶楽部」という映画を製作している。まだ映画が活動写真と呼ばれていた頃で、もちろん無声映画だ。主役に抜擢されたのは葉山三千子《みちこ》。谷崎の妻の妹だ。

この頃、谷崎と三千子は公然たる男女の関係にあった。真面目一筋の男が、カフェの女給をしていた奔放な少女に翻弄されるという谷崎の小説「痴人の愛」には、葉山三千子やチャブヤが投影されていると言われている。

大正十二年（一九二三）九月一日、東京・横浜を関東大震災が襲った。たまたま箱根にいた谷崎は難を逃れたが、大の地震嫌いだったこともあり、即、関西に居を移した。

チャブヤもこの大震災で壊滅した。戦後もチャブヤと称する店は存在したが、もとのイメージとはまったく異なるものだ。戦後のそれは、進駐してきた米兵相手の安手な売春スナックだった。

ちなみに、海外にまで名を馳せ、野坂昭如、小堺昭三の小説のモデルにもなったメリケンお浜は、流れ流れて南区の真金町に現れた。昭和三十三年まで遊郭のあった町だが、彼女が来たのは廃止後だったようだ。

老いたお浜はここで小さなスナックを出した。白く塗りたくった顔で目立った存在だったようだが、チャブヤの女王だった頃の面影は、まるでなかったという。

やがて癌に冒され、スナックも閉じ、住んでいた安アパートの家賃さえ滞りがちになった昭和四十四年三月三日、遺体で発見された。

首にストッキングが巻かれていたので殺人を疑われたが、心臓衰弱死の可能性もあった。誰が彼女の首を絞めたのか、迷宮入りのままである。

シーボルトの娘、おらんだおイネ

幕末、明治、大正と歴史を振り返り、つくづく思う。外国人男性と日本女性の交流が、横浜はなんと多いことか。

どれほど多くの混血児が生まれたか、想像に難くない。避妊の方法も確かなものはなく、堕胎も、命と引き替えのような方法しかなかった時代である。望むと望まざるとにかかわらず、とりあえず出産するしかないケースもあっただろう。

日本は島国だし、長い鎖国の時代もあった。昔から他国との往来が盛んで、人種も混ざり合っている国とはわけが違う。たとえ半分でも外国人の血が入っている者は、奇異の目で見られがちだ。

親が正式に結婚しているとか、それなりの地位や経済力がある場合はまだいい。そうしたケースは後述するとして、社会的な力のない庶民の女、あるいは娼妓から生まれた混血は、社会の中でどういう立場にたたされたのだろう。幕末から大正にかけてその資料となるものを、私は横浜において見つけることができなかった。

『横浜市史稿　風俗編』（昭和七年発行）に「らしやめんと混血児」という項がある。しかし冒頭にあっさりと、混血児がらみの案件がわかるような史料はなにもないから、長崎市史を引例して、横浜もこうであったに違いないということにする……という文言が記されている。

横浜ではなにも問題がなかったから、というわけではないだろう。昔も今も、その問題に目を瞑《つむ》ってきただけではないだろうか。

ともあれ、長崎はどうだったのか。

鎖国の時代もここだけは港を開き、中国、オランダと交易をしていた。だからそれぞれ、唐人屋敷、出島という居留場所があった。出入りする外国人、ことにオランダ人は、安政五年（一八五八）の五ヶ国条約によってあらたな条約が締結されるまで、出島の外に出ないよう、厳しい監視下に置かれていた。むろん日本人も、公用であると奉行所が認めた者以外、立ち入ることはできない。

長崎には丸山遊郭があった。江戸の吉原、京都の島原と並ぶきらびやかな遊郭だ。オランダ人が丸山遊郭の女を出島に招いたり、自分の居宅に住まわせたりする場合も、許可が必要であったことは言うまでもない。

文政十年（一八二七）、イネと名付けられた混血の女児が長崎に生まれた。母は丸山遊郭の遊女で源氏名を其扇《そのぎ》といった。本名は瀧《たき》。父はドイツ人の博物学者にして医師のフィリップ・フランツ・フォン・シーボルト。

日本の西洋医学、植物学にも大きな貢献をしたシーボルトは、国籍を偽り、オランダ商館付きの医者として来日していた。出島では鳴滝塾《なるたきじゅく》を開き、高野長英、二宮敬作など、西洋医学を志す日本の医者や学者たちを指導した。

また、オランダ商館長の江戸参府にも随行し、日本の博物学、民俗学を調査研究した。イネが生まれたのは、江戸参府の翌年である。

並み居る丸山遊女の中でも、十七歳の瀧はとりわけ美貌だった。学究肌のシーボルトは二十七歳。瀧に夢中になり、やがて自分の居宅に彼女を住まわせるようになった。その愛は、紫陽花《あじさい》の新種に名前をつける時、「ｏｔａｋｓａ」（おたきさん）と命名するほどだった。

出島のオランダ人たち、そして鳴滝塾の塾生たちからも尊敬され、大切にされているシーボルトに、瀧も次第に惹《ひ》かれていったのではないだろうか。さらに、彼の子どもなら、混血児だからといって粗略に扱われることはないと確信して、イネを産んだのだろう。

出島ができたのは三代将軍家光の頃だが、混血児に関しては早々と問題になっていた。日本人として受け入れることはできないというので、その父母、きょうだいもろとも、国外追放という厳しい沙汰が下りている。

昭和十三年、「長崎物語」という歌謡曲が大ヒットしたが、歌詞に詠われている「じゃがたらお春」は、出島初期に実在した混血児だ。父はイタリア人。十五歳の時、母や姉とともにジャガタラ（ジャカルタ）へ追放された。そこから日本の知人に宛てた、故郷を懐かしむ手紙が、「じゃがたら文《ぶみ》」として残っている。

こうした追放制度は時が移るにつれてなくなり、正規の手続きさえ踏めば、混血児も一般の日本人として認められるということになった。

差別や偏見までなくなったわけではない。イネが生まれた頃も混血児の流産、死産は異常なほど多く、そこに人為的なものが加わっているらしいことはよく知られていた。

シーボルトは、生まれた娘を非常に可愛がり、瀧への愛もいや増した。瀧もその愛に応えて彼に尽くし、二人は夫婦のような情愛を深めていった。

なのに、運命は過酷だ。イネが二歳になった年、シーボルトは帰国することになった。その船が暴風雨のために坐洲《ざす》し、積荷の中から、日本の地図など、国外持出禁止の資料が発見された。シーボルトはスパイの疑いをかけられ、国外追放となってしまう。二度と日本に来てはならないということだ。

鳴滝塾の有力な塾生たちに、イネの将来をくれぐれも頼むと言い置き、シーボルトは日本を出ていった。瀧を身請けして遊女の身から解き放ち、塾のあった鳴滝の土地と建物の他、暮らしに困らないだけの金品も与えていった。

イネは長じて、塾生であった二宮敬作や石井宗謙から医学やオランダ語を教わるようになる。彼女は父親譲りの優秀な頭脳を持っていた。自分が混血児であることを意識し、自立ということが早くから念頭にあったようだ。

イネは生涯、独身だった。産科の医師として宮中に上がるほど活躍した。しかし、医学の師であった石井宗謙に強姦され、娘、高子を産んでいる。その高子もまた、医学を志したのに医師に犯され、子どもを産んだ。

強姦という非情な行為は、現代でも少なくない。だがこの時代には犯罪にもならなかった。男尊女卑の世であったことに加えて、混血児であることも、相手にとってはつけこむ要素だったのかもしれない。

なお、シーボルトには他にも馴染みの遊女がいて、別の子どもも生まれているという説がある。妾を何人持とうと、婚外の子どもが生まれようと、それは男の甲斐性だとされた時代である。

シーボルトが追放を解かれたのは安政五年（一八五八）。修好通商条約により日本の幕府から外交顧問として迎えられ、娘、イネとも再会している。

しかし、さまざまな国が入ってきたことで、混血児に対する処遇はややこしいことになってきた。『横浜市史稿　風俗編』には、幕府がその対策に悩んだであろう変遷が紹介されている。混血児の母親は「遊女」を想定しているが、一般女性と外国人の組み合わせであっても、一応、これが基準になったのではないだろうか。

条約以前の長崎では、混血児の国籍は父親のそれに準ずるとしていた。だから、母親の承諾があれば、父親は母国へ子どもを連れて帰っても良いとされた。

しかし、条約後は長崎の他に箱館、新潟、横浜、兵庫（神戸）も開港場となり、当然ながらそこでも混血児問題が発生。長崎の一存では決められない。そこで幕府は、横浜、箱館と話し合いの上、取り決めを定めるよう、長崎に通達した。

結果、母親に異議がなければ、父親は母国に子どもを連れ帰って良い、ということになった。ただし父親が子どもを居留地内に住まわせたいという場合は、母親が子どもを引き取り、子どもが十歳になるまで市街地で育てる。十歳以降は外国人として扱い、居留地に住まわせることもできる。

果たしてどういう結果になったのかはわからないが、文久三年（一八六三）に起きた案件が、例として記されている。

横浜の居留地に籍を置くオランダ人が、長崎滞在中に丸山の遊女と昵懇《じっこん》になり、三人の子どもをもうけた。彼はその子どもたちを横浜の居留地へ連れて帰りたいと奉行所に申し出た。しかし母である遊女は、子どもを手放したくない。長崎のオランダ領事は母親を説得し、三人のうち、六歳と三歳の子だけ、父親と一緒に横浜へ移り住むという結論を下した。一人を母のもとに残したのだ。

また、慶応二年（一八六六）には、イギリス系の会社に勤務する清国人が、丸山遊女との間にもうけた子ども二人を上海に連れ帰っている。

このような案件の際は、子どもが幼いのだから母親も一緒に、という意見が当然出た。だがそれが実現しないのは、正式な結婚をしていないばかりか、すでに男性には妻子がいるというケースが多かったからだ。

親の愛情を充分に受け、経済的にも恵まれた混血児は、それなりに教養を身につけ、社会に出る道もあった。が、差別や偏見に晒《さら》され、自暴自棄に陥り、道を踏み外した例は少なくない、と『横浜市史稿』には記されている。

ポンチ絵という言葉がある。漫画風な風刺絵のことだ。この言葉は、文久二年（一八六二）横浜の外国人居留地で創刊された日本初の漫画雑誌「ジャパン・パンチ」から発生した。雑誌の発行者はイギリス人画家のチャールズ・ワーグマン。彼は発行者であり、ポンチ絵を描く画家であり、記者、執筆者でもあった。

ある時は楽しげに活き活きと、ある時は痛烈な皮肉を交え、外国人や日本人の暮らし、生麦事件のような出来事を発信し続けた。私生活では小沢カネという日本人女性と結婚し、一児をもうけている。

彼の描いた居留地外国人の中に、ニコラス・フィリップス・キングドンというイギリス人がいた。豊かな顎髭をたくわえたその姿は、競馬場で飛び跳ねていたり、馬を駆って疾走していたり、居留地自治会で熱弁をふるっていたりという姿で、「ジャパン・パンチ」誌上に残されている。

キングドンは一八二九年、ロンドンで生まれた。上海へ渡り、大手イギリス商社デント商会の社員として働いていたが、文久三年（一八六三）、同社の特別代理人として横浜へやってきた。生麦事件の翌年である。

薩英戦争前夜の横浜居留地における緊迫感を、キングドンは母に宛てた手紙に詳しく綴っている。

残念ながらデント商会はうまくいかなかったようだ。三年後には撤退を余儀なくされている。しかしキングドンは四年後にキングドン・アンド・シュワーブ商会という貿易商社を創業し、仕事だけではなく、居留地自治会の衛生・道路委員、消防隊員、横浜ユナイテッド・クラブ会長などに就任して活躍した。

上海にいた頃から、故国の母や兄に手紙を書き送っていたが、ビジネス関連以外は自分の健康に関する愚痴が多い。リュウマチがあったらしく、しばしば体調不良に悩まされたようだ。

日本に移り住んだ時、彼はすでに三十代半ば。しかし、妻や恋人がいる様子はない。何年にもわたる書簡なのに、友人以外の女性が登場しない……と思ったら、明治十四年（一八八一）になっていきなり「秘密」が打ち明けられる。十四歳になる息子のキンキクをヨーロッパで勉強させることにした、というのである。

「ご存知だったでしょうが、わたしには家庭があります」

と、彼は手紙で打ち明ける。妻は日本人で、この時、長男キンキクだけではなく、アーサーという次男もいた。妻ムラの弟たちは、横浜浮世絵を描いて活躍した絵師、歌川鶴松（二代目）と歌川国松（五代目歌川豊国）である。ムラと弟たちの父親も、歌川国鶴という絵師だ。

結婚したことを黙っていたのは、それが「あなた（兄のアビイ）や他の兄弟に対してデリケートな問題なので」と書いている。日本人の妻、そして彼女との間にできた子どもが、故国の家族に受け入れてもらえるかどうか、不安だったのだろう。

その心配は杞憂だったらしく、キンキクは伯父のアビイによく面倒をみてもらうことができた。キングドンも安心して、以後はおおっぴらに、妻のムラや子どもたちのことを書くようになった。その筆致は愛情に満ちており、読んでいて、私もなんだか安堵を覚えた。

日本女性を現地妻にするだけの西洋人も多かった中、そうではない者もちゃんといたのである。

その後、エリザベスという女児も生まれた。キンキクとアーサーは母に似て東洋系の顔立ちだが、エリザベスは青い目とチェスナットブラウンの髪、薄いバラ色の肌であることを、キングドンは喜んでいる。

しかし、いかにも西洋風な娘の外見は、喜びと同時に不安をもたらした。キングドンは後に娘をイギリスに送っている。その理由として、日本は混血児が生きにくい国であるからと説明しているのだ。

長男のキンキクは、父と同様、日本女性と結婚している。しかし、妻と二人の子どもたちを残し、若くして病死した。幸い、キンキクの生命保険があったので、遺族の生活は成り立ったようだが、祖父キングドンの手紙はその後、自分の遺産を、キンキクの子どもたち、アーサー、エリザベスに分割することについてこまごまと記されている。

ハーフ・カースト

高校生の時、英語の成績がわりあい良かった。外国へ行くことも憧れだった。だから喋れるようになりたかった。しかし高校の英語教育では、テストで良い点を獲れても、実践の役には立たない。これはもう、なんとかして外国人と知り合いになり、会話に慣れるしかないと思った。

いま思えば、我ながら行動力があるというか大胆というか、「朝日イブニングニュース」のインフォメーション欄に「夏休みに外国人家庭でアルバイトをしたい」という告知を出した。一件の連絡があったので、大喜びで出向いた。川崎の公立高校へ通う地味な女子高生は、ましな私服もないから制服姿で。

それが横浜だったか横須賀だったか、どちらでもない場所だったのか、もう覚えていない。ともかく面接だというので、いさんでその家に出かけて行った。木造平屋建てのいわゆる外国人住宅だった。

出てきたのは日本人の奥さんだった。欧米人は目鼻立ちがくっきりしている。それに合わせようとするのか、私が知る限り、この時代、外国人と結婚した日本女性は、化粧の濃い人が多かった。彼女もその例に洩れない。

「うちのが、来いって連絡したの？　へぇ……」

なぜか彼女は、私の訪問を知らなかったようだ。奇妙な目つきで私を眺め回し、奥のドアのほうへ顎をしゃくった。

その部屋に入ると、小太りの中年白人男性がいた。せかせかと私を椅子に座らせる。そしてカメラを構えた。なにがなんだかわからない。英語で面接があるのだからと、頑張って単語を頭に入れてきたのに。

彼は顔をしかめ、制服のスカートを指さして、しきりになにか言う。何度か聞き返し、「ひだの多いそのスカートが邪魔で体の線が出ないから、それを脱げ」と言っているらしいことがわかった。

戸惑って「ノー」と首を横に振ると、呆れたと言いたげに「ホワイ?」と声を上げ、ますますしかめっつらになる。なにか自分が誤解しているのかもと、つたない英語で私も必死に問い返す。

「スカートを脱ぐのですか?　このスカートを脱ぐ?」

そうだ、と大きく頷き、彼も身振り手振りを交えて言い返す。

「そうだよ、スカートを脱がなきゃ写真が撮れないじゃないか!」

もうひたすら「ノー、ノー」と言い続けるしかなかった。下着だかヌードだかのモデルになるために、私はここに来たわけではない。アメリカ人の家で、掃除などの手伝いをしながら英会話を学びたいと記しておいたはずだ。

ありがたいことに向こうがついに諦めてくれた。カメラを手にしたまま天を仰ぎ、もういい、帰れと、ドアを指さしたのだ。

私は急いで部屋を出る。玄関で奥さんに会った。

「すみません、スカートを脱いで撮影すると言われたのですが、できなくて……」

「あ、そう」

眼に嘲笑を浮かべ、彼女はそれだけ言った。

私はバカがつくほど無防備だった。もしも奥さんがいなかったら、もしも相手がよからぬ企みを持っていたら、どうなっていたかわからない。仮にレイプされても、泣き寝入りするしかなかっただろう。

この頃、アメリカの力は、戦後の接収時よりましとはいえ、依然として強かった。さらにいえば、日本における女性の立場はいまよりはるかに弱く、たとえば電車で痴漢にあったからといって、女子高生が男を突き出すなどということは、夢にも考えられなかった。

戦後の教育は、戦争のことなどなにも教えない。私の誕生日は八月六日だから、もちろん原爆のことは知っていた。けれども、そこへ至るまでの経過を知らない。いまのように、ネットでなんでもわかるという時代でもない。日本は貧しい劣等国。日本製品は良くない。欧米は日本より高みにある先進国。みんな英語がペラペラだし……と本気で思っていたほど、私は無知な高校生だった。

そんなことがあったにもかかわらず、英会話ができるようになりたい、外国人と話したい、という気持ちは消えない。東横線白楽に教会があり、そこで外国人が無料の英会話教室を開いている、という情報が入ったので、友人三人と一緒に出かけていった。

白人の若い男性が出てきて、愛想よく迎えてくれた。しかし残念なことに、彼は日本語が堪能だった。立て板に水で教義を説き、ようやく終わったと思ったら、賛美歌を歌わされた。それも日本語で。英会話というのは、体《てい》のいい勧誘だったのだ。

こうなったら当たって砕けろだと、また一人で、当時は欧米人が多く住んでいた横浜・山手へと出かけていった。外国に近づきたい一心である。

乳母車を押した白人女性が通りかかった。ここぞとばかりに近づき「May I talk with you?」と教科書通りに話しかける。女性は私のほうを見ず、早口の英語でなにか言いながらそそくさと去ってしまった。

いやがられているのはすぐにわかった。どうやら、私と同じ目的でここへ来る者が、他にもけっこういたのだろう。

この状況を外国人側から描写している本に出会った。レスリー・ヘルム著『横浜ヤンキー——日本・ドイツ・アメリカの狭間に生きたヘルム一族の150年』（明石書店、二〇一五年発行）である。他人種の血を引いて日本で生きることが、どういうことであったかも、この本は教えてくれた。

僕たちが住む山手には、観光客が「外国」を訪れるかのごとく、大型バスに乗った日本人が見学にやって来た。遠足で来た日本人女学生はくすくす笑いながら金髪の僕を指さして「ほら、ガイジンだ！　見て、ガイジンがいるよ！」と言い、詰襟姿の男の子たちはバスの窓から顔を出して、「ヘイ、ユー！　ユー・ヤンキー・ボーイ！　ジス・イズ・ア・ペン！」と叫ぶ、といった具合だった。

著者のレスリー・ヘルムは一九五五年、横浜の山手で生まれた。長じてジャーナリストになり、自分のルーツに関わるこのノンフィクションを著した。そこに書かれている日本の高校生は、まさに私の世代、私そのものだ。

学校が川崎だったから、バスで遠足にこそ行かなかったものの、ガイジンを見るために、そして英語を喋ってみたいがゆえに、わざわざ横浜の山手へ行った。動機は外国人や英語に対する憧れだったのだが、彼らにとっては迷惑以外のなにものでもなかっただろう。

レスリーは続ける。

日本でガイジン扱いされて育ったことで、そうした〝アウトサイダー的立ち位置〟が僕のアイデンティティの中心を占めるようになった。どこへ行っても、見ず知らずの人たちがガイジンの僕と一緒に写真を撮ろうとした。観光客が「昔の日本」風景の写真が撮れるようにと、京都の通りを歩かされるアルバイトの舞妓もどきと変わらない。

レスリーの曾祖父であるユリウス・ヘルムは、明治二年（一八六九）に横浜へやってきた。さまざまな仕事についた後、明治九年（一八七六）頃、横浜の居留地に運送会社を立ち上げる。会社はイギリス系だが、ユリウスはドイツ人だ。

明治二十四年（一八九一）、ユリウスは弟とともにヘルム兄弟商会を発足させ、事業の多角経営によって大成功した。住み込みの女中だった日本女性、ひろを妻にして、レスリーの祖父ジュリーを含め、八人の子どもをもうけている。

ヘルムの名は、横浜のそこここに残っている。本牧のヘルム山と呼ばれる丘はヘルム家の別荘があったところだ。磯子にはヘルムドックと呼ばれる水門跡があるが、そこには木造船の造船所があった。

また、山下町五十三番地にはヘルムハウスがあった。建てられたのは昭和十三年（一九三八）。五階建てコンクリート造りの、頑丈で美しいビルだ。

一階はヘルム兄弟商会の本社や銀行、アール・デコ調のダイニングルーム、バーなど。二階以上が家具付きの高級アパート。外国人専用だ。各戸に冷蔵庫、コーヒーメーカー、ガスレンジなどの、アメリカから取り寄せた家電が備え付けられていた。

終戦後は米軍に接収され、将校宿舎に使用された。老朽化して、二〇〇〇年に取り壊されたが、横浜の近代建築を語る際には外すことのできない建物である。

初代、ユリウス・ヘルムと結婚した日本女性、ひろは若い頃の写真を見るととても美しい。が、レスリーが著書で記しているように、たちまち頬のそげた、苦労が滲み出ているような顔に変貌する。

ひろは、引きも切らない外国人訪問客をもてなし、家事、出産、育児に追われ続けた。しかも、ユリウスと結婚したことで実家から縁を切られている。

使用人だった日本人夫婦が屋敷内で殺傷事件を起こしたこともある。浮気をした妻を、夫が刺殺したのだ。その際、止めようとしたひろも斬られ、重傷を負っている。

苦労続きで、あまり幸せではなかったかもしれないと、レスリーは、曾祖母であるひろに思いを馳せる。

ひろが癌を患い、五十歳で亡くなると、ユリウスはアルマというドイツ人女性と再婚した。アルマは子どもたちに、日本人の血を恥じなさいと教え込んだ。

ひろとユリウスの間に生まれた子どもの中で、レスリーの祖父にあたるのは三男のジュリーだ。黒髪のジュリーは、顔立ちも他のきょうだいたちと比べて東洋的だった。

山手のセント・ジョセフ・インターナショナル・カレッジを卒業し、ヴァージニアに渡り、まずは叔父の農場を手伝う。それからドイツの学校で学び、ニューヨークで会計学を修了した後、日本に戻り、ヘルム兄弟商会の書記と会計を担当した。

が、横浜在住外国人が集うユニオン・クラブには、日本人との混血だという理由で入れてもらえなかった。

欧亜混血を称する言葉に「ハーフ・カースト」がある。「カースト」は階級のことだから、半分の階級ということだろうか。カーストの頂点に立つのは白人だが、そこに色の違う人種の血が混じっている場合は、半分しかトップ・カーストの資格はない、ということらしい。

レスリーは、一九一八年発行の『アメリカにおけるムラート』（アメリカ社会学会会長、エドワード・バイロン・タイラー著）という本を参考に、当時におけるハーフ・カーストの立場を解説している。

「（ハーフ・カーストは）二つの文明の間に立っているが、どちらにも属さない。彼らは惨めで頼りなく、軽蔑され、無視されている」

その理由として、バイロン・タイラーの見解はこうだ。

「幼年期からちやほやされ、子供時代には現地の召使に甘やかされて育ち、本人はその召使に依存しきっている。その結果として、男らしさといった性格の発達が未熟で［中略］成人してからはずる賢く、信用が置けず、不正直となる。自立性に乏しく、いつまでたっても特別扱いを要求する。［中略］社会的に欧亜混血はのけ者扱いされる。支配的立場にある白人からは見下され、現地の人々からは嫌悪されるからだ」

二十世紀初頭とはいえ、ずいぶんと決めつけたものだ。しかし、頷ける一面もある。

日本のバブル期が終わろうとする頃、私は上海で一ヶ月ほど暮らしたことがある。中国語のできない私は、日本企業の駐在員夫人たちの後ろにくっついて、何度か買い物や食事に出かけた。

そこで耳にしたのが、「甘やかされた子どもたち」のことだ。家族を伴って駐在している人も多く、給料の他に駐在員手当がかなり付く。しかも上海の物価は日本に比べてはるかに安い。

たいていの家庭が阿媽《アマ》さんと呼ばれる家政婦を雇う。料理、掃除、子どもの世話と、三人、雇っている家庭もある。奥さんは空いた時間、エステやマッサージ、買い物、友人たちとの食事などで忙しい。

それで困るのが帰国してからだ。靴下まで阿媽さんに穿かせてもらい、自分ではなにひとつできなくなった子どもが多くいて、日本での暮らしに適応できなくなるのだという。

二十世紀に入っても、文明、経済を含めて、ヨーロッパとアジアでは国力の差が大きかった。そのような力関係の中で欧米人と現地人との間に生まれた混血児には、甘やかされて育つ反面、大人になるとハーフ・カースト扱いという、不条理な立場に置かれた者も少なくなかったのだ。

一九五五年生まれのレスリーが育った時代でも、ハーフ・カーストの立場はあまり変わらず、ヤクザなどの闇社会や、そこと繋がっている芸能界へ、多くの人が誘い込まれていったという。

レスリーの祖父、ジュリーの時代へと話を戻そう。

第一次世界大戦が始まると、日本は軍需景気に沸いた。ヘルム兄弟商会も大いに儲かった。が、その好景気は長く続かなかった。大正十二年（一九二三）、関東大震災が起きたのだ。

開港以来、国際都市として発展の一途を辿っていた横浜だが、この時、致命的な打撃を受けた。中心部にあった建物のほとんどが一瞬にして倒壊、焼失した。明治、大正を彩った異国情緒溢れる街並みは、もはや古写真の中にしかない。

阿鼻叫喚の中で、さらに凄惨な事件が起きた。「朝鮮人が暴動を起こし、井戸に毒を入れた」という噂が流れたのだ。

明治四十三年（一九一〇）の日韓併合以来、日本は朝鮮を統治していた。朝鮮ではこの時代を日帝植民地時代と呼ぶ。

この時期、朝鮮では日本から独立するための抗日運動が起きていた。大正デモクラシーの時代だから、日本国内にも労働運動、民権運動の嵐が吹き荒れている。日本人活動家たちが朝鮮人を先導しているとか、横浜刑務所から一時、解放された囚人たちが、朝鮮人と一緒に暴行を働いているとか、さもありなんという流言飛語が恐ろしい勢いで拡がった。

すぐさま、竹槍や日本刀で武装した自警団が結成され、いわゆる「朝鮮人狩り」が始まった。

この時の犠牲者数は、東京、千葉、神奈川をあわせて二千人を超すと言われている。そんなに多くないという説もあれば、いや、そんなものではないという説もある。数字はともかく、虐殺があったことはまぎれもない事実である。

群集心理は恐ろしい。パニック状態の中で中国人や日本人も殺害された。混血とはいえ、明らかに西洋の血を引く外貌のジュリーも狙われた。豊かな欧米人を妬む心理が、こういう時に噴き出たのかもしれない。

竹槍で追い回されたジュリーは這々《ほうほう》の体で逃げ、外国人が集まっていた山手の麓にたどり着いた。欧米人たちの多くは、船で脱出し、本国へ帰った。神戸に拠点を移した外国商社も少なくない。なにしろ横浜は、新聞に「東京に合併される」という記事が出たほどの惨状だったのだ。

ジュリーはしかし、横浜に踏みとどまった。そして横浜市街地や山手の土地を買い漁った。震災復興に寄与したということで、横浜市からは大いに感謝されたようだ。それから二年後。彼は日独ハーフのベティーと結婚した。長男ドナルドが生まれたのはその翌年である。

昭和二年（一九二七）、山下町に復興のシンボルともいうべきホテルニューグランドが開業した。なんとか外国商社を呼び戻そうと、横浜の官民一体となって建造された外国人向け高級ホテルである。ジュリーも来日する多くの客を、ここに泊めた。

新山下に二年遅れで開業したバンドホテルは、個人経営ではあるが、やはり同じ目的で建てられた外国人向けホテルだ。こちらは一九九九年に閉鎖し、取り壊されて現在はない。

こうして横浜は甦ったものの、平和は長く続かなかった。一九二九年、世界大恐慌が始まり、輸出は落ち込んだ。それに、地方の冷害、津波、農作物の凶作などが追い打ちをかけた。あらゆる分野で倒産が相次ぎ、都会には失業者が溢れた。親きょうだいを養うため、若い娘の身売りがあたりまえのように行われたのもこの頃である。

私のデビュー作『花園の迷宮』は、ちょうどこの頃の横浜・真金町遊郭を舞台にしている。ほどなく、戦争の時代が始まった。昭和十二年（一九三七）日中戦争勃発。四年後、太平洋戦争に拡大。第二次世界大戦である。

『神奈川県警察史　中巻』によれば、昭和十六年七月末現在、県内在住の外国人（中国人を除く）は九百七十六世帯、千九百二十四人だった。

ペリー艦隊が来航したのを機に日本は開国、という歴史があるので、つい、ここでいう「外国人」はアメリカ人が一番多かったように錯覚しがちだが、ドイツ人がトップで六百二人。次いでイギリス人二百三十一人、白系ロシア人百九十六人、アメリカ人百七十一人、インド人百三人、フランス人百人。

他にも、県内だけで四十四ヶ国の外国人が在住していた。場所としては横浜の山手がもっとも多く、次いで加賀町署の管轄区域内（現在の中区）。

太平洋戦争で敵国となった国籍を持つ者は、開戦時点で敵国人となり、資産を凍結された上に、抑留施設に収容された。

神奈川県下の抑留施設としては、中区新山下のヨットクラブ、根岸競馬場付属建物があった。ここに入れられたのは十八歳以上の男子である。本牧の米軍住宅も全員退去となった。

収容開始の翌年には、教師、宣教師、修道女、保母などの職に就いていた女性たち、さらにその翌年には高齢者、主婦、子どもまでが対象になり、東京や神奈川県厚木市の施設に抑留された。

抑留はドイツなどの同盟国、そしてスイスのような中立国の在住外国人にまで及んだ。日本人でさえ戦時中はものみな配給制となり、食べるにもこと欠いていたが、抑留外国人も飢えに苦しんだ。

その上、なにかで外出する際には、暴言や石礫《つぶて》が飛んできたり、故意に水道や配給食料を止められたりといった嫌がらせを受けた。拷問、餓死、自殺もあった。

もちろん、逆の立場でも同じことが行われた。アメリカ及び、アメリカの影響下にある国では、この時期、日系人が強制収容され、財産も没収されている。アメリカ、カナダ、ペルー、ブラジルなどには多くの日本人移民がいた。一家をあげて移民し、身を粉にして働き、ようやく暮らしが整ってきた人たちだ。その苦労がすべて無になったばかりか、囚われ同然の身となったのである。

おびただしい数のユダヤ人が殺害されたアウシュビッツに比べたら、どこの収容所も人道的だったかもしれない。しかし、昨日まで隣人であり、信頼関係で結ばれていた人を、「敵」として告発し、酷い状況に追いやる、自分は決してそのような人間ではないと信じていたのに、国防という大義名分のもとにそれをやってしまう。それが戦争なのである。

さて、ジュリー・ユリウスはこの時、どんな状況にあったのか。

一九四〇年、日独伊の三国同盟が締結された。ヒトラーのドイツ、ムッソリーニのイタリアを味方につけ、日本はアジア最強の国となった。同時に、在住外国人への締め付けにも拍車がかかった。疑惑の対象にならないよう、玄関にハーケンクロイツを掲げるドイツ人もいたという。

ジュリーはドイツ人だが国籍はアメリカだ。それでも、ヘルム家は関東大震災からの復興に協力し、横浜市からも特別待遇を受けている。大丈夫だろうとたかをくくっていたが、アメリカ大使館から、「在住アメリカ人に対して責任が取れない」という警告もあり、ついに家族を引き連れてサンフランシスコへと移り住んだ。

日本が真珠湾攻撃を決行し、太平洋戦争の火蓋が切られたのは、その三ヶ月後のことだった。

一家は運良く、アメリカで収容所送りから逃れた。が、地元の新聞に「ヘルム一家はジャップだ」と書かれ、不安が絶えない日々だったようだ。

長男ドナルドは、多感な思春期を迎えていた。小さい頃は日本で「ガイジン」呼ばわりされ、日本人の子たちにいじめられ、泣きながら家に帰ったこともある。なのに、母国であるアメリカで、今度はジャップ呼ばわりされたのだ。

戦争が終わり、また日本で暮らすようになってから、ドナルドはある日本女性に恋をする。

本気で愛していたのに結婚はしなかった。どちらの国で暮らそうと、差別や偏見に晒されることがわかっていたからだ。

相手が妊娠したと知ると、中絶させた。それは後々まで、ドナルドの心の傷として残った。

第三章　接収の街と女たち

米軍慰安施設

昭和二十年（一九四五）三月十日・東京大空襲、五月二十九日・横浜大空襲、八月六日・広島原爆投下、八月九日・長崎原爆投下、八月十五日・終戦、九月二日・米戦艦ミズーリ号上にて無条件降伏文書に調印。地球が憎悪と血にまみれた第二次世界大戦も、ようやく終結に向かった。少なくとも日本では。

ほとんどの日本人は、天皇の玉音放送によって敗戦を認識した。が、降伏など断じて受け入れない、徹底抗戦あるのみ、と血気にはやった者も当然ながらいた。

海軍航空隊の白眉であった厚木基地の厚木航空隊に、小園安名《こぞのやすな》大佐という司令官がいた。彼は全国の海軍各部隊に「神国である日本に降伏はない」と呼びかけ、次いで陸軍や一般国民に向けても檄文を撒いた。

昭和十年生まれ、横浜市中区本牧で小学四年生の時、終戦を迎えた石田良男さんから、こんな話を聞いた。石田さんは町内会長などを務めた「本牧の語り部」である。

「その年の四月に集団疎開で箱根へ行きましたが、事情があって七月に横浜へ戻ってきました。それからほどなく終戦となったわけですが、あたりは瓦礫の山。そこを、人々がゾンビのように彷徨《さまよ》って……。母と一緒に歩いていたら、海軍中佐と副官がサイドカーに乗ってビラを撒いていました。大日本帝国は敗北していない、敗けたのはアメリカかぶれの一部の上層部だけだ、という内容です。母は読んですぐ捨てました。見つかると米軍に殺される、と言って」

小園大佐の反乱は、自殺者や怪我人を出す騒ぎとなったが、なんとか鎮圧された。大佐自身は過労からマラリアになり、病床で錯乱状態に陥った。その後、海軍刑法の党与抗命罪により無期禁錮の判決が下され、失官している。

その厚木基地に、八月三十日、連合軍最高司令官、ダグラス・マッカーサーが降り立つ。待機していた第八軍の車で横浜へ直行し、ホテルニューグランドに入った。「読売報知新聞」八月三十一日付の記事には、この時の様子がこう報じられている。

「マッカーサー以下幕僚は一まづニユーグランドホテルに、その他は新山下海岸の幕舎に休養した、この朝横浜市上空にはB29その他艦上機などが超低空で警戒を続行するうち、先遣隊五十名が厚木街道からまづ横浜市内へ第一歩を印したが、沿道の市民は何《いず》れも冷静に米軍を迎へ、トラツクのうへの米軍も鉄甲に銃剣を構へた物々しい武装ながら焼跡の市街を眺めて談笑したり、通行中の市民に車上から微笑を送るなど和やかな進駐風景だつた」

その情景をじかに見た石田良男さんは言う。

「ええ、いつでも撃てる態勢で、しっかり銃を握ってましたね。厚木航空隊の騒動が伝わってたかどうかはわかりませんが、ついこないだまで敵国だったところへ乗り込んだのですよ。空襲で、自分たちがすごい数の人を殺した場所です。そりゃあ、米兵だって、報復されるんじゃないかと、不安だったでしょう。笑っていても、眼つきは鋭かった。子どもにだって、それはよくわかりましたね」

横浜の市街地はどこもかしこも焼け野原だった。日本は戦時に偽の地図まで作って空爆や敵の上陸に備えたが、なんの役にもたたなかった。米軍はじつに正確に目標を定め、ピンポイント攻撃を行ったのだ。

それが証拠に、港湾や主だったビルなど、後から自分たちが使いたい場所はちゃんと残している。マッカーサーが三日間宿泊したと言われるホテルニューグランドもそのひとつだった。港湾はもとより、中心部にある山下公園、横浜公園、根岸競馬場跡地、焼け残っていたビル、学校までも、軒並み接収された。山下公園にも伊勢佐木町の裏通りにも、かまぼこ兵舎と呼ばれた米軍兵舎が建ち並んだ。

高級将校と婦人部隊はホテルニューグランド、従軍記者たちはバンドホテルと、それぞれ宿舎が割り当てられた。中区の根岸や本牧には米軍用の家族住宅が建設された。家族住宅には、当時の日本にほとんどなかったような設備、たとえば水洗便所、アメリカ製電化製品などが、当然のように整備された。かまぼこ兵舎は階級の低い兵士用だ。

横浜のいたるところに星条旗がはためいた。

「焼け残った民家も、せっかく建てたバラックも、米軍はブルドーザーでなぎ倒し、地面を均《なら》して、自分たちの住宅を建てたのです」

本牧の石田良男さんは言う。

「中国の戦地へ兵隊として行っていた人が水をもらいに来て、青ざめた顔で言いました。米兵に酷いことをされるから、女は早くここから逃げたほうがいい、銃後を護っていた女性たちには申し訳ないが、自分らは支那大陸で酷いことをした、同じことを日本の女がされると思うとたまらない……と」

中国だけではなく、韓国やフィリピンでも同様なことがあったのだろう。

本牧では実際に、女性と子どもたちが集団で、一ヶ月間ほど疎開したという。

「市役所の女性職員たちも、逃げるための特別手当をもらって解雇されたと聞きました。わたしの母も、米兵に暴行されて死ぬかもしれないと覚悟して、家族と水盃まで交わしたのです」

そんな状況下、日本政府の急務は米兵たちのために「女」を用意することだった。

八月十八日、政府は各都道府県に向けて、米軍のための特殊慰安施設を用意するよう通達した。そのために結成された協会はＲＡＡ（Recreation & Amusement Association）と名付けられた。

このプロジェクトのために投じられた国家予算は一億円。現在の価値でいえば五百億円相当になるという。

たいていの国に、売春はあるだろう。けれども、戦争に敗けたからといって、国が大金を出して外国人に女を用意するという例は、あまりないのではないだろうか。しかも国民がみな、飢えに苦しんでいる時に。

鎖国を解いて開国した時も、日本は同じことをしている。乗り込んでくる海外からの脅威に対して遊郭という緩衝壁を築いた。

慰安施設の目的は「占領軍から善良な婦女子の貞操を護るため」ということだった。遊郭などの経営者が駆り出されただけでは間に合わず、警察も女集めに動いた。戦争で故郷へ戻った水商売の女性などを捜し出し、そこへ出向き、日本の平和のため、どうか力を貸してくれと掻き口説いた。

しかしこの理屈だと、慰安婦になれと説得された女性は「善良ではない婦女子」ということになる。だから性の捌《は》け口として、占領軍兵の相手をしろ、と。

女性にそのような等級をつける権利が、どこの誰にあるというのか。女である私には、到底、納得できない。

まあしかし、政府だってそんなこと、言われなくてもわかっていたはずだ。わかっていながら、もっとも弱い立場の者を犠牲にした。

マッカーサーにしても「女性の解放」「労働者の団結権保障」「教育の民主化」「秘密警察の廃止」「経済の民主化」という指令を日本政府に対して出しておきながら、慰安施設はつくらせたのだから。

明治、大正、昭和を通じて、女権運動を戦い抜いてきた女性活動家たちも、戦時中は治安警察による弾圧があり、続く敗戦という大混乱の中では言葉を失くしていた。誰もが、生きて明日を迎えられるかどうかもわからない日々だった。

横浜の慰安施設に選ばれたのは、山下町二十四にあった互樂荘だ。昭和七年に建てられた四階建てで建坪九百三十坪。建物はコの字形で、浴室を設置した中庭がある。設備の整った高級アパートだったが、ここも米軍に接収されていた。

遊郭、水商売の経験者を中心に、女性が集められた。それでは足りなくて、「新女性に告ぐ！」というキャッチコピーのもと、宿舎、食事、衣類支給、高給という条件を提示し、騙すようにして連れてこられた一般女性もいた。横浜では、その数、約百人。

オープン前の互樂荘には、何千人という米兵たちが列をなした。その光景を見れば、どんなベテラン娼妓でも震え上がっただろう。

生身の人間に、一日に何十人もの男を相手にしろというのか。しかも相手は性欲の塊となった米兵たちだ。「抱く」のではなく「襲いかかる」という有様だった。戦地へ行った慰安婦などにも、このような状況があったというが、これほど非人道的な話はない。

互樂荘（1966 年、撮影・町田昌弘）

私はある時、いまをときめく某週刊誌のデスクまで務めたという男性と、食事をしたことがある。戦争の話が出たので、思わず、慰安婦として戦地へ行った女性たちの話を出した。複数の関連資料を読んだばかりだったので、話さずにいられなかったのだ。

「一人で、一日に三十人くらいも相手をさせられることもあったそうです。女性の体が持つと思います?」

するど相手は表情も変えず、

「まあ、いちいちイッてたら、女性も疲れるだろうね」

私は絶句して、まじまじと相手の顔を見返した。

なんだそれ? 結婚して子どももいて、マスコミの最前線で活躍し、定年退職した男性が、こんな感想を? いちいちイくって、こんな立場で性の相手を務める女性が、快感を得ていると思い込んでいたのか?

猛然と湧き上がる不快感を、私は言葉にすることもできなかった。なにかまずいことを言ってしまったかな、という様子で、相手は目を伏せる。会話はもはや続かず、気まずい思いで食事を終えた。二度とその人とは会っていない。

互樂荘の話に戻ろう。そこはたちまち修羅場になった。恐ろしさに逃げ出し、怒った米兵に撃たれて死んだ女、気が狂ってしまった女もいる。さすがに、政府もGHQもまずいと思ったのだろう、一週間で閉鎖になった。

この年の末には、横浜の駐屯米軍は九万人に達しており、ほとんどが男性だ。慰安施設を閉鎖したところで収まるわけがない。

ＧＨＱは一九四六年一月、民主主義に反するということで日本の公娼制度廃止を通達している。日本の遊郭は身売り、すなわち人身売買だ。仲介業者が女を集め、遊郭経営者などに売る。得た金は仲介業者と、女性の親族などで分けられ、売られた女性はその金を、「借金」として「店」に返していかなければならない。

辛くて逃げ出そうものなら、どこまでも追ってくる。身売り証文がある限り、娼妓は経営者側の「商品」。連れ戻されてどんな目に遭おうと、法律は護ってくれない。

衣類、食事、病院への掛かりなど、すべてがあらたな「借金」として加算され、ぼろぼろになるまでこき使われる。これを国家が公認していたのである。

公娼については、じつは過去に一度、廃止されている。マカオで清国人を騙し、奴隷としてペルーへ運んでいたマリア・ルース号という船があった。明治五年（一八七二）、この船が座礁し、修理のため横浜沖に停泊した。この船から海に飛び込んだ清国人が、イギリス船に救出され、奴隷船であることが発覚した。

そして事件は日本初の国際裁判へと発展した。

裁判を託された神奈川県参事（裁判中、権令に昇格）大江卓は、船底に押し込められた二百名以上の清国人を救出するため、孤軍奮闘した。その際、相手方のイギリス人代言人（弁護士）

が持ち出したのが、娼妓の身売り証文である。

これは明らかな人身売買だ。それを公然と行っている日本が、なぜ他国の奴隷売買を責めることができるのか、というわけである。

日本としては不意を突かれたかたちだっただろう。しかし大江卓は退かなかった。敢然として娼妓解放令を発布した。借金は棒引き、娼妓は自由の身になったわけだ。

結果を先に言うと、日本は初の国際裁判に勝訴した。奴隷として船底に押し込められていた清国人を全員解放し、居留地の清国人コミュニティ（後の横浜中華街）から多大な感謝と称賛を受けている。

長くなるのでここには記さないが、勝因は娼妓解放ではない。大江卓は二十五歳という若さだったが、万国法を仔細に読み解くことで裁判を勝利に導いた。

では、突然、解放された娼妓たちはどうなったか。

いかんせん、自由の身になっても、代わりの仕事がない。またもや同じ仕事に就くしかなかった。女性には教育の機会も職業選択の余地もほとんどない時代だった。せっかくの娼妓解放令も有名無実となってしまったのである。

ＧＨＱによるこの通達も、似たようなものだった。公娼廃止というだけで、売春が禁止されたわけではない。公娼が私娼になるだけのこと。あちこちに米軍相手の私娼窟が生まれた。焼け残った民家が使われるケースもあった。街角に立って客を引く、いわゆる街娼も、日を追って増えていった。

それでも米兵による強姦が多発した。

「夜なんかね、三日にあげず、どこかで女の人の悲鳴が上がるの。なにが起きてるのか、みんなわかってるのよ。だけど誰も出ていかない。助けられない。相手は銃を持ってるもの。警察？　駄目よ、日本の警察なんか、米軍に対してまったく力がなかったんだから」

横浜中心部で、戦前から定食屋を営んでいる方から聞いた話だ。

「朝日新聞」の縮刷版で占領軍進駐時からの紙面を見ると、米兵による不祥事が頻発している。市民を脅して持ち物を奪ったとか、銃を突きつけて店に押し入り、品物や金品を強奪したとか。

強姦は記事にならない。警察に届け出をしたところで、相手が逮捕されることはまずありえない。それどころか、強姦されたということが周囲に知れると、被害者のほうが白い目で見られる。

ほどなく、「ＧＨＱから占領軍がらみの事件を報道しないように、という通達があった」という記事が出た。それ以降、ほんとうに米軍がらみの事件記事は途絶えた。

もちろん、日本女性と米軍兵士との関係は、無残なものばかりだったわけではない。終戦直後の緊張状態が収まってくるにつれ、両者の間には純粋な恋も芽生えた。結婚に至ったカップルも少なくない。

そうして、たくさんの子どもたちが生まれた。彼らの人生もまた、さまざまなケースに分かれた。

ジェネラル・ホスピタル

二〇一七年は吉田新田誕生三百五十周年だった。

吉田新田という場所がどこを指すか、前にも少し書いたが、「新田」らしい面影はまったく残っていないので、もう一度、説明させていただこう。

吉田新田は江戸時代の初期、入海を干拓・埋立してできた広いエリアだ。ＪＲ関内駅を挟んで、海と反対側に、先端がすぼまった釣鐘形に伸びている。両側には大岡川と中村川。横浜市の区で言えば、中区と南区が半分ずつつくらい入っている。

埋立完了から約二百年間、ここは田畑だった。が、横浜が開港すると爆発的に人口が増え、「関内」と呼ばれる砂嘴上だけではどうにもならなくなった。そこで後背地であった吉田新田が、「関外」として、田畑から町へと変貌していった。

「関内」が横浜の顔とすれば、「関外」はいわば、裏横浜的な存在だ。現在でも簡易宿泊所街や歓楽街を擁している。

港、官公庁、外国人居留地のある関内地区は海外に向けた日本の玄関口。官庁街でもある。

その分、行政はこの地区の美観に力を入れてきた。とはいえ、開港当初は急ごしらえ。産業革命を果たした列強国から見れば、上下水道はないし、道は舗装されていないから雨が降ればぬかるむ。居留地のすぐそばに遊郭がある。なんとかしなければと、幕府も頭を悩ませていた。ことに外国人宣教師たちからは、遊郭を他所へ移すようにと、かなり責め立てられていた。

そんな時、慶応二年の大火という大転機が訪れる。遊郭にほど近い豚肉店から出火し、関内全域に火事が拡がった。多くの犠牲者を出し、港も家屋も損壊したが、皮肉なことに、横浜の近代まちづくりはこれを機に始まったのである。

関内の遊郭跡に誕生したのは、災害時の避難場所を兼ねた公園だ。人種や身分を問わず、誰でも入れるということで彼我《ひが》公園と称された。現在の横浜公園である。横浜DeNAベイスターズの本拠地となっている横浜スタジアムもここにある。

彼我公園から港へと続く日本大通りは、歩道と車道（当初は馬車）に分けられた、日本初の西洋式大通りだ。通りの両側に配されたのは石造りの耐火建築。やがてガス灯が灯り、瀟洒《しょうしゃ》なホテルや商館が建ち並んでいく。

しかし都市は、清く美しいものだけで成り立つわけではない。港湾や建設現場、輸出用の茶葉を焙煎する工場などには、男女問わずおびただしい数の日雇い労働者が働いていた。

彼らは「関内」で寝泊まりすることなどできない。「関外」の吉田新田からも弾き出され、さらに奥の、貧民窟と呼ばれたあたりにかたまっていた。あまり語られることのない、横浜ダークサイドである。

吉田新田から中村川を渡り、平楽と呼ばれる丘へ向かう一帯も、昔はそのような雰囲気を持つ場所のひとつだった。山羊坂、蛇坂、狸坂と、動物の名前の付いた坂が多い。山羊を飼っていた人がいたから、狸の置物があったから、という説もあるが、起伏が多く、人よりも獣のほうが多いという、鬱蒼とした場所だったのだろう。

吉田新田側から中村川に架かる三吉橋を渡り、「日本一かわいい商店街」と名乗る、わずか三十メートルの三吉橋通商店街を抜けると、古くからこのあたりの鎮守である中村八幡宮がある。

そこから狸坂へ向かう道は静かな住宅街。昭和五十年代あたりまでは、八百屋、魚屋、雑貨屋などの店が並んでいたというが、いま残っているのは酒屋、米屋、美容院くらいだろうか。住居のコンクリート塀に「石敢當」という文字の刻まれた、小さなプレートを見つけた。「いしがんどう」もしくは「いしがんとう」と読む。T字路や三叉路に置かれる魔除けで、沖縄でよく見る。横浜は沖縄からの移住者も昔から多かった。

いよいよ狸坂に入ると、これがけっこうな勾配である。急勾配というほどではないが、長いし、後半がことにきつい。古い木造アパートが目立つ。無人になっているものも数棟。庭は草木が生い茂り、野良猫が軒下から顔を覗かせる。

坂を登りきったところにあるのは唐沢公園。知る人ぞ知る、みなとみらいの夜景鑑賞スポットだ。公園の柵の外側、雑草の茂る一隅をよく覗き込んで探すと、「避病院」という文字が刻まれた小さな石碑が見つかる。避病院《ひ》とは伝染病専門病院のこと。ここにあったのは西洋人専用の避病院だった。

明治十年代前半、コレラが大流行した。中国経由で横浜に入ってきたらしい。神奈川県下では明治十年だけで患者七百二十人、死者三百九十五人を数えたという。山手にはヨコハマ・ジェネラル・ホスピタルがあり、天然痘病棟もあったが、その頃、天然痘病棟だけここへ移している。

中村川をもう少し遡ったところには清国人専用の避病院があった。日本人用の避病院も、もちろん各地に設けられている。伝染病との戦いが続いた時代でもあった。

ここで、ヨコハマ・ジェネラル・ホスピタルのことを少し紹介しておきたい。この病院は山手八十二番地にあり、居留地外国人の委員会で運営されていた。開港時、日本には、医者が患者を診るための、いわゆる施療院はあったが、入院施設を持つところはなかった。入院治療という習慣が、日本にはなかったのだ。

居留地にはイギリス、フランス、アメリカ、ドイツなどが海軍病院を持っていたが、やはり、国籍を問わず治療や入院を受け付けてくれる病院が必要だというので、各国の委員が協議し、文久三年（一八六三）、居留地八十八番地に設立したのが始まりである。

残念ながら経営がうまくいかず、三年で閉院となった。が、ちょうど居留地山手八十二番地のオランダ海軍病院が閉鎖するというので、そこを丸ごと借り受け、あらたに、インターナショナルなジェネラル・ホスピタルが再建された。

基本は居留地外国人が対象だが、日本人も診てもらえた。創業時、「各国貴賤無格別治療看病」という日本語の広告が出ていたという。

大正十二年に起きた関東大震災は、こうした病院も倒壊、焼失させた。各国の海軍病院も被災して閉院。中村字中居の丘にあった避病院も、この時、なくなった。

更地になった丘に、山手からジェネラル・ホスピタルが移ってきた。不便な場所だから仮の営業である。昭和十二年（一九三七）、震災からの復興が進むと、また山手八十二番地に戻り、アメリカ人建築家J・H・モーガンの設計による鉄筋コンクリート二階建ての立派な病院が建てられた。

しかし、それもつかのま。この年、日中戦争が勃発。

さらに四年後には太平洋戦争が始まり、横浜に住む外国人たちも、いやおうなく日本の敵味方に分類された。病院運営の委員会も、メンバーは中立国のスイス人、同盟国のイタリア人とドイツ人、そして日本人という構成。

そうこうするうちに敵産に指定され、三菱信託株式会社の管理となった。さらにその後、財団法人に譲渡され、名称も、そのまま日本語に翻訳して「横浜一般病院」と変わった。

それから二ヶ月後、山手は防諜上の理由から立ち入り禁止区域になり、横須賀海軍病院がここを借り上げる。一般病院は建物を残し、中身は関内の相生町《あいおいちょう》にあった関東病院の建物へと移転していく。

なんとも紆余曲折の多い病院だったが、そこで終わったわけではない。戦後はブラフホスピタル、国際親善病院と分化していくのだが、ここでこの病院を取り上げたのは、本書のテーマと大いに関わりがあるからだ。

戦争が終結し、敗戦国日本はアメリカに占領された。一般病院はまた、ヨコハマ・ジェネラル・ホスピタルという名に戻り、欧米人の管理下に置かれた。

その玄関先に、こっそりと置いていかれるようになったのである。身元のわからない嬰児たちが。

聖母愛児園

中区山手町に、聖母愛児園というキリスト教系の養護施設がある。私の手元にある創立六十周年記念誌（二〇一〇年発行）の「沿革」は「聖母愛児園の始まりは、一般病院（中区山手町82）の玄関先に子どもが放置されていた昭和二十一年四月です」という記述で始まっている。

戦後はまたヨコハマ・ジェネラル・ホスピタルという名称に戻っていたのだが、以前のまま、一般病院と呼ばれていたのだろう。

この病院には、マリアの宣教者フランシスコ修道会というキリスト教会派から派遣されたシスターたちがおり、看護部門の責任と運営を委託されていた。保護された子どもたちの面倒をみたのも、彼女たちである。

昭和二十一年度の記録を見ると、六月に最初の混血児が登場する。山手のトンネル脇に遺棄されていた白人系の混血女児。生まれたばかりの赤ん坊だった。中区役所経由で愛児園に送られてきたが、すぐに亡くなり、中区の善行寺に埋葬されている。

同じ頃、中区役所経由で日本人の子どもが三人。一人目は、桜木町駅に近い大江橋脇の電柱にくくりつけられていた一歳半くらいの女児。二人目は中区の映画館に置き去りにされていた生後三ヶ月足らずの男の子。三人目は中区元町をうろついていた、六歳くらいの精神薄弱がある女児。

が、この後は、ほとんどが混血児になる。日本人だろうと混血児だろうと、保護が必要なことに変わりはないのだが、受け入れ先は自然と分けられていったようだ。

これまでの歴史で見てきたように、日本の場合、混血児は特殊視されてきた。ましてや父親がついこの間まで敵であり、いまは大手を振って街を闊歩《かっぽ》している占領軍ともなれば、反感も大きい。

巷《ちまた》には占領軍相手の娼婦が溢れていたが、彼女たちが産んだ子だろうという、負のレッテルも貼られていった。混血児とその母親は、どういう状況にあったにせよ、差別と偏見と反感の真っ只中に放り出されたのだ。

混血孤児は日を追うごとに増え、もはや病院内では間に合わなくなった。そこで昭和二十一年（一九四六）九月、山手六十八番地に聖母愛児園という保護施設が建設された。

キリスト教団体はいろいろあるが、聖母愛児園の母体は社会福祉法人聖母会（現在は社会福祉法人キリスト教児童福祉会）。明治三十一年（一八九八）、熊本におけるハンセン病患者救済活動に始まり、各地で貧しい人々のための施療施設、孤児の養育などを行ってきた団体だ。

大正十二年（一九二三）には札幌郡広島村に孤児の養育施設と診療所を開設。現在ここは「天使の園」という養護施設になっている。後述するが、横浜からこの施設へ送られた混血児も少なくなかった。

昭和二十一年から二十二年にかけて、聖母愛児園は百三十六人の孤児を受け入れている。そのうち四十人が死亡。二十三年は二百四十三人を受け入れ、五十人死亡。二十四年は二百三十三人を受け入れ、十七人死亡。二十五年は二百十五人を受け入れ、八人死亡。二十六年は二百三十五人を受け入れ、七人死亡。二十七年は百八十五人を受け入れ、二人死亡……と続き、終戦の翌年から昭和三十一年までを数えただけで二千六十四人を受け入れている。

初期の頃、亡くなっている子どもの数が多いのは、ケアが悪かったからではない。瀕死の状態や、遺体で遺棄されていた嬰児も少なくなかったからだ。また、日本全体が食糧難で、大人も子どもも栄養が足りていなかった。栄養失調だと、治るはずの怪我や病気でも死に至る。衛生事情も劣悪で、結核などの伝染病が蔓延していた。そうした状況が改善されるにつれて、死者の数も減っている。

亡くなった子どもたちのうち、九十四人が戸塚の聖母の園墓地に埋葬された。いま、その墓地はなくなったが、御霊は納骨堂に納められている。

愛児園の資料では保土ヶ谷の墓地にも、昭和二十一年十一月に、たった一週間しか生きられずに亡くなった女の子が埋葬されたとなっている。保土ヶ谷と言えば英連邦戦死者墓地である。確認のために行ってみた。

英連邦加盟国（イギリス、カナダ、オーストラリア、ニュージーランド、南アフリカ共和国、インド、パキスタン）は第一次世界大戦以降、戦争がらみで亡くなった兵士、民間人の遺体を本国に戻さず、現地で埋葬するという決まりを設けた。

これによって世界に二千五百ヶ所もの英連邦墓地が造られたのだが、保土ヶ谷にあるものもそのひとつである。児童遊園地だった広い土地を、第二次世界大戦後、日本政府が提供した。ここにはエリザベス女王、ウイリアム王子、ダイアナ元皇太子妃、サッチャー元首相なども訪れている。

よく手入れされた芝生の墓地は、国ごとに区切られ、約千八百人が埋葬されている。埋葬者の名簿もきちんとしているので、管理人さんに、聖母愛児園で亡くなった子どもの名前を伝えて調べてもらった。が、ついに見つからなかった。納骨堂には「UNKNOWN」というアメリカ人埋葬者が複数あったから、もしかするとそこに……と思ったが、もはや確かめる手立てはない。

子どもたちが愛児園に送られてきた経過も、またさまざまだ。迷子、遺棄児として発見され、区役所や警察経由で送り込まれる、ジェネラル・ホスピタルや愛児園の玄関先にそっと置いていかれる、育てられないから預かってほしいと親や親族が連れてくる、親の知人が連れてくる、東京・新宿にある聖母病院経由で送られてくる、妊婦がジェネラル・ホスピタルに駆け込み、出産して愛児園に預ける……などなど。

キリスト教の施設だから、保護された子どもたちは洗礼を受け、姓名不詳の場合は名前もここで付けられた。そうした混血児の多くが、アメリカへ養子として渡っていった。日本人からの養子縁組申し出は皆無だったようだ。

戦後の混乱期でなくても、日本人は養子をとる場合、血のつながりを重視する。前述した『横浜ヤンキー』の著者、レスリー・ヘルムは夫婦ともに白人だが、子どもに恵まれず、一九九二年、日本の養護施設から、日本人の女の子を養子に迎えている。次いで男の子も養子に迎えているが、この子も日本人の孤児である。

このことについて、レスリーはこう記している。

「意外だったのは、僕たちが日本で養子をもらうと決めたことに、日本人の親しい友人たちでさえ理解しがたいという反応を示したことだった。まるで僕たちが常識的な礼儀作法もわきま

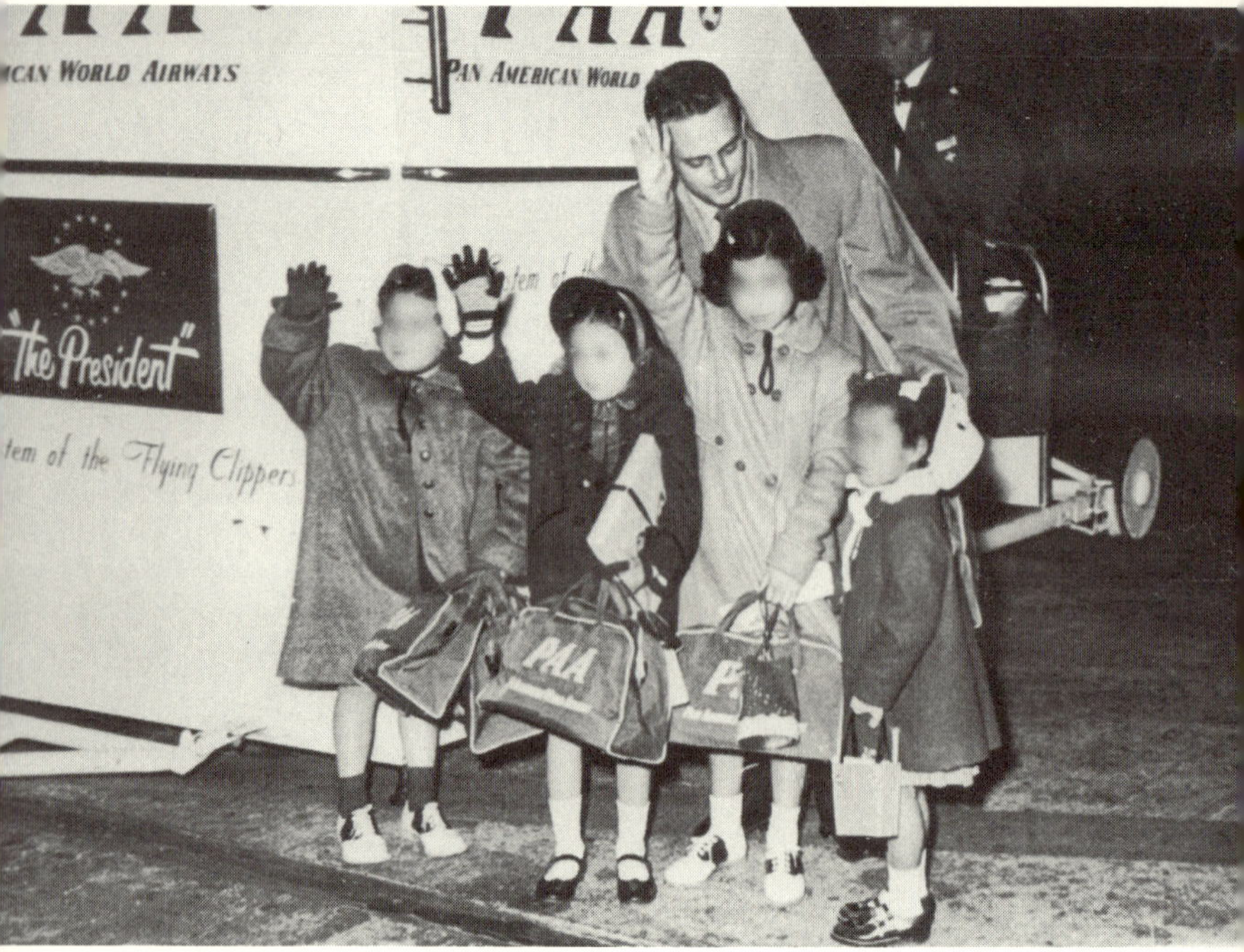

ICAN WORLD AIRWAYS
PAN AMERICAN WORLD
"The President"
tem of the Flying Clippers
PAA

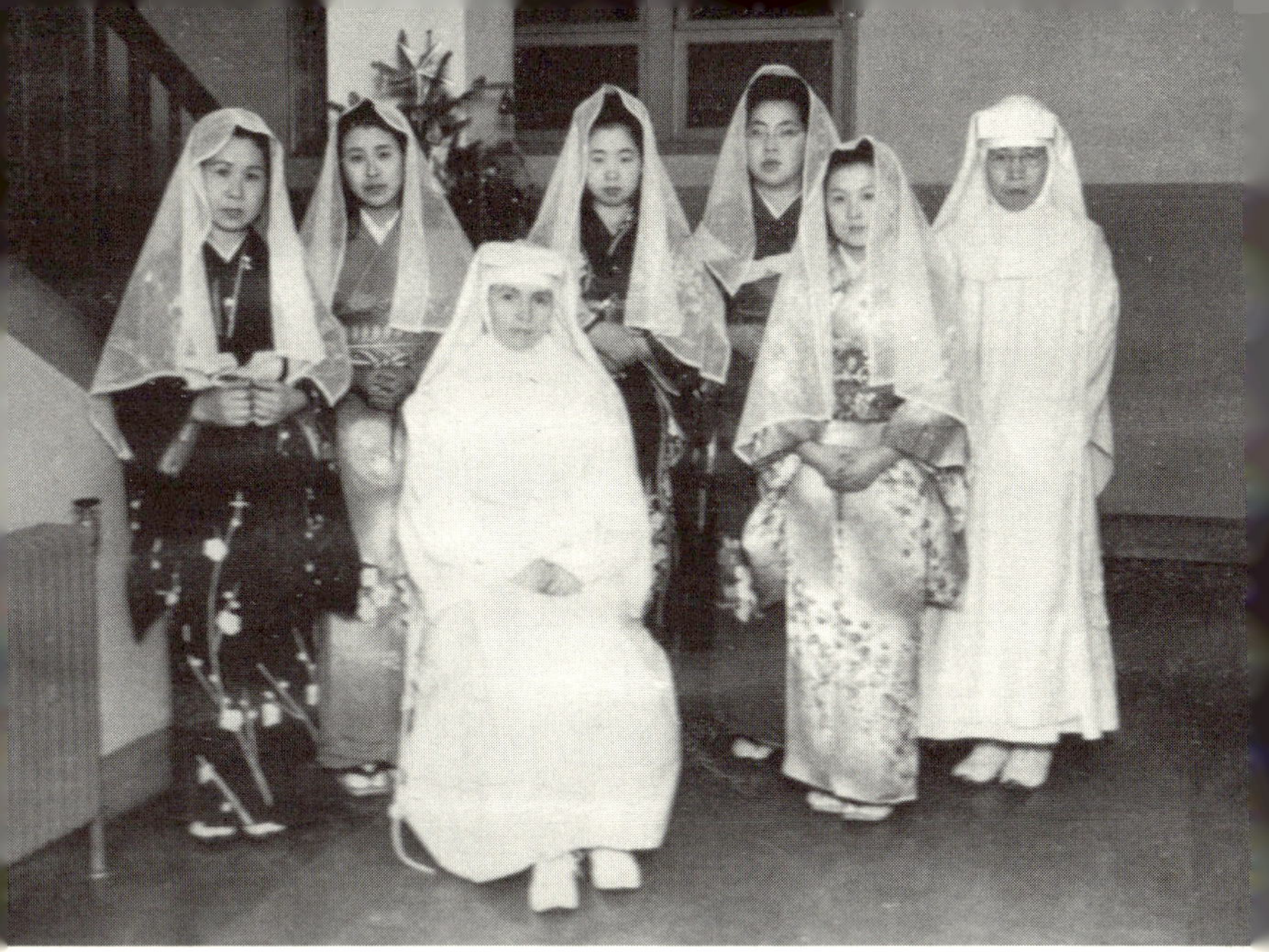

聖母愛児園のアルバムから

えずに土足でずかずかと彼らの家に上がり込んだかのように、みんな一様に眉をひそめた」

日本人である私には、その反応が理解できる。日本では、養子であることを隠す傾向すらあるのに、ひと目で実の親子ではないとわかる日本人の子ども、それも孤児を、名家の白人夫婦が家族にするなど、常識どころか良識にも外れていると、日本の友人知人たちは思ったのだろう。

聖母愛児園の話に戻ろう。養子希望のアメリカ人夫婦は、養育の環境が整っているかどうかの審査を受ける。子どもの身元がわかっている場合は、親の同意が必要になる。

一定期間、預かってもらえたら、必ず引き取りに来る、と期間を区切る親もいたが、これっきり子どもとは会わないという親も少なくなかった。その場合、親は「引渡証」というものを書いた。

引渡証

私は右の者の実母ですが養育不能につき横浜市中区山手町六十八番地聖母愛児園長に引き渡します。

今後、子どもが病気になったり死んだりしても、あるいは外国へ養子に出したとしても、一切、文句は言いません。自由に取り計らってください。

だいたいがこのような文章だ。おそらく、定型文があったのだろう。なんと冷酷な、と思われるかもしれない。しかし同じ女性が、日を置いてシスター宛てに送った個人的な手紙も残されている。そこには紋切り型の引渡証とは異なり、子どもを手放さざるを得ない女の、血を吐くような思いが綴られていた。

その後、女性がどうなったか、わかっているケースも多数ある。ある女性は気が狂って病院へ収容され、ある女性は自殺し、ある女性は直後に病死……特殊な時代とはいえ、目を覆いたくなる。

レイプされた結果、ということもあっただろう。中絶は闇で行われ、母子ともに命を落とすことを覚悟しなければならなかった。産んだとしても、世間の目の冷たさ、育てていくことの困難は、いまの時代を生きる私たちの想像を超えている。誰が彼女たちを責められよう。

父親であるべき男性にしても、みんなが冷酷で無責任だったわけではないだろう。子どもが生まれたことを知らないままの者もいたはずだ。本国に妻や恋人がいるのに日本女性と付き合い、結果的に酷い仕打ちをすることになった者もいただろう。

レスリー・ヘルムの父、ドナルド・ヘルムも、愛した日本女性に中絶をさせ、別れてしまったことで、罪の意識から逃れることができず、オペラの「蝶々夫人」を観るたびに泣いていたという。

Gーベイビー

終戦直後から、日本各地に占領軍が入ってきた。神奈川県は横浜市内、横須賀、厚木、座間と、沖縄を除いてはもっとも米軍基地の多い場所となった。その分、混血児の数も全国一となり、GI（アメリカ兵の俗称）との間にできた子どもだからというのでGIベイビーと呼ばれたりした。

このあたりの詳しいことは、拙著『天使はブルースを歌う』を読んでいただけたらありがたい。

しかし、相手が米軍兵士とは限らなかったようだ。

『Children of the Occupation（占領地の子どもたち）』という本の著者でオーストラリアのジャーナリスト、ウォルター・ハミルトンが、二〇一二年十月二十五日にオーストラリア大使館で行った講演録をインターネット上で読んだ。

オーストラリアは英連邦軍に属している。講演録によると、終戦後、英連邦軍は四万人の兵士を日本に送り込んだそうだ。その本部は広島の呉《くれ》に置かれた。そして、他の連邦国軍が去った後も、オーストラリア軍は十年間にわたって駐留を続けたという。

英連邦占領軍は日本女性との交際を禁止していたそうだが、見える範囲に若い男女がいれば、国籍を超えて欲望が芽生えるのは自然の摂理だ。どういう顛末を迎えるかはさまざまだが、ともかく子どもが生まれるに至ったケースも少なくなかった。

一九五二年に禁止令は解かれ、結婚も許可されるようになったが、アメリカと違ってオーストラリア政府は、養子縁組には反対の立場をとっていたようだ。呉には百人から二百人の混血児がいたのではないかとハミルトン氏は語り、実際の例を複数挙げている。

昭和二十七年（一九五二）は、当時の旧厚生省が初めて混血児調査を行った年だ。それまでにも、混血児の増加が問題にならなかったわけではない。普通に家庭で育つならともかく、父親不在、養育環境が得られないという子どもが圧倒的に多いのだ。

昭和二十五年（一九五〇）には衆議院議員の一人から厚生省に対して、実態調査をしているのかと質問が出た。これに対して厚生省は、「いまのところなにもしていない」と返答した。

じつはGHQの圧力がかかっていた。GIベイビーと呼ばれるくらいだから、米軍はこの事態に関して大いに責任がある。しかし、レイプ被害も含めて、母親や子どもに生活保障をするとなると莫大な費用がかかる。日本に対して責任を負うということは、将来的なことも含めて、他国で起きた同様の事案にも同じように責任を負わなければならなくなる。

「それを言うなら日本軍だって、戦地や植民地で同じことをしたでしょう。その結果を補償しますか？　しないでしょ？　互いに、国の恥や傷になることには触れないでおきましょう」

GHQのそうした対応に、日本側は異を唱えることができなかった。

「すべて国民は、法の下に平等であって、人種、信条、性別、社会的身分又は門地により、政治的、経済的又は社会的関係において、差別されない」という、「無差別の原則」がある。逆に言えば、混血だからといって、日本の子ども以上に特別な保護もしない、ということである。GHQにとっても日本政府にとっても、この原則は一種の盾になった。

そこで篤志家や宗教団体が、見かねて保護に乗り出したのである。

昭和二十七年、サンフランシスコ講和条約の発効で、日本は占領を解かれた。アメリカの圧力もなくなったところで、ようやく、厚生省は全国の混血児数調査を実施した。最初に生まれた混血児たちが就学年齢に達する。どこでどういう教育を受けさせるか、それを決めるのが急務だったからだ。

『神奈川の社会事業』(神奈川県民生部発行、昭和二十八年三月三十一日)によると、昭和二十七年五月一日の時点で、県下の混血児は五百五十三人。うち、三百六十六人が横浜市内にいる。あとは、横須賀市七十一人、川崎市十三人、鎌倉市十二人、藤沢市十人、茅ヶ崎市八人、平塚市六人、三浦郡十三人、高座郡四十五人。米軍キャンプの場所と混血児数が見事に連動している。

このうちの二百七十六名が県内の児童福祉施設に保護されていた。この数字は全国の児童福祉施設にいる混血児の五七・二パーセントに相当する。

調査は、神奈川県の場合、児童相談員が担当区域を回り、混血児を識別し、養育者、関係者、駐在経験者、町内世話人などに面接、聞き取りをするというかたちで行われた。ただし、

「対象者を刺激しないよう」、少々あやふやな話であっても、深く追求することはなかった。

また、外国人家庭にいる者、朝鮮、中国系はこの数字に含まれていない。

さらに言えば、その前に亡くなった混血児については、まったくカウントされていない。だから、GIベイビーの数は、二万人だ、いや二十万人だと、諸説入り乱れている。

保護施設に目を向けると、もっとも多数を受け入れていたのは横浜・山手の聖母愛児園。百四十三人を保護している。次いで多いのが大磯のエリザベス・サンダース・ホームの百十三人。

しかし、最大人数を受け入れてきた聖母愛児園はあまり知られておらず、混血児の養護施設といえば、語られるのはエリザベス・サンダース・ホームだ。

聖母愛児園はキリスト教団体として、他の施設と同じく粛々と運営されていた。一方、サンダース・ホームには沢田美喜という際立った「顔」があった。混血児問題を世に知らしめ、ホームを運営するため、沢田は積極的に、自身をマスコミの前に出していった。

沢田美喜とエリザベス・サンダース・ホーム

『天使はブルースを歌う』というノンフィクションは、横浜の生んだグループ・サウンズ、ザ・ゴールデン・カップスの軌跡を辿るというのが、もともとのテーマだった。が、取材の過程で思いがけず、戦後横浜の混血児秘話と出会ってしまった。

それを受けて、担当編集者は大宅壮一文庫へ出向き、沢田美喜に関する過去の記事を、集められるだけ集めてきてくれた。戦後、混血児といえば、真っ先に浮かぶのが彼女の名前だったからだ。

しかし、本筋のテーマからあまり離れることはできない。せっかく集めてもらった沢田美喜の資料は、ざっと見ただけでその多くは使わないまま、仕舞い込んでいた。

いま、それを取り出してみて、資料の多さに驚いた。一枚一枚、じっくりと見直し、あらためて評伝を読み返したりしてみると、戦争と混血児という問題において、いろいろな意味で、彼女が果たした役目の大きさを考えずにはいられない。

エリザベス・サンダース・ホームが設立された場所は神奈川県中郡大磯町。東海道本線の駅として大磯が開通したのは明治二十年（一八八七）のことである。

この頃、温泉と同様、海水浴が健康に良いという説が西洋医学方面から伝わってきた。それを受けて医学者の松本順が、大磯の浜に海水浴場を開設することを提案。明治政府が賛同して、大磯駅が開設されたという。駅舎は大正十二年の関東大震災で倒壊し、翌年、現在のものに再建された。三角屋根のいかにも素朴な木造である。

風光明媚な地で、東京からもそう遠くはない。おまけに体に良い海水浴場まであるというので、歴代宰相や財界人、芸術家などが、こぞって大磯に別荘を構えた。三菱財閥を率いる岩崎家が、駅から通りを挟んだところにある山を手に入れ、広大な別荘を建てたのは明治二十三年（一八九〇）のことである。

三菱財閥は三井、住友と並ぶ三大財閥のひとつだ。創始者は土佐藩出身の岩崎彌太郎。沢田美喜はその孫娘である。明治三十四年（一九〇一）九月十九日、父であり、三菱財閥三代目の総帥となる岩崎久彌の本邸で生まれた。現在、台東区池之端にあるこの屋敷は旧岩崎邸庭園として重要文化財になっている。昔は一万五千坪の敷地に二十棟もの建物があったという。設計は鹿鳴館と同じジョサイア・コンドル。

まあ、並みのお金持ちお嬢様ではない。ここだけで五十人もの使用人がいた。美喜はその使用人たちにかしずかれ、大切に育てられた。幼稚園から東京女子師範学校附属（現・お茶の水女子大学附属）。お付きの女中が送り迎えをした。

兄たちの家庭教師だった津田梅子に、五、六歳の頃から英語の手ほどきを受けている。津田梅子は津田塾大学の創立者だ。明治四年（一八七一）、岩倉具視を団長とする使節団が欧米へ渡航したが、一行の最年少者が七歳の津田梅子だった。日本における女子教育の魁《さきがけ》となった人物である。

沢田美喜の自伝や評伝は複数出ているので、その人生や人となりはそちらで知っていただきたい。ともかく、生まれたその瞬間から、当代建築の粋を極めた屋敷で育ち、与えられる物、接する文化、教養、付き合う人物など、すべてが一流の中の一流だった。

外交官である沢田廉三と結婚した後は、夫の赴任先であるブエノスアイレス、北京、ロンドン、パリ、ニューヨークの社交界でもてはやされ、時代のトップを走る政治家、文化人と対等に付き合ってきた。美喜は英語、フランス語など、五ヶ国語を話せたという。

後に、サンダース・ホームの大きな援護者となるノーベル文学賞作家のパール・バック、黒人歌手のジョセフィン・ベーカーとも、この時期に知り合った。

「欲しいものはなんでも、お金で買えると思っていた」

と美喜自身が語っているように、海外にあっても、衣食住は一流ブランドずくめだった。外交官の給料だけではとてもできない贅沢だ。実家の岩崎家から潤沢な援助があったのだろう。もちろん社交に明け暮れていただけではない。三男一女を産み育て、妻、母という役目も果たしている。

こうした日々を打ち砕いたのが、戦争であり敗戦であった。日本を占領したアメリカは、財閥を解体し、岩崎一族が築いた財産の多くを没収した。美喜の生家は米軍に接収され、キャノン機関という工作機関の本部として使用された。

サンダース・ホームのもとになった大磯の屋敷は、岩崎家の、数ある別荘のひとつだ。が、ここも財閥解体に伴う財産税として、政府に物納されていた。

美喜が混血児の養護施設を始めたいきさつについては、彼女自身が語った幾つかの逸話がある。

終戦直後、汽車に乗っていたら網棚から新聞紙にくるまれた荷物が落ちてきた。包みが解けて現れたのは、なんと一目で混血児とわかる赤ん坊。警察官が駆け付けた。彼は乗客を見回し、女性である美喜に目を留めた。

「おまえだな、この持ち主は！」

詰め寄る警察官。美喜は決然と相手を見返し、言い返した。

「この赤ん坊は生まれてからまだ日が浅いでしょう。私を病院に連れていって体を調べなさい。医者が見れば産後の体かどうかすぐにわかるはずですから！」

その気迫に、警察官も引き下がらざるをえなかったという。

海外での体験も大きく影響している。美喜は夫の赴任でロンドンにいた時、ドクター・バーナードス・ホームという世界有数の孤児養護施設を見学した。そこは病院や特殊技能学校も併設しており、孤児たちが健康で、さらには職業技術を備えて社会へ出ていける仕組みになっていた。また、働ける年齢になった時点で、カナダ、オーストラリアへ移民として送り出すこともしていた。

この頃、日本はまだ貧しかった。一家を養うために少女が遊郭に身売りするような現実があることを、美喜は知っていただろう。日本は福祉という点でもヨーロッパに遠く及ばないことを、この時、噛みしめたのではないだろうか。

美喜はキリスト教徒である沢田廉三と結婚したことで、自身もクリスチャンになった。キリスト教の奉仕や福祉に関する教義も、彼女の考え方に大きな影響を与えたはずだ。やはりロンドンにいた頃、美喜は教会の奉仕活動でスラムへも行った。その時、なんの躊躇もなくホームレスの中に入り、励まし、配られた熱いスープを一緒に飲んでいたのがウインザー公だった。

ウインザー公とは、英王室の王子として生まれ、一九三六年に即位したエドワード八世である。彼は人妻であったウォリス・シンプソンと道ならぬ恋をした。そして彼女と結婚するために王位を捨て、ウインザー公爵となった。「王冠を捨てた恋」として、この話は有名である。王から公爵になったとはいえ、最上流階級であることに違いはない。歴史の重みや格式からいえば、明治になってから財力で世に出た日本の財閥など比べ物にならないだろう。その人が、ためらいもなくホームレスと接している。彼らの話に耳を傾け、力になろうと努力している。日本ではありえない光景に、美喜は強い感銘を受けた。

終戦を迎えた時、美喜は四十歳を超えていた。当時の女性としては、もはや「年寄り」と呼ばれても不思議はない年齢だ。絢爛《けんらん》たる背景を奪い取られ、息子の一人は戦死。普通なら、赤の他人である孤児のことどころではない。

だが美喜は子どもの頃から、岩崎家の人々に「おんな彌太郎」と呼ばれていた。祖父であり、三菱財閥創始者である岩崎彌太郎から、稀有な行動力や才能を受け継いでいたようだ。働いたことなど一度もない身で、混血児の養護施設を立ち上げた。

当然ながらマスコミに注視されたが、彼女は逆に、それをめいっぱい利用した。だからおびただしい記事が残っている。ことあるごとに話題を提供し、インタビューに応じ、エッセイや対談で新聞・雑誌に登場し、精力的に講演も行っている。

自分だけではない。マスコミには子どもたちも頻繁に出した。個人情報も子どもの人権も、いまのようにうるさく言われない。子ども自身の気持ち、顔や名前を世間に晒すことの弊害など、考える必要がなかったのだろう。

それよりも、こういう子どもたちがいるということを具体的に見せて問題提起し、有力な支援者を得ることのほうが、美喜にとっては先決だったに違いない。

混血児の中の序列

美喜が大磯の別邸を政府から買い戻し、混血児の養護施設を設立したのは昭和二十三年(一九四八)である。絵画、宝石、毛皮、庭の石灯籠まで売り払い、資金を集めた。財閥解体時の決まりで、たとえ買い戻しても三代までは岩崎家の持ち物にしてはいけないことになっている。これを踏まえ、美喜は自分が所属するキリスト教聖公会のものとした。

そこへ、遺産として百七十ドル(当時の日本円で約六万円)を残したのが、エリザベス・サンダースというイギリス人女性だ。最初の寄付だった。それがどれほどありがたかったか、美喜が彼女の名前をそのままホームに冠したことでもわかろうというものだ。

このことが報道されるやいなや、ホームのそばに黒人の混血児が置いていかれた。どうか預かってくださいと、我が子を連れてくる女性もいた。あっという間に子どもの数が増えていった。

GHQはむろん眉をひそめた。沢田美喜のような人物が現れ、GIベイビーのことが表沙汰になることは、当然ながらよろしくない。GIベイビーが生まれないための予防としては、兵士たちにはコンドームを配布している。これは避妊のためというより、性病を予防する目的のほうが大きかったようだ。

しかし、戦争による死の恐怖から解放され、勝者として敗者の国へ乗り込んだ男たちには、歯止めなど利かない。相手の妊娠を気遣うどころか、自分が性病にかかる恐怖さえ念頭になく、コンドームはきちんと活用されなかったようだ。

結果、GHQがトラックで「娼婦狩り」をして女たちを検査のために病院へ送り込むほど性病は蔓延した。GIベイビーも増える一方だった。米軍にとっては恥ずべき事実だ。

昭和二十七年(一九五二)、横浜を舞台にした獅子文六の小説『やっさもっさ』が刊行された。ベストセラーになり、渋谷実監督、淡島千景主演で映画化もされた。そこには、沢田美喜を彷彿とさせる混血児養護施設の理事長、パンパンと呼ばれた夜の女など、まさにこの頃の世相が描かれている。

原作者・獅子文六は混血児について、あるところでこう語っている。

「混血児が敗戦――売春と結び付いて考えられるので、（混血児に）一種の不快感を伴うのであろうが、正しい結婚によって生まれた子と売春によって生まれた子どもに、人種的差別がある道理はない」

しかし、世間の偏見は、ベストセラー作家の言をもってしても収まるものではない。聖母愛児園もサンダース・ホームも、混血児たちの未来をアメリカに託した。孤児を養子に迎えたいと希望する国は、アメリカしかなかったし、このまま日本で育っても、明るい未来を予想させるものなど、この時点ではみじんもなかったからだ。

同年、美喜はアメリカへ渡る。日本が占領を解かれた年だ。厚生省が混血児の実態調査に乗り出した年でもある。

美喜の目的は混血児問題のアピールと寄付集めだ。一ヶ月足らずの滞在でニューヨーク、ワシントンをはじめとして、アメリカ東部諸都市を回っている。その成果は大きく、資金募集委員会が設立される。集まった寄付はキリスト教児童基金を通じてホームに入るという仕組みができた。

行く先々で講演を行っているが、そこで、

「日本にもアメリカに尻尾を振らない犬が一匹くらいいてもいいでしょう」

と、堂々言ってのけている。しかも同じそのアメリカで国連や政府に、混血児養子縁組がもっとスムーズにできるよう、移民法の緩和を訴えているのである。

一九五三年、アメリカで難民救済法が施行された。これによってアメリカへ養子に行く子は、「難民」としてアメリカ入国の資格が得られるようになった。さらに翌年、日本の厚生省は、「混血孤児たちは日本にいるより、父親の国で成長するほうが幸福である場合もありうる」とし、日米孤児救済合同委員会（後の日本国際社会事業団）などの関係機関と連絡を取りつつ、国庫補助金を供出して、海外養子を促進していく方針を発表した。

この後のマスコミ報道で取り上げられるのは、ほとんどがサンダース・ホームからアメリカへ養子に行った子どものことだが、実際には聖母愛児園をはじめとして、さまざまな施設から混血児たちがアメリカへ養子に行っている。その手段も正攻法だけではなかっただろうから、数は把握しきれない。

それにしても昭和二十年代の新聞記事などには、「混血児は知能が劣る。なぜなら両親が揃ってレベル以下だから」と、驚くようなことが普通に書かれている。沢田美喜の混血児救済を美談として報道する一方で、マスコミは偏見を作り出してもいたのである。

ホームを始めた当初、美喜は厚生省の役人から「混血児は敗戦の恥辱を象徴する存在だから、放っておきなさい」と言われたり、寄付を募るために会った米軍将校夫人から「ノーグッドな子たちなのだから、ベッドなんかいらないでしょう」と一蹴されたりした。

昭和三十二年（一九五七）、美喜は菅原卓《たかし》と対談している。菅原は実業家、劇作家として活躍した人物だ。戦後の演劇復興にも尽力し、劇団民藝で「アンネの日記」「セールスマンの死」などの訳や演出も行っている。

この対談の中で美喜は、アメリカ人との養子縁組に関して実情を話している。女の子をという要請が圧倒的に多い。なぜなら、男の子は大人になっても、アジアの血が混じっていると差別される。いい職業に就けないし、それゆえ、嫁の来手も少ない。でも女の子は違う。美人で愛嬌があれば、良い相手と結婚できる可能性も出てくる……と、なかなか赤裸々である。

問題は黒人系の混血児だ、と。黒人はアメリカでも貧しい。孤児になった黒人系混血児を養子にしたいと思っても、旅費を工面することができない。それにアメリカにおける黒人差別は、日本人が思っている以上に凄まじい。出世できそうな道は芸能界かスポーツ界しかない。いや、その世界ですら、差別は激しい。

「黒いヴィーナス」と絶賛された、歌手でダンサーのジョセフィン・ベーカーと、美喜はフランスで知り合い、親しくなった。が、パリやベルリンで有名文化人からも称賛されたジョセフィンが、故国アメリカではあからさまな差別を受けた。

ニューヨークで再会することになったジョセフィンを、美喜がロールス・ロイスで波止場へ迎えに行こうとすると、白人運転手が渋い顔で言った。

「奥様、黒人をこの車に乗せなければいけないのでしょうか」

さらにジョセフィンは、ホテルの宿泊やナイトクラブへの出入りを断られる。彼女と舞台で踊ることになった白人ダンサーは、自分の顔を隠すため、マスクをして出たいと言い出す始末。

そうした現場を目撃してきた美喜は、黒人系の混血児に関して、明るい見通しなど持っていなかった。

「あなたと会ってみようと思ったのは、混血児の中には歌や踊りが先天的に上手な子もいるから。将来、芸能の道に進むという道も、開いておきたかったから」

と、美喜は菅原に言っている。黒人の混血と断定してはいないが、ジョセフィン・ベーカーを通して体験したことが、頭にあったのかもしれない。

この対談の中で、菅原は「くろんぼ」「ニグロ」を連発している。まだこの言葉が差別用語ではなかったのだから仕方がない。美喜も、かなり後になるまで、「くろんぼ」とか「黒」「白」という言葉を使い続けている。

菅原にしても、混血児という存在に対して、対談を読む限りあまり理解しているとは思えない。

「やはり普通の子どもとは違うのか?」とか「発音しにくい日本語はあるのか?」などという質問を投げかけている。ホームにいる混血児は、日本で生まれ、日本で育っている。彼らの母国語は日本語なのだ。

当代一流の文化人でさえこうなのだから、世間一般の眼は推して知るべしだろう。

昭和三十三年（一九五八）、美喜はＮＨＫ紅白歌合戦の審査員として、晴れやかな姿を見せた。昭和四十年（一九六五）には国際孤児財団の「世界の婦人賞」を受賞。

昭和三十七年、ブラジルに聖ステパノ農場を開園。美喜がロンドン時代に見学した養護施設、ドクター・バーナードス・ホームは、大人になった孤児たちを、カナダやオーストラリアへ移民として送り込んでいた。そのことがずっと頭にあったのだろう。

サンダース・ホームからアマゾンの開拓地へ渡った孤児たちは、そこで胡椒畑、建設作業、豚や鶏などの飼育に励んだ。向こう三年間に五万ドル（千八百万円）の寄付を受けるという約束を、美喜はパール・バック財団から取り付けている。この財団はノーベル賞作家のパール・バックが立ち上げたものだ。美貴はアメリカでパール・バックと知り合い、親交を続けていた。

残念ながら昭和五十年（一九七五）、聖ステパノ農場は閉鎖された。マスコミで大きく報道され、鳴り物入りでやってきた若者たちは、当初から、もともといた日本人移民たちと折り合いが悪かったようだ。

昭和四十一年（一九六六）、国家的な事業に貢献した功労者に贈られる内閣総理大臣顕彰の第一回受賞者に選ばれる。この時、ともに受賞した宮崎松記《まつき》博士は、アジア救ライ協会インドセンターの院長として、ハンセン病救済に尽力していた。

美喜はさっそく、インド兵と日本女性の間に生まれた混血孤児女性を、博士に引き合わせる。看護婦の資格を取得していたその女性は、美喜の勧めによってインドへ渡り、松記博士のもとで働くことになった。新設された賞の一回目だったこともあり、このこともかなりマスコミの話題になっている。

昭和五十三年（一九七八）、日本テレビが開局二十五周年番組として大々的に沢田美喜を取り上げた。「子供たちは七つの海を越えた～エリザベス・サンダース・ホームと１６００人の混血児」というドキュメンタリー番組である。ホームが設立されてから三十年。孤児たちもすっかり大人になった。千六百人のうち、半数が養子として渡米している。番組はその中から百二十人を追跡調査し、さらに五人を選び出して、ドキュメンタリーの核に据えた。

放映後の反響は凄まじく、視聴者からの電話は五百本を超えた。それまでも沢田美喜やサンダース・ホームのことはマスコミに取り上げられてきたが、「ホームの存在も混血児たちのことも知らなかった」という人が圧倒的に多かった。ここに出ている子の母は自分だと名乗り出たケースも二件あったという。

孤児の中でも反響が大きかったのはメリー七海《ななみ》だ。サンダース・ホームへ行くには、いまでも山裾にあるトンネルをくぐらなければならない。昭和二十六年の末、彼女はそのトンネルに、ひとつ年下の妹と二人、母から置き去りにされた。黒人系の混血児だった。

母はその後、何度かホームを訪ねてきたようだ。「きっと迎えに来るから」と言いながら、いつも違う黒人の男と一緒だった……と、メリーは新聞のインタビューで語っている。

母親はメリーが五歳の時、ほんとうに引き取りに来た。が、結局はまた、姉妹ともに放棄され、横浜の児童相談所へ引き渡された。そこでもいじめられたというが、たいそう気の強い子だったというから、喧嘩っ早いところもあったのだろう。

結局、姉妹はまたサンダース・ホームに戻された。しかしホームでも問題児となり、中学卒業後、京都の修養施設へ。そこで知り合った日本人のボランティア青年と恋をするが、相手の両親の猛反対にあって結婚はできなかった。

二十二歳の時、立川基地の黒人兵と結婚。シカゴに移り住む。看護婦として働き、二児を得るが離婚。自殺未遂……。テレビカメラに向かって、七海は泣きながら、吠えるようにその人生を語ったという。

このテレビ・ドキュメンタリーは「沢田美喜と日本テレビ」として菊池寛賞を受賞している。

昭和五十六年（一九八一）には美喜の半生がテレビドラマになった。「母たることは地獄のごとく――炎の女《ひと》・澤田美喜」。脚本は早坂暁、演出はせんぼんよしこ。主演は京マチ子。邦画が元気だった頃、大映の看板女優として活躍し、主演作が三本も海外映画祭で受賞した大女優が美喜を演じた。

この頃、日本はすっかり戦後復興を果たし、バブル期を目前にしていた。京マチ子は別として、若い俳優も子役たちも、戦争直後の悲惨な時代など知らない。演出のせんぼんよしこは「現代の女優が、当時の母の辛さを果たして演じられるかどうか」と、インタビューで不安を口にしている。

混血児役の子役たち三十人は、外国人タレント専門のプロダクションや米軍基地などから集められた。しかし、「親に捨てられ、痩せ細った体でホームに保護された混血孤児」という雰囲気の子は、当然ながら一人もいない。オーディションには喜々として両親がついてくる。子どもたちはみな英語が話せて、逆に日本語が不自由な子が多い……という状況で、これも苦労したようだ。

このドラマは放送文化基金賞奨励賞を受賞している。

残念ながら美喜は、これを観ていない。前年の昭和五十五年、旅先のスペイン、マジョルカ島で客死した。七十八歳の生涯であった。

第四章　大和・葉山・札幌――混血児養護施設

ファチマの聖母少年の町

　さて、話をまた昭和二十七年（一九五二）に戻そう。ようやく、国が混血児問題と向き合い始めた年である。

　八月、中央児童福祉審議会に混血児問題対策研究会が設置された。委員の顔ぶれは、児童心理、優生学、小児医学など学会の代表者八名、外務省、文部省などの官庁関係者五名、大宅壮一などの評論関係者五名、そして施設代表として、聖母愛児園の初代園長ルゼンヌ・アンナ・マリーとエリザベス・サンダース・ホームの沢田美喜。

　大きな議題となったのは、混血児の就学問題である。占領軍兵士を父に持つ子が最初に生まれたのは昭和二十一年。あっという間に小学校へ上がる年齢に達した。が、混血児に対する世間の拒否感は強い。果たして日本の子どもたちと同じ学校で学ぶことができるだろうか。誰もがそれを懸念していた。

それまで日本に混血児がいなかったわけではない。だがこの時は、多くがＧＩベイビーである。ついこの間まで敵だった、アメリカの男たちが父親だ。差別や偏見だけではなく、憎悪が子どもたちに向かう恐れもある。

これは日本だけのことではない。海外でも、特殊事情のもとに生まれた混血児に関して、さまざまな社会問題が生じていた。

聖母愛児園はカトリックの女子修道会が運営している。その規則により、就学年齢に達した男子を、このままここで保護することはできない。そこで当初は、女児だけの学園を創設して入学させる、男児は信者のもとに里子に出して公立の学校に通わせる、という方針を出した。

一方、沢田美喜は、ホームの敷地内に男女共学の学校を造り、ホームの混血児たちをそこへ入れるつもりだと答えた。

三ヶ月後、文部省は、施設の混血児も等しく公立の学校に通わせるという方針を定めた。戸籍のない混血児も多々いたので、文部省はこの時、戸籍をつくるなり入籍させるなりするよう、都道府県の教育委員会に通達している。

公立学校へという決定については、とりわけ混血児問題に関して調査研究が熱心だった横須賀市、そして、全国一の収容数である聖母愛児園がある横浜市が、それぞれにまとめた結果が大きく影響した。

この決定が出た時、美喜はすでに、ホームの敷地内に学校を造ることを決めており、寄付集めのために渡米していた。そして実際に、昭和二十八年（一九五三）、聖ステパノ学園を創設した。

ステパノはキリスト教における聖人の一人だ。ステファヌス、ステパノスとも表記される。ユダヤ人だがギリシャ語を話した。天使のような顔を持ち、不思議な業《わざ》としるしによって人を惹きつけたが、それをよく思わない人々によって最高裁に引き立てられ、石打ちというリンチ刑によって亡くなったとされる。

一方、聖母愛児園は文部省の決定に従い、まずは男女ともに、すぐそばにある公立の元街小学校へ入学させた。エリザベス・サンダース・ホームの子どもたちは聖ステパノ学園に入った。そして、どちらのケースでも事件は起きた。

元街小学校のある山手は、昔、外国人居留地だったエリアだ。土地柄もあるだろうが、横浜市の教育委員会も学校も、混血児の就学には非常に前向きだった。それでも、後で述べるような問題が起きたのだが、当初から大混乱をきたしたのは、聖母愛児園の男児受け入れを要請された神奈川県大和市の小学校である。

昭和二十八年（一九五三）、大和市の南林間に、ファチマの聖母少年の町《ボーイズ・タウン》と名付けられた施設が建設を申請した。聖母愛児園の分園だ。

平成七年（一九九五）発行の「大和市研究　第二一号」によれば、大和市の南林間に教会があり、土地も安く手に入った。さらには周辺の厚木、座間、淵野辺、立川などに米軍基地があり、そこからの援助が期待されたからだという。

しかし、これに対する地元の反発は凄まじかった。混血児収容施設対策委員会が結成され、四千人もの反対署名が集められた。入学予定だった大和町立林間小学校のＰＴＡも九〇％が反対。教育委員会も同様だった。

混血児は知能が低いと決めつけ、さらには「黒人と同じ学校に通って、日本人の子どもまで黒くなったらどうする」という、あからさまな偏見まで、大真面目に取り上げられた。その結果、混血孤児たちが地元の学校に入らないという条件のもと、施設の建設だけが許可されたのである。

大和市のボーイズ・タウンに暮らしながら、スクールバスで片道一時間もかかる横浜の元街小学校へ、男児たちは通った。じつは元街小学校でも、反対する保護者はいたようだ。大和市へ行ったことで厄介払いできたのに、なぜまた、ここへ戻ってくるのかと。

元街小学校の校長は懸命に説得した。聖母愛児園にしても子どもたちにしても、すき好んでこういう状況になったわけではない。いまここで自分たちが拒んだら、子どもたちはどうなるのか。哀しい運命のもとに生まれてきた子たちを、さらに惨めな境遇に陥らせることになる。もしこれがあなたの子だったらどんな気持ちになるか。決して皆さんに迷惑はかけない。どうか二、三年、様子をみてほしいと。

まさかそんなことが、この日本で……と、驚く人が多いだろう。罪もない子どもたちに対して、なぜそんな冷たい仕打ちをしたのかと。現代の私たちがそう責めるのは簡単だ。が、いつだって、時代の空気というものがある。人はいやおうなしにそれに巻き込まれる。

たとえば私が戦時中の人間だったとしたら、「鬼畜米英！」を口にし、日本軍が敵を大量殺戮したという報道に、歓声を上げていたかもしれない。戦後であっても、衣食足りていない状況で、果たしてどれほど、ＧＩベイビーと呼ばれた子どもたちに対して心を寄せることができたことか。

戦争にまつわる歴史を知ることは、自分の内に潜む身勝手で冷酷な「鬼」を意識することでもあると、私は思っている。

戦後復興が進み、交通量が増加すると、大和市から横浜への通学にかかる時間も、渋滞によってさらに増えた。子どもたちの体力的負担に加えて、愛児園の経済的負担も膨らんでいく。

昭和三十三年（一九五八）になって、林間小学校はようやく、試験的に五人の混血児を受け入れた。そのうちの三人がアメリカへ養子に行ったので、それみたことかと当時のＰＴＡ会長は非難した。どうせ日本にいても不幸なのだから、最初からアメリカへ行けばよかったのだ、と。

混血孤児たちにしても、差別のある日本で、親のない孤児として施設で育つより、豊かなアメリカへ養子に行くことを望んでいた。元街小学校へ入学した子どもたちも、じつは養子縁組先が決まった子から次々と渡米している。

そうなると、残った子どもたちは辛い。「おまえ、誰も引き取ってくれないのか」と、日本人の子どもたちから心ない声も浴びせられる。

結果、林間小学校でも元街小学校でも、自暴自棄から問題児となる子が出てきた。が、そんな時期にも、教育現場には諦めない教師たちがいた。彼らの粘り強い努力と世情の変化によって、ようやく昭和三十五年から、林間小学校は全面的に混血児たちを受け入れるようになったのである。

占領が終わり、GIベイビーも日を追うにつれて少なくなり、ファチマの聖母少年の町がその役目を終えたのは、昭和四十六年（一九七一）のことだった。

付け加えておくが、ボーイズ・タウンと似た名前の施設が、横浜市中区の日ノ出町にあった。戦災孤児の収容施設ではあるが、混血児専用ではない。昭和二十二年（一九四七）五月の設立。どちらかといえば、問題を起こしがちだった孤児を集めた保護施設だ。

この年、マッカーサーは戦災孤児対策として、社会事業家であるエドワード・ジョセフ・フラナガン神父を日本に招聘《しょうへい》した。フラナガンはネブラスカ州で「少年の町」という、自立更生施設を設立したことで名を知られた。日ノ出町の施設も、フラナガンがボーイズ・ホームと名付けた。

昭和五十四年、茅ヶ崎に移転し、「社会福祉法人福光会　子どもの園」という名称となった。児童養護施設としていまも健在である。


一方、世間の冷たい風を覚悟して、聖ステパノ学園を設立したエリザベス・サンダース・ホームも、何度かバッシングに晒されている。

昭和四十八年（一九七三）、この学園の出身者九人が、前年の五月からこの年の三月にかけて、東京、神奈川で二百五十件もの窃盗を働いて逮捕された。

世間はこの時、「孤児たちを温室育ちにしたせいで、社会に出てからやっていけず、こういうことになったのだ」と、沢田美喜を非難した。

美喜は、はたから見て、子どもに厳しすぎるほど厳しい「ママちゃま」だったが、千人、二千人という孤児たちを完璧な大人として世に出すのは、誰にとっても無理な話だっただろう。

養子として渡米した子どもたちが、ギャングによって人身売買されているらしいことが、アメリカのジャーナリズムに取り上げられたこともある。ちゃんとした手続きを踏んだ養子であっても、「その後」をすべて把握することは難しいのだ。

聖母愛児園、エリザベス・サンダース・ホーム以外にも、混血児の保護施設は複数あった。

そこからおびただしい数の子どもたちが、この時期、アメリカへ養子として渡った。
そうした施設のひとつが、葉山の幸保《こうぼ》愛児園である。ここには、歌手で黒人系ハーフのジョー山中がいた。

interview

金子エスター聖美

一九五三年生まれ

幸保愛児園元園長

私の祖父母は千葉、御宿《おんじゅく》の出なんです。祖父は町長もつとめたとか。幸保という苗字は本名。珍しいでしょ？

明治の半ば頃、その町の二十世帯くらいを引き連れて、ロサンゼルスへ移住したそうです。遠い外国へ移民しないといけないほど、日本はまだ貧しかったのね。

みんなで土地を開墾してレタスを栽培したそうです。だけど、ロスからニューヨークに送る間に腐ってしまい、大失敗だったんですって。で、レモン栽培に替えてようやくうまくいったとか。

私の母は五人きょうだいの末っ子で、祖母が四十九歳の時の子なの。国籍はアメリカ。二十二歳の時、エヴァグリーンというキリスト教派の宣教師になって日本に来ました。二十人くらいの団体で。

母はアメリカ生まれのアメリカ育ちだから、日本語がうまく話せなかったのね。そこで案内についてくれたのが、税関勤務の男性。母は彼と恋におちて結婚したのね。それが私の父。

夫婦が住んだところは横須賀市の追浜《おっぱま》。時期？　戦後間もなくの頃よ。

ある時、二人は葉山の浜で、ブラウンペーパーに入れられた赤ん坊を拾うのね。ブラウンペーパー？　横須賀駐留の米軍が使っていた、茶色い紙袋のこと。

その赤ん坊は肌が黒かったの。米軍兵士と日本人女性の混血だということは、もう一目でわかったのね。同時に、こうして海に捨てられたわけも……。波打ち際に置かれてたのよ、生きたままで。

残酷に聞こえるでしょうけど、殺せなかったのかもしれないわね。

横浜はもちろん、横須賀でもね、昭和三十三年頃まで、そういう混血の捨て子が相次いだの。うちの親がじかに拾った子だけで十人もいたんだから。

これはなんとかしなきゃいけないというので、両親は、日本海軍が使っていた家を見つけて借りたの。二階建てで、洋式トイレとシャワーのある洋館よ。トイレは一階にも二階にもあったわね。孤児の保護施設として認可が下りた時は、そうね、四十人くらいの子どもがすでにいたと思う。

エリザベス・サンダース・ホームに頼んで、戦争未亡人の保母さんを一人回してもらったの。さらに、父の郷里である静岡から、手伝いのために親戚が出てきて、幸保愛児園がスタートしたというわけ。

まあ、いろいろたいへんなことはありましたよ。混血の孤児をアメリカに養子に出してたから、人身売買を疑われて、警察が来たりとかね。すぐ東京のアメリカ大使館に訴えましたよ。そしたら大使館から県庁に連絡がいって、逆に県に対して、孤児のホームをつくるようにと……。それでうちが、保護施設として認可されたの。

私が生まれたのは昭和二十八年（一九五三）。ずうっと、孤児たちと一緒に、同じ家で同じものを食べて育ちましたよ。

養子に出す子どもは、母がアメリカへ連れていくの。私も一緒に行ったことがあるわ。ハワイやサンディエゴの教会が、資金面も、精神面も、援助してくれたからできたのね。

混血児差別？　そりゃありましたよ、あの時代だもの。

天皇が葉山の御用邸にいらっしゃることがあるでしょ？　するとね、混血児の保護施設なんか目障りだから、看板を隠せと警察が言ってくるの。混血児と一緒に散歩していると、石を投げられたりしたものよ。

ジョー山中のこと？　うちへ入ったのは中学生の時。彼のお母さんも彼自身も、結核で体が弱くてね。ジョーは茅ヶ崎の虚弱児施設にいたの。当時、結核はすごく多かったのね。栄養状態も悪かったし。

療養して、ジョーは治ったんだけど、お母さんは亡くなったの。父親は米兵だけど、たぶん、ジョーが会うことはなかったんじゃないかしら。

ジョーは、うちが最初の養護施設というわけじゃなかったの。喧嘩っ早くて、すぐに手が出る子でね。次々と施設を追い出されて、最後に、うちへ来たの。

で、中学卒業と同時に、うちからも出て、プロボクサーを目指したのね。自分は強いという自信があったから。

アルバイトをしながらボクシングジムへ通ったみたいだけど、いざ、プロの世界へ入るとノックアウト負けばかり。喧嘩が強いのと、プロになれるのとは、やっぱり違うんでしょうね。

ボクシングを諦めてからは、横浜のディスコでバンドボーイをやってたみたいね。芸能界デビューした時はびっくりしたわ。いえ、芸能界に入ったことじゃなくて、プロフィール。セント・ジョセフだったかインターナショナル・スクールだったか、横浜の有名高校卒ということになってたから。

ハーフブームの頃だったから、事務所がそうしたのかもね。彼は養護施設育ちを隠さなかったもの。有名になってから、何度もうちのイベントに来てくれたし、寄付もしてくれたのよ。

黒人とのハーフでスターになった芸能人って、あの頃の日本では彼くらいだったんじゃないかしら。


ジョー山中はグループ・サウンズ全盛時代、「フラワー・トラヴェリン・バンド」のヴォーカルとしてメジャーの仲間入りをした。が、彼を有名にしたのは、なんといっても森村誠一原作の角川映画「人間の証明」(一九七七年、監督・佐藤純彌)である。

黒人兵と日本人女性の間に生まれた混血の子という、自分そのもののような役を、ジョー山中はオーディションで見事、射止めた。役名は「ジョニー」。

ニューヨークのスラム街で、酷い黒人差別を受けて育ったジョニーは、自分の母親が、日本の有名服飾デザイナーであることを知った。会いたくて日本に渡ったが、いまわしい過去を隠したい母にとって、彼の出現は困惑以外のなにものでもなかった。

息子と会った母は、自分の地位を守るため、彼をナイフで刺す。母の気持ちを悟ったジョニーは、浅く刺さっていたナイフを、自分の腹に深く押し込む……という切ないストーリーだった。

映画のCMがテレビで連発されたが、そのたびに、ジョー山中の歌う主題歌「人間の証明のテーマ」も流れる。歌は大ヒットし、ジョー山中は一躍、スターダムにのし上がった。その後はミュージカルの主役を務めたり、レゲエ・ミュージックで高い評価を得たりと活躍の幅を拡げていった。と同時にチャリティ活動にも力を注ぐようになる。

私が彼に初めて会ったのは一九九九年。『天使はブルースを歌う』が出版された年だった。この年の九月、台湾中部でマグニチュード7クラスの大地震が起き、死者約二千四百人、全壊約五万一千戸という大きな被害が発生している。被災者を援助するため、チャリティ・コンサートを発案したのは、台湾にルーツを持つエディ藩だ。

「Aid Formosa '99」と銘打ったそのコンサートは横浜の中区山下町にある神奈川県民ホールで開催され、彼の音楽仲間が多数参加した。その中にジョー山中もいた。

とても気さくでやさしい人だった。引き締まった美しい肉体を見せるのも大好きで、その後、何度か行った彼のライブでは、必ず裸の上半身を見ることになった。

二〇一一年、肺癌により六十四歳で永眠。もっと話を聞いておけば良かったと、残念でならない。

札幌・天使の園

終戦直後の数年間、「天使の園」という札幌の養護施設へ、聖母愛児園から何人もの混血児たちが送り込まれている。ここも聖母会が運営する施設のひとつだ。おそらく横浜の聖母愛児園だけでは、受け入れが間に合わなかったのだろう。

どうしてもそこを訪れてみたくて、平成二十七年（二〇一五）十二月、雪の札幌へと出かけていった。

私は毎年、冬になると原因不明の微熱で倒れる。動けない、食べられないという状態が一ヶ月近く続く。その間は文字通りどこへも出る元気などなく、自宅で冬眠生活だ。折悪しく、札幌へ行く前日から、これが始まってしまった。

羽田へ行ったものの、どうにも辛くて、飛行機の出発間際、空港内の診療所に駆け込んだ。ビタミン剤などを出されただけだったが、ここでキャンセルするわけにはいかない。「天使の園」からは、「お役にたてるかどうかわかりませんが、どうぞいらしてください」という好意的な返事をいただいている。

なんでこんな時に……と、我が身を恨みながら、よたよたと走って搭乗。一時間半後には雪の新千歳空港に到着していた。空港からJRの快速エアポート札幌行きに乗り、北広島を目指す。ほどなく、車窓は雑木林の連なりとなった。雪に覆われた丘陵と枯れ木の林が続く。

広島からここに、二十五戸百三人の移住者が入植したのは明治十七年（一八八四）のことだった。「北広島」という地名に、故郷への断ちがたい思いを感じる。

原野を開墾した人々の努力が実り、北広島駅が開業したのは大正十五年（一九二六）。平成八年（一九九六）には「市」に制定された。

新千歳空港から快速で二十分、札幌までは十六分という地の利があるので、現在は札幌のベッドタウンとして人気だという。プロ野球の北海道日本ハムファイターズが本拠地をここへ移すことも発表された。

札幌農学校初代教頭だったW・S・クラーク博士は、任期を終えてアメリカに帰国する際、この地で学生たちの見送りを受け、「ボーイズ・ビー・アンビシャス（青年よ大志をいだけ）」という有名な台詞を残した。

静かな北広島駅に降り、タクシーで五分。北広島修道院に着いた。大正十二年（一九二三）、ここに修道院の無料診療所が設けられた。そこへ、昭和五年（一九三〇）、札幌の天使病院内にあった養護施設が移転してきた。それが「天使の園」の始まりである。

「遠いところをよくいらっしゃいました」

と、迎えてくださったのは、園長の倉知香美さん。穏やかな笑顔のシスターである。私より、三十歳くらいはお若いとみた。

「でも、電話で申し上げたとおり、昭和二十年代あたりのことは、なにもわからないのですよ。その頃、職員だった方は、亡くなられたり遠くへいらしたりして、いまはもう連絡もとれないのです」

申し訳なさそうにおっしゃる。それを承知の上で、私はここへ来たかったのだ。

古いアルバムや名簿を用意してくださっていた。変色したアルバムの台紙に、モノクロの写真が貼られている。写っているのはシスターと子どもたち。聖母愛児園に残されている写真と、同じような光景だ。みんなで食事をしたり、遊具で遊んだり。

ハーフかな、という子どもも一人、二人見受けられる。

「ちょっと時期がずれるかもしれませんが」

と断って、倉知園長が一人の女性を呼んでくださった。

Nさんは昭和二十六年（一九五一）生まれ。幼い頃に両親が離婚し、面倒をみてくれる親戚もいなかったので、ここへ引き取られた。いまは園の職員として働いている。

「私がものごころついた頃、ここには百人くらいの孤児がいましたね。あの頃だから、戦災孤児も多かったと思います。当時の建物は二階建てで、上に年長の子、下に年少の子たちがいました。寝室にはパイプベッドが並んでいました。でも、その部屋に入ってもいいのは寝る時だけ。西洋式の生活様式でしたから、寝室は寝るための部屋と決まっていました。シスターも外国人が多かったですね」

女性の修道院だから、当初は女の子ばかりだった。Nさんの記憶によると、自分が小学三年生になった頃、初めて男の子が入ってきた。男の子は正式な入所者にはなれないので、「隠し子」という隠語で呼ばれていたという。

Nさんたちは普通に、地域の公立小学校、中学校へ通い、トラウマになるようないじめもなかった。一緒に暮らす大勢の子どもたちが、みな、親のいない子だったので、孤児だという寂しさも感じなかったという。

「食べ物や着るものも、おそらく、当時の一般の子どもたちより恵まれていたと思います。私が子どもの頃は、園内で馬、牛、豚、アヒルなどを飼っていて、畑もありました。野菜、卵、牛乳、肉、みんな自前で豊富に手に入った上に、千歳の基地から米軍がよく慰問に来て、お菓子など、見たこともないような、きれいでおいしいものを差し入れしてくれましたから」

横浜の聖母愛児園、大磯のエリザベス・サンダース・ホームも、キリスト教、米軍という繋がりのおかげで、食料、衣類にはあまり困らなかったようだ。スタインウェイのピアノが寄付されたが、その価値がわからず、よそへあげてしまった、などということもあったという。

「横浜からは、たしかにハーフの子が来ました。もちろん、女の子ばかりです。小学校へも一緒に通いました。ビビアン、アネッタ、すみえ……私より、ちょっと年長の子たちでしたね。はなえちゃんという黒人系ハーフの子もいました。ジェニーという子は、どこかへ養子に行ったものの、すぐに戻されてきました。うまくいかなかったのでしょうね。ハーフの子は可愛かったけど、みんなすごく気が強かったから」

でも全員、いつの間にかいなくなっていた、とNさんは記憶を辿りながら言う。「天使の園」からアメリカへ養子に行った子も、少なからずいたのだろう。

私には大きな疑問があった。だからどうしてもここへ来たかったのだ。

北広島のそばには千歳市がある。そこには昭和二十年（一九四五）から米軍が進駐して、飛行場、海軍施設、民有地などを接収し、キャンプ千歳として使用していた。昭和二十六年（一九五一）には朝鮮戦争の後方基地になり、オクラホマ師団と呼ばれる大隊が進駐。すぐさま米軍相手の歓楽街が出現した。そのにぎわいはオクラホマ景気と呼ばれた。

横浜や横須賀と同じように、パンパン、オンリーと呼ばれる米軍相手の娼婦がそこに溢れた。昭和二十七年発行の「婦人公論」十一月号には「千歳」というルポルタージュが載っている。日本人娼婦と米軍兵士の生態を、綿密に、生々しく綴ったものだ。

著者は北海道地方更生保護委員会委員長・愛読者グループ札幌支部「白雪会」幹事という肩書を持つ山下愛子。

娼婦たちの出身地を調べると、遠く九州から出稼ぎに来た女たちが数としてはもっとも多く、ついで関西、東京とその近郊だという。その数、二千人余り。全国の主だった基地を渡り歩いている者もいたようだ。手配師が介在していたのだろう。

そこにはGIベイビーの記述も見られる。著者が役場で聞いたところ千歳の混血児は（その時点で）二十人はくだらないという。三名だけが民生委員の骨折りで出生届を出したが、あとは不明。

長いルポルタージュだし著者は女性だ。こうした状況下で生まれる子どもたちのことに、もっと関心があってもよかったのではないかと思う。数としてはおそらく、二十人どころではなかっただろう。

が、この時期に関していえば、全国一、GIベイビーが多かった横浜でも、実態はまったくわかっていなかった。だからこそ「根岸外国人墓地」のような闇も生まれたのだ。千歳も同様で、山下愛子氏も、これ以上のことは書きようがなかったのだろう。

それにしても、すぐそばの札幌には、天使の園という戦前からの養護施設がある。戦後はそこへ、横浜から混血児が送られてきている。千歳からは来なかったのだろうか。

「千歳から……。言われてみれば、ありうる話ですよねえ」

私の問いかけに、倉知園長は頷いた。そして不思議そうに首をかしげた。

「でも、過去の書類にある混血児は、みんな横浜から来た子たちです。道内から来たという記録はないし、私もそういう話は聞いたことがないですねえ」

聖母愛児園に残された資料を、私は思い起こしていた。昭和二十一年に十人、二十二年に一人、二十三年に二人が「天使の園」に送られている。その後は記載がない。

これ以上のことはわかりそうになかったので、心から感謝して天使の園を辞した。事務職の方が、駅まで車で送ってくださった。

電車に乗ってからふと、体調の悪さを忘れていたことに気づいた。なかなか来られないところだと思うと、この時間だけは、気力が病いに勝っていたのだろう。

また元のどんよりした重さが、頭から徐々に下へと降りてくる。同時に、たった二行の短い文章が、脳裏を駆け巡り始めた。

見せていただいた古いアルバムの一冊に、昭和二十三年あたりのものではないかと推測されるものがあった。黄ばんだ台紙に、写真のない見開き頁があった。そこに手書きで記されていた一文。

「横浜から貨車一台貸し切りにして混血児が送られてきた」

倉知園長にも、Nさんにも、意味がわからなかった。横浜に戻ってから、新宿にあるという聖母会に取材を申し入れたが、きっぱりと断られた。

いまだに、この一文は謎のままだ。

六年目のボーイズ・タウン

手元に「アサヒグラフ」の一九六〇年五月十五日号がある。特集は「混血児」。表紙は「アルバ」と呼ばれる祭服を着た黒人少年が、十字架の前で蠟燭を捧げ持っている写真だ。下部に小さく「神奈川県大和市のボーイズ・タウンにて」という文字が入っている。

この特集は、あの入学拒否事件から五年の時を経た「その後」をルポルタージュしたものである。

まずは当時のPTA関係者が、「拒否」のいきさつを説明している。

「混血児に同情はしたが、五年先、十年先のことを考えると、就職、結婚という問題が起きてくるから、とても責任が持てない。だから四千人にものぼる地元の反対署名が集まった。そしてこれまで通り混血児は横浜の学校に通わせるということで話がついたのに、昭和三十二年に最上級生だった五年生五人（黒人系三人、白人系二人）を、こちらの学校に入れてくれという申し込みがあった。それで入学させたものの、彼らは教室で口笛を吹いたり授業中に勝手に遊びに出たりと、クラス全体をかきまわした。さらに今年は四月に三十三人も入ってきた。これでは全校生徒千五百人が相当な影響を受けるのではないかと心配だ」

要約すると、こういうことを語っている。だからボーイズ・タウンの中に分校を開設して、出張授業にするべきではないかという意見も、地元では強いと。

一方、受け入れた学校側の話も、やさしいようで、その実、地元の意見に呼応するような内容だ。

「ほとんどの子が簡単な割り算や掛け算もできない。つきっきりになるわけにもいかないので特殊学級をつくることにした。県の教育委員会も納得したので、女性教員二人を増員した。ボーイズ・タウンの子どもたちは母親を知らないから、せめて学校では女の先生に甘えさせてやりたい。地元の子どもたちとも遊べるよう、ボーイズ・タウン内に分校を、という案は取り入れなかった。ただ学力の低さはどうしようもないので、一般クラスに席は置いてあるけど、特殊学級で遅れている教科の個人指導を受けるというかたちをとる。学力の遅れは言葉の訓練ができていないから。特殊学級で先生がどんどん話しかけてやることが第一だと思う」

前記の「大和市史研究」によれば、聖母愛児園では、アメリカへ養子に行くという前提のもと、英語で教育されていたという。そのため、日本で生まれ育ったのに日本語を喋れない、書けないというハンディを持つ子もいたようだ。

それにしてもこの記事を読む限り、戦後十五年経ったこの頃も、混血児に対する世間の眼は、相変わらず冷たいように思える。

ボーイズ・タウンのトーマス修士は、「子どもたちの将来は?」という問いに、楽観的な答えを返してはいない。彼へのインタビューによると、これまでボーイズ・タウンからアメリカへ養子に行った子どもは三十五人。これが彼らにとって一番幸せな道だと、彼は答えている。しかし黒人系の子どもはなかなか養子縁組も期待できない。将来はブラジルあたりへ移住できるといいのではないかと考えている、とも言っている。

子どもに罪はない、戦争の落とし子だ、と理屈ではわかっていても、現実となると受け入れることをなぜかためらう……時代のそんな空気を、リアルに映し出したルポルタージュだった。

地域活動リーダー

interview
和田光男

一九四六年生まれ

俺は年齢からいうと、Gーベイビーのはしりかな。

生まれは横浜の南区。いまもそうだよ。途中は東京だったりしたけど、だいぶ前にここへ戻ってきて、それからずっと。

中村川を山手の側に渡った、ごちゃごちゃしたあたりね。昔はバス部落なんていうのもあったねぇ、近くに。古くなって廃棄するバスが何台か並んでて、そこに人が住み着いてたの。関東大震災後の仮住宅として建てられたバラックなんかも、まだ残ってるんじゃないかな。トタン屋根、共同水道だったね、昔は。いまは坂の多い、静かな住宅地。

近所に混血の子が、俺を入れて六人いたね。その中の一人で、白人の男の子は、夜になると女装してさ、母親と一緒に繁華街へ花を売りに行ってたなぁ。

子どもが酔客の間を歩いて花を売るなんて、あの頃は珍しくなかったんだよ。日本は敗戦国で、貧しくて、子どもの人権どころじゃなかったから。

うちの母親の家庭は複雑だったみたいで、彼女は養女だったの。俺たちが住んでたうちのね。俺がものごころついた頃、母親はあんまり家にいなかった。横浜だけじゃなくて、米軍基地のある他の地域の歓楽街へも、出稼ぎに行ってたんじゃないかな。

終戦前から水商売で働いてたわけじゃなくて、元は市電の車掌だったんだよ。だけど戦争で物が欠乏していくし、終戦後は焼け野原だしで、家族を養うために、夜の街へ出なきゃいけなかったんだろうね。

そういう女性はたくさんいたよね。仕方がなかったと思うよ。横浜は焼け野原だもん。家も仕事も、もちろん国の福祉だって、なんにもなかったんだから。いまはね、大災害があればボランティアが駆け付けて、食料や衣類や日用品が全国から届くけど、時代も事情も、そうじゃなかったんだから。

実質的に、俺を育ててくれたのは、祖父母と、「もう一人のかあちゃん」と呼んでた、きよさんかな。きよさんはその家の娘で、俺の母親は養女だから、まあ、血の繋がらない姉妹。俺にとっては一応、伯母さんだね。

その家の二階で、母親が外国人の男と暮らしてた時期もあった。白人も黒人も、フィリピン人もいたんじゃないかな。母親の「事情」は薄々わかってたけど、子ども心にも祖父母に気を使ってね、俺はなんにも訊かなかった。祖父母はとてもいい人たちだったし。

父親の写真は、一応見たことがあるんだよ。だけどいつの間にかなくしちゃって、もう手元にはない。別に会いたいとは思わないけど、アメリカに対する憧れは、子どもの頃からあったね。

一目で黒人系ハーフだとわかる容貌だから、外を歩くとじろじろ見られた。やっぱりいい気持ちはしなくて、いつも人の後ろに隠れるようにしてたね。だから、自由の国、いろんな肌の人間が同居してるアメリカに憧れたのかな。いまだにその憧れはあるね。

そういえば、小学校の時に「混血児」（一九五三年、監督・関川秀雄）という映画に出たことがあったなぁ。なんで俺のところに話が来たのかわからないけど、出演する子を探してたんだろうね。

母親はいい顔しなかった。そりゃそうだよね、あの頃だもん。主役じゃなくて脇だったけど、GIベイビーで孤児の役だし。なのになんで出ることになったのかわからないけど、鎌倉の旅館にみんなで泊まってロケした記憶がある。覚えてるのはそれだけ。

中村小学校から平楽中学校へ進んだんだけど、この中学校は、横浜の中でも有名なワルでさぁ。俺は陸上部へ入ったけど、そこはまた、とくにワルが多かった。

いや、いまは違うと思うよ。でもあの頃は、窓ガラスなんか全部、割れてたもん。学校の前に駄菓子屋があって、煙草も売ってたの。中学生が平然と煙草買ってたもんね。

「くろんぼ！」なんてからかう奴もいたからさ、よく喧嘩したよ。黒人の混血児、朝鮮人、バス部落の住人、それと沖縄からの移住者は、差別の対象だったね。

うちのあたりは、沖仲仕《おきなかし》が多かったから、地区全体、気が荒いの。女の子だって強かったよ。強くなきゃ生きていけない環境だよね。だからこそ、かばってくれたり助けてくれたりした人もいたわけだけど。

荒っぽいから、みんな、お祭りの神輿担ぎが大好き。陰祭《かげまつり》って知ってる？　神輿を毎年出すと金もかかってたいへんだから、出さない年がある。それを陰祭の年って言うんだけどさ、うちの町は毎年出しちゃう。担ぎたいからね。

貧乏だったせいもあって、高校へは進学せず、中学を出たら伊勢佐木町の洋食屋でコック見習いになった。あんまり長続きはしなかったけど。その頃だったかなあ、伊勢佐木町のジャズ喫茶「ピーナツ」で初めてデイヴ平尾に会ったのは。

あそこはいろんなエレキグループが生演奏してて、踊れる店として有名だった。カップス？　いや、その頃、デイヴはまだアマチュアだったと思うよ。

ずっと後になって、デイヴが六本木でやってた「ゴールデン・カップ」という店にも行った。同じ横浜で、同じ世代、会えば普通に話をするけど、出発点が違うんだよ、あそこで生まれ育った俺と、デイヴみたいになに不自由のない環境に生まれて、本牧で青春を送った連中とはね。どんな環境のもとに生まれるかで、人生は半分以上、決まってしまうんじゃないかな。

二十歳前後の頃から、横浜や東京のナイトクラブで働くようになった。あの頃、横浜で有名だったのは「ゼブラクラブ」「クリフサイド」「ナイトアンドデイ」「ブルースカイ」。元町のトンネルの前に「エルバンバ」という店があって、そこでよく踊ったね。踊れるともてたんだよ、あの頃は(笑)。

東京には「ポレポレ」。ジョー山中やペドロ&カプリシャスなんかも出てたね。六本木はいまよりセレブな雰囲気だったな。ヤクザが仕切ってて、危ない雰囲気の店も多かった。

ヤクザにはハーフも多かったね。差別があって、就職なんかも難しい。どうしてもヤクザの誘いが多くなるんだろうね。ヤクザにならないと遊べないし。俺はヤクザじゃなかったけど、「どこの組のもんだ」と訊かれることはしょっちゅうだったよ。

ハーフ同士？　別につるまないね。黒人のハーフだって黒さがいろいろ違うし、傷を舐め合うようなことになるのもいやだし。ボクシングのカシアス内藤とも、もちろん会ったことはあるよ。同じ横浜だし。気が弱くて、やさしい人という感じだった。でも、挨拶程度だね。

大人になってからも映画に出たよ。東京で夜の店に勤めるようになって、なんとなくそっちにコネができて、オスカープロモーションに所属するタレントになった。役者としてやっていこうなんていう気持ちはなかったけど、映画の現場というのは気持ちがよかったね。一体感があって。

二十四歳の時に「沖縄」（一九七〇年、監督脚本・武田敦）という映画に出た。この頃、沖縄は日本にとってまだ外国だったからね、監督には下りなかったの、パスポートが。だから沖縄が出てくる場面は、みんな隠し撮りだったね。

そういえば、「沖縄」の宣伝で「3時のあなた」というワイドショーに出たこともあったなあ。カシアス内藤もなぜか一緒だった。

この頃、角川映画「人間の証明」のオーディションを受けたんだよね。最終審査まで行ったけど、受かったのはジョー山中。でも、俺は角川書店のCMに起用されたの。ジョー山中が演じた役の「ジョニー」なんだけど、ビルから真っ逆さまに落ちる場面。顔は映らない。いや、映画にはそんな場面ないよ。本の宣伝だよね。

映画の現場は楽しいし、好きだったけど、役者になりたいという気持ちには、やっぱりならなかったね。日活ロマンポルノにも出たけど、そのポスターが、うちの近くに張られてて、小学生だった娘に見られちゃったこともあったりしてね、まずいなと思ったし。

その後は、K氏という、当時、夜の世界で有名だった人の下で仕事をしてた。赤坂や六本木や横浜で、クラブやディスコを仕切ってた人だったね。

俺の印象では、黒人やハーフの差別って、東京はそんなになくて、なぜか横浜のほうが強かったね。理由？　わかんない。なんでだろうね。

生まれた時から日本にいるんだし、英語も喋れないし、自分としては日本人という意識しかないんだよ。だけど自分の写真を見ると、たしかに外国人の顔なんだよね。そういう時って、ふと、俺はどこの誰なんだろう、という頼りない気持ちにかられることがある。

そんな時、母親のことを思い出すんだよね。そしてなんだか涙が出る。不思議だね、母親？もう亡くなったよ、七十歳で。

「岸壁の母」っていう歌があるでしょ？　あれ聴くと、なぜか母親が恋しくなって泣いちゃう。あれはシベリアに抑留された息子を、母親が恋う歌でしょ？　関係ないんだけど、なぜか涙がね……。

まあ、紆余曲折のある人生ではあったね。結婚も三回。子どもは五人。一番目の妻が女の子を一人、三番目の妻が男の子二人と女の子二人を産んだ。いまは長男と一緒に暮らしてるよ。もちろん他の子どもたちとも交流がある。

仕事はもうしてないけど、町内会の役員をやってて、会で借りた農園で野菜を作ってるの。畑がコミュニティになってさ、あまり外へ出てこない高齢者の、見守りの役目も果たすようになった。地域のケアプラザと協力し合って毎月一回「ふれあい茶房」というのも始まったし。

ここで生まれて、いまはここで地域のために活動してる……不思議だけど、人に感謝されるのは嬉しいね。いまが一番、穏やかで楽しいかな。

結婚がうまくいかなかった原因？　子どもの頃に観たアメリカのホームドラマにすごく影響されてたね。ああいう完璧な家庭に憧れてた。いま思えば、それが原因だったかなと……。

interview

カシアス内藤（内藤純一）

一九四九年生まれ

元・東洋ミドル級チャンピオン、元世界ミドル級一位。沢木耕太郎のノンフィクション「一瞬の夏」（第一回新田次郎文学賞受賞）の主人公としても知られる。「E&Jカシアス・ボクシングジム」会長。

神戸生まれ？　いや、それ、違うんです。なぜかそう書いてあるものが多くて、いろんな人から言われるんですよね、「神戸出身なんですね」って。

母親が神戸生まれということです。僕が生まれた時は横浜にいました。元町で、洋裁の仕事をしてました。でもなぜか英語ができたらしくて、戦後、本牧の米軍キャンプで通訳として働くようになったのです。そこで父と知り合って結婚し、僕と弟が生まれました。

だけど、僕が一歳の時、父は朝鮮戦争で前線に出て戦死しました。あの頃、カメラを持ってる人なんてあんまりいなかったけど、米兵たちは豊かだからけっこう持ってて、家族写真なんか何枚もね、父の友達が撮ってくれてるんです。だから、リアルな父親の記憶はなくても、写真でその存在を感じてましたね。

生活は、そりゃ、金持ちではなかったでしょうけど、母は洋裁と通訳で働いてたし、正式に結婚してたから父の恩給があったんです。アメリカの軍隊はそのあたり、手厚いですよ。

僕は、経済的にも、家族という意味でも恵まれてましたね。母と祖父母、それに母のきょうだいも近くにいて、みんなで育ててくれたし、守ってくれたから。

ジョー山中？　仲が良かったですよ。家族ぐるみのつきあいでした。でも彼は親がいなくて施設で育ったせいか、すごく孤独感の強い人間でしたね。僕にはそれがなかった。

いじめがなかったわけじゃないですよ。小学校へ入ると、通学路で石を投げられた。子どもじゃないですよ。大人がやるのです。学校の友達にいじめられたことなんかない。肌の色が違ったって、子どもは気にしないでしょ？　気が合うかどうかだけで遊んだり喧嘩したりする。

けど、ある時期、大人から教え込まれるんですよね。世間的な優劣や先入観、そして差別意識を。

まあ、あの時代はそれも仕方がなかったのかな。終戦から、そうはたってないでしょ。米軍の空襲で家を焼かれ、身内を殺された人だって、たくさんいるわけですよ、この横浜には。

戦勝国のアメリカは、あちこち接収して、いい家を建てて住んで、いいもの食べて、いい服を着て街を闊歩してる。それを見せつけられ、悔しい思いをしても、相手は圧倒的に強い立場でしょ。日本人はなんにもできない。

その悔しさが、罪もない混血の子に向かうのです。とくに僕は肌の色が黒いから、白人の子どもよりわかりやすい。ベース（米軍住宅地）のＰＸ（売店）でアメリカのものがなんでも買えたから、シャツなんかもいいものを着てる。石をぶつけたくもなるのでしょう。

ベースの中ではみんなが可愛がってくれた。でも一歩外へ出ると、人の見る目が変わってくる。そういう意識は早くから植え付けられたかもしれませんね。

いじめられたことを親に言ったりはしませんよ。石ぶつけられて怪我をしても、転んだと嘘をつきます。でも、いじめを見ていた人が、親に告げることがあるんですよ。そうすると僕の母親は、敢然と抗議に行く。もう亡くなりましたけど、そういう強い人だったから、あの時代に、周りがなんと言おうと、黒人の米兵と結婚する勇気もあったのでしょう。

外見は日本人と違うし、スポーツは万能だし、母がいるから米軍キャンプには自由に出入りするしで、とにかく目立つ存在でしたね、僕は。目立つというのはいい面ばかりじゃなくて、悪い面もあるのですよ。

たとえば、何人かで悪さをしている。僕はそこにたまたま居合わせただけなのに、「あいつがいた！」ということになり、なにもしてなくても主犯であるかのように呼び出されて叱られる。それに、黒人って、日本人から見ると威圧感があるのかもしれない。外見がね。

中学生の頃は、よその学校の子から呼び出されて、喧嘩を売られることもしょっちゅうでしたよ。横浜駅周辺には最強の朝鮮人グループがいたしね。あっちから近づいてきて、結局、仲良くなったけど……。まあ、少数派同士、わかりあえるところがあったのかも。

喧嘩はもちろん強かったですよ。あの頃は大勢で一人に殴りかかるなんてことはしない。何人いようと一対一。行き着く先は二つ。相手に「かなわない」と思わせて子分にするか、友達になるか。

ボクサーになったから喧嘩が好きなのかと思われるけど、全然、好きじゃないです。自分から喧嘩を仕掛けたことなんかない。喧嘩とボクシングはまったく違います。喧嘩にはルールがないけど、ボクシングはルールの中で闘う。そこはき違えちゃ駄目ですね。

高校は横浜の私立武相高校。同級生にザ・ゴールデン・カップスのマモル・マヌーがいました。ルイズルイス加部は一級上。

将来のことを考えるような年頃になると、小さい頃とはまた別の意味で、自分が混血だということを意識するようになるんです。その頃、ちょうどハーフ・ブームが来てたしね。いまでもそうかもしれないけど、アスリートとか芸能界とかを目指すハーフは、そのことをメリットとしてとらえるようになる。

なんというか、自分は普通の同級生なんかとは違うんだ、特別なんだ、という選民意識。いい意味でも悪い意味でもそれが強くなりましたね。そう、時代も味方して。

高校からボクシングをやってて、僕はけっこう名前を知られてました。卒業する頃になると、複数の大学からスカウトが来ましたね。その頃の夢は、ボクシングのチャンピオンになって、ボクシングの学校をつくること。で、結局、進学はしないでプロボクサーの道に入りました。

振り返ってみると、横浜はよかったですね。いろんな人種がいて、喧嘩したり対立したりしながらも、お互いの立場を理解できたし、最終的には仲良く付き合ってたから。

遊んだり喧嘩したりした当時の仲間たちとは、いまだに仲がいいですよ。有名とか無名とか、全然関係ない。集まれば昔に戻ります。素のまんまの自分でいられるし、向こうも特別扱いしない。

といっても、その友人たちというのが、はたから見れば特殊だったかな。日本人なのに米軍キャンプに出入りしてて、音楽、ファッションに通じてて、男女ともに感覚がアメリカナイズされてた若者たち。ナポレオン党とかね。

二〇〇四年に咽頭癌が発覚しました。すでにステージⅣ。手術をしないと余命三ヶ月だと宣告されたのです。でも手術をすると声を失う。だから即座に、「しない」と決めました。

伝説の名トレーナーと言われた亡き恩師、エディ・タウンゼントと約束したのです。必ず自分のジムを持って、後進を育てると。ボクシングを教えるのに筆談じゃ駄目です。向かい合って、言葉でしっかり伝えないと。

医者と話し合って、癌の根治じゃなくて共存という道を選びました。放射線治療で喉が焼けただれて、なにも飲み込めなくなったのですが、無理に食べました。パンを小さく小さくちぎって、ミルクに浸けて飲み込んだりして。

痛いですよ、そりゃあ。でもね、それでもやり続けると、その痛みに慣れてくるんですよ。
ええ、いまではなんでも食べられます。
まだまだやりたいことがありますしね。長男の律樹、次男の未来ともにボクサーになって、
僕が若い頃よりずっと有望ですしね（笑）。

第五章　高度経済成長が生み出した闇

タブーが生まれる時

久しぶりに田村泰治さんにお目にかかった。根岸外国人墓地を調査研究し、密かに埋葬された嬰児たちのことを世に出した方である。傘寿を迎えても非常に明晰でお元気。お住まいのある西区を中心に、郷土史家として活躍しておられる。

この日は西区主催の歴史講座で、内容は根岸外国人墓地についてだった。神奈川新聞社のT記者と横浜都市発展記念館の学芸員、西村健さんが来ている。二人とも、根岸外国人墓地や戦後の混血児たちのことを調べていた。

私たちは講義を拝聴した後、田村先生を囲み、調査研究が始まった頃のこと、さらにその後のことなどを伺わせていただいた。

「一九八三年でしたね、歴史研究部の生徒たちと一緒に、あの墓地を調査研究し始めたのは。

私は社会科の教師でした。当時の管理人だった国富正男さんからのご要望もあって、清掃ボランティアを兼ねた調査だったのです。山手の外国人墓地と違って、なにしろ忘れられた墓地でしたから、雑草が生い茂るままの状態で……」

私は二十年前にも同じ話を聴かせていただき、ご著書も拝読しているのだが、何度聞いてもこの話は心が波立つ。しかも田村先生はこのことに関して、本を書かれた頃から少しもぶれていない。それだけ自信のある調査研究だったのだろう。

「仲尾台中学校からは歴史研究部だけではなく、生徒会ＪＲＣ（青少年赤十字）も、清掃活動に参加しました。それを見て、近所のお年寄りも、草刈りを手伝ってくれるようになりました。その方たちや国富さんから、白い小さな十字架がびっしりと立っていた頃の話を伺ったわけです。後に嬰児たちの慰霊碑を寄贈することになる山手ライオンズクラブも、やはり清掃などに参加してくれていましたね」

二年後、その成果は歴史研究部の生徒たちによってまとめられ、「仲尾台中学校生徒会誌第十二号」（一九八五年）に発表された。

そして昭和六十一年（一九八六）、田村さんは「郷土神奈川　第19号」（神奈川県立文化資料館）に「もう一つの横浜外国人墓地――市営根岸外国人墓地に関する考察」という論文を発表する。

この論文はかなりの波紋を呼び、朝日新聞でも紹介された。ただしこの記事では、根岸外国人墓地の開設が、これまで定説だった明治三十五年ではなく明治十三年であることを、田村さんが解明したという点が主だった。

嬰児が約八百人埋葬されていることも、その埋葬ポイントを示した写真とともに紹介されているが、混血の嬰児であるという記載はない。翌、昭和六十二年（一九八七）に出た毎日新聞の記事では、この嬰児たちがいわゆるGIベイビーであることにも触れている。

「朝日の記事では八百人だった嬰児の埋葬数が、毎日ではなぜか九百人に。数が勝手に増えていくのも困りものですが……。まあしかし、闇に埋もれていた米軍接収時代の歴史だというので、外国のメディアまで取材に来ましたね」

田村さん自身も、反響の大きさに驚いたという。

これを知った市会議員の一人が、議会で取り上げた。驚いたことに、市議も、いや、当時の市長すら、この墓地の存在を知らなかったという。

「それで市議会や市役所も動き始め、墓地の整備が即、始まりました。何人もの作業員が来て、たった三日で墓地は見違えるほどきれいになったのです。GIベイビーのこと？　いえ、それを掘り起こしたということは、別に問題にされなかったのです。あの時点では……。そういうこともあるだろう、という感じだったのでしょうね。この頃は市の衛生局も非常に協力的で、青焼きの埋葬者名簿（原本は米軍が没収）も出してくれたりしたものです。逆に、よくぞ調べてくれたと喜んでました」

「青焼き」とは、いまでいうコピーのようなものだ。

日本はちょうどバブル期。戦後の悲惨な歴史など、もはや人々の意識から遠ざかっていた。田村泰治さんが根岸外国人墓地の考察を発表された年、私は江戸川乱歩賞を受賞し、作家デビューした。三十八歳だった。同年代のいわゆる団塊の世代が、ようやく世の中の「中堅」となりつつある時期でもあった。

「ともかくそれで、墓地がちゃんと整備されるようになり、一人の女性係長が管理の担当に就任しました。しかし、管理人は国富さんという人がすでにいますから、彼女はあの管理事務所に来ても、なにもすることがない。そこで、墓地の埋葬者について、自主的に調べ始めたのです」

自分が担当する場所の歴史を調べる。普通なら褒められてしかるべきだろう。ところが、彼女が調査の成果を報告したとたん、ストップがかかった。そして部署を外された。

「なぜだかわかりませんが、そのあたりからタブーになっていったのです。行政から、先生、あの嬰児たちのことはなかったことにしてくれませんか、と言われたこともありますよ」

しかしそれは、正式な申し入れというわけではなかった。市としても、「禁止」にするたしかな根拠はない。

田村さんは平成九年（一九九七）に刊行された『郷土横浜を拓く』に、「もう一つの横浜外国人墓地――市営根岸外国人墓地に関する考察」を収録している。その際も、とくに横浜市から苦情が来たということはなかったという。論文集だから、読むのは限られた人だ。それくらいは、まあ仕方がない、ということだったのだろうか。

ちょうどその本が出た頃、私は『天使はブルースを歌う』の取材を始めていた。もともとのテーマはザ・ゴールデン・カップス。恥ずかしながらこの時、私は根岸外国人墓地の存在すら知らなかった。

取材のメイン対象者だったエディ藩、そして山手ライオンズクラブの依田成史さんや鈴木信晴さんから、密かに埋葬された嬰児たちのことを聞かなければ、そして慰霊碑建立に関わらなければ、本のタイトルも『天使はブルースを歌う』にはならなかった。

しかし、そうした経緯を知らなかった私とエディ藩は、慰霊碑がらみで、大手各新聞のインタビューを受けた。私は新聞のコラムにも書いた。行政はここにきて、あわてたようだ。田村さんや国富正男さんに「なにも喋らないように」という通達が行った。田村さんはかまわず、私の取材に応じてくださったが、国富さんに会えたのは、何度もお願いした後だった。

「でもねえ」

と、田村さんが首をかしげる。

「根岸外国人墓地の案内板は、慰霊碑が建つ十年も前から、あそこにあったのですよ。山手ライオンズクラブが創立二十周年記念に建立したのです。もちろん衛生局の許可を得て。そこにはちゃんと、占領軍と日本女性との間に生まれた嬰児たちが埋葬されていると、記されていたのです。にもかかわらず、ですよ」

それがなぜ、十年後にはタブーになったのか。案内板からは嬰児たちの記述が消され、いま現在はもはや他の部分も読めなくなっている。案内板ではなく、ただの「板」だ。

「アメリカに気を遣ったのではないか、と思うのです」

田村さんは続ける。

「一九九〇年代に入ると、韓国との間に慰安婦問題が出てきたでしょ？　ＧＩベイビーのことがここへきて話題になると、政治問題になるかもしれない。そして日米関係が悪化するかも……という懸念を、横浜市としては持ったのかもしれませんね」

そうかもしれないと、私も頷いた。一九六〇年代あたりまでは、戦後の混血児問題のことが社会問題としてあった。ハーフブームはまだ到来していない。だから「アサヒグラフ」も「ボーイズ・タウン」のことを特集記事として編んだ。

映画も作られた。和田光男さんが子役で出たという「混血児」は、エリザベス・サンダース・ホームを思わせる混血児養護施設が舞台。昭和三十四年（一九五九）公開の「キクとイサム」（監督・今井正）は会津磐梯山《ばんだいさん》麓の農村に生きる黒人系の混血児姉弟が主人公。どちらも混血児が差別と闘いながら生きる姿を描いている。

ことに後者は、キネマ旬報ベスト・テンの一位に輝いた。ブルーリボン章作品賞をはじめとして、多くの賞を総なめにした。私も学校の授業の一環として、子どもの頃、この映画を観た覚えがある。

その後、戦後の混血児と差別、偏見を扱った作品はぱたりと途絶えた。一九七七年公開の角川映画「人間の証明」は大ヒットしたじゃないか、と言われるかもしれないが、あれは森村誠一のベストセラーが先にあった。たしかにGIベイビーが重要なファクターになっているが、あえて言えば推理小説の謎解き部分である。

昭和四十年（一九六五）、横浜市は六大事業に取り組むことを発表した。都心部強化（みなとみらい21造成）、金沢地先埋立、港北ニュータウン建設、高速道路、高速鉄道、ベイブリッジ建設。

関東大震災、横浜大空襲など、悲惨な出来事はあったが、横浜はここからあらたなスタートを切った。同時に、無残な歴史からは意図的に目を背けるようになった。いや、横浜だけではない。日本中が前だけを向いて走り始めた。ものすごいスピードで戦争のことを忘れ、高度経済成長期へと突入したのだ。

案内板や慰霊碑を建立した山手ライオンズクラブにも、嬰児のことでアメリカを追及しようなどという気持ちはみじんもなかっただろう。妙な言い方だが、大空襲を受け、全国でもっとも広い面積を接収されたというのに、横浜はアメリカが大好きだ。

いや、広島、長崎に原爆まで落とされたのに、日本はアメリカを憎んではいない。だから、接収時の酷い歴史を掘り起こそうと、GIベイビーの慰霊碑を建てようと、慰安婦問題のように、なにかを要求することはまずない。

私がこういうテーマでこうして書いているのも、物書きとしての探究心と、戦争にまつわる出来事を闇に葬ってはいけないという、「大人としての責任感」からである。

いまは戦後の接収時代ではない。なぜアメリカに気を使うのか、と不思議に思う人もいるだろう。しかしいまも日本は、アメリカと同等ではない。日米地位協定という不平等な条約の下にある。

「あの墓地は、書類上は米軍に接収されていないことになってます。だけど「OFF LIMIT」の看板が入口に掛けられ、日本人は誰も入れなかったことは、近隣の人、みんなが知っています。そこへ米軍のトラックは出入りしていた。戦争中にはなかった小さな木の十字架が、接収中におびただしく立てられた……このことは、どう説明するのでしょう」

八百基余りもあった小さな白い木の十字架は、ほとんどが昭和二十年、二十一年に死亡した嬰児たちだった。生まれて数日で亡くなったことも墓碑に記された数字でわかった。

誰であれ、日本人はここに遺体を葬ることはできない。出入りしていた米軍が持ち込み、埋葬したことは明らかだ。だが米軍が進駐してきたのは昭和二十年八月以降。二十年生まれの嬰児がいるのはおかしい、と思われるかもしれない。

それは、「生まれた子」ではなく、「生まれてこなかった子」ではないかと、私は推測する。

食糧難の時代だ。母体の栄養不足、過酷な生活環境、産んではならない事情から、「生まれてこなかった子」も、たくさんいただろう。いわゆる「水子」である。
公にできない事情があればこそ、母親としては、その魂を鎮魂したかったのだろう。
それにしても、時代はどう動いていくのか、誰にも予想がつかない。一九六〇年の「アサヒグラフ」の記事は、混血児たちの未来に関して、希望的な予測をしていなかった。が、それから数年後、日本の飛躍的な経済成長とともに、混血児は「ハーフ」と呼び換えられ、時代の脚光を浴びることになる。

interview

竹田賢一　一九四八年生まれ

大正琴奏者、音楽評論家、フリージャズや前衛的音楽・舞台などの演奏で活躍。著書に『地表に蠢く音楽ども』（月曜社）。

生まれたのは東京・新宿区の高田馬場です。このあたりは大正時代、別荘地として開発されたところなんです。週末に、金持ちが馬車でやってきたのですよ。いまのようにビルだらけじゃなかった頃は、東京湾の汽笛がここまで聞こえたとか。

新宿がちょっとダークな部分もある繁華街になったのは、戦後、闇市が形成されたことが影響しているのでしょうね。終戦直後は博打、売春、日雇い労働者集めの手配師が横行。そういえば、横浜の野毛《のげ》も闇市から賑やかになった町ですよね。

僕がものごころついた頃は、新宿駅西口に、ちんちん電車（路面電車）が走ってました。浄水場があって、その向こうの十二社《じゅうにそう》には花街。ビル群が林立したのは、中学生になった頃からでしたね。

祖父は銀行員でした。富士銀行（現・みずほ銀行）の前身である安田銀行に勤めていました。あちこち転勤して、戦争の時に一家が住んでたのは目黒区の洗足《せんぞく》。その前は函館だったそうです。

祖母は明治二十九年生まれで、九州・久留米の人です。十人きょうだいの長女でした。その人生を辿ると、まるであのテレビドラマの「おしん」。十人目にしてようやく男の子が生まれたのですが、祖母はまだ赤ん坊だった末っ子の弟を背負って、高等小学校へ通ったのです。女だし、下のきょうだいは多いしで、本来なら尋常小学校までしか行かせてもらえない。でも、勉強の好きな人だったのですね。弟は、自分が全面的に面倒をみるからという条件で、高等小学校へ行かせてもらったのです。

学校までの遠い道を、毎日、赤ん坊連れ。弟が泣くと外へ出される。教室の窓に張り付くようにして、授業を聴いたそうです。自分の弁当がなくても、我慢して弟にだけはちゃんと食べさせて……。

その弟は、長じて明治大学に入学しました。久留米から東京の大学へ進学した者は初めてだというので、町を挙げて壮行パレードが行われたとか。

残念ながら彼は二十八歳で亡くなりました。どうやら共産党員だったようで、ペンネームを使って「中央公論」などに文章を書いていたようです。この頃は共産党内部でも分裂していて、粛清などもあったとか。だから祖母に言わせると、死因はいまいちはっきりしないと……。

祖母も勉強の甲斐あって、現ムーンスター社の社長秘書に採用されました。でもね、いまだって個人秘書というのは、家族の世話までするケースが多いでしょ？　祖母も帳簿の付けられるお手伝いさんという感じで、本来の仕事の他に、家の雑巾掛けから子守まで、いろんなことをやらされたようです。

銀行員だった祖父と企業の社長秘書だった祖母が結婚して、四人の女の子が生まれました。その一人が僕の母で、一九二〇年の生まれです。

母は函館のミッションスクールを出たから英語が得意でした。戦争中は英語が禁じられていたのですが、好きだからこっそり勉強を続けていたようです。全国労農大衆党……というのは後の社会大衆党ですが、そこの議員秘書として働いていました。

洗足の家ですが、一九四四年に空襲で焼けてしまいました。祖父は癌を患って入院。家族は疎開して、母だけが、父のために残っていました。だけど家が焼けちゃったから、雇い主である議員の家に間借りしていたそうです。

翌年の四月に祖父が亡くなりました。その四ヶ月後に終戦。生命保険が、当時の金で二千円入ったので、高田馬場に土地を買って、家を建てたのです。

そのあたりも、空襲で焼け野原だったんですよ。元は金持ちの別荘地だったのですが、みんな焼けてしまったのですね。別荘の持ち主は、企業の社長といった上流階級だったから、焼け跡にはその後、彼らの豪邸が建ったわけですが……。

うちはもちろん、庶民ですよ。大きな土地の一画を六十坪だけ売ってもらい、そこに、こぢんまりした家を建てたのです。

戦後、母は英語力を活かしてGHQに勤め、電話交換手になりました。内幸町の第一ホテル。そこが米軍の将校宿舎で、母の勤務先でした。僕の父であるアンソニー・コンスタンチーノ大佐と知り合ったのもここ。父は母より十歳上。一九一〇年生まれです。

父の両親はシチリア島からアメリカに渡ってきた移民です。だから父はイタリア系アメリカ人。優秀な人だったらしく、奨学金を得て勉強し、GHQの試験に合格しました。GHQとは連合国軍総司令部です。競争率が高く、相当、優秀でないと入れない部門だったようです。

彼は労働問題専門の弁護士でした。日本を民主化させるため、マッカーサーの下でニューディール政策を推し進めるべく頑張っていたのです。

彼はやがて、別の女性と付き合い始めて、そっちへ心を移したようです。同じくGHQで働いていた日系アメリカ人女性。母は、別れる条件として「あなたの子どもが欲しい」と言ったのです。

強い愛情？ いや、この人の遺伝子を受け継いだ子なら、優秀に違いないという計算があったようですよ。でも、母の親戚はみんな離れていったようで、僕が覚えている限りでは、付き合いがあったのは一人の叔母だけ。それと叔母の子ども二人だけですね。

父は、母と並行して付き合っていた女性と結婚しました。僕が生まれて半年後に、彼の妻も男の子を産んだのです。後から女の子も生まれています。

異母弟妹とは、二十一歳の時に会いました。父が亡くなってからです。僕は父に自分以外の子どもがいることを前から知っていました。でも、向こうは知らなかったみたい。

「他に子どもがいると知ったら、母はものすごくショックを受ける。母には絶対わからないようにしたい」

と、あちらの子どもたちから言われました。

けど、知ってたんじゃないかなあ、向こうのお母さんも。

だって、うちの母と彼女は同じ職場にいたし、隠せるものでもないと思うんですけどねえ。上司を通じて、彼はうちの母にもときおり援助してたようだし。

父は僕が三歳の時にアメリカへ帰りました。本国でレッドパージ（赤狩り）が激しくなり、ニューディール政策派は一掃されたからです。父の記憶というと、ちょうどその頃のワンシーンですね。僕は父に抱っこされていた。その光景だけが鮮明に残っています。

接収が解除された後、一九五八年にＧＨＱは大幅縮小しました。僕が小学校五年の時です。母は退職して、一年間、職業訓練所に通い、ＮＨＫに勤めました。放送台本などをガリ版刷りに書き写したりする仕事です。祖母と僕の家族三人、食べさせてきたのは母です。家で僕の面倒をみてくれたのは祖母でしたね。

ハーフだということで、とくにいじめられたということはないですね。小学校、中学校と区立でしたが、「混血」という言葉を言わないよう、学校側が気配りしていたように思います。だけど、ひとつだけ忘れられないことがあります。小学校二年の時、林間学校へ行きました。二百人くらいの生徒が一緒に食事をした時、先生が、みんなの前で言ったのです。

「ご飯は手に持って食べるものだ。竹田を見なさい！」

僕を見習えということじゃないですよ。その反対。悪い見本として言ったのです。僕、ご飯のちゃんとした食べ方って知らなかったんですよ。茶碗や箸の持ち方も。

母が家で食事をすることはほとんどなかったから、祖母と二人っきり。祖母は眼が悪くて、僕がどんな食べ方をしているかも見えなかったのです。僕は四歳の時から、祖母の代わりに肉屋とか八百屋とかへ、食料品の買い物に行ってましたからね。

みんなの前で僕を名指しして、恥ずかしい思いをさせたあの先生の中には、混血差別があったと思います。アメリカ人への憎しみも、あったのかもしれませんね。

＊

中学生になると、母に対してキレました。母は、父と別れてからも複数の男性と付き合ってたし、中には既婚者もいました。男の子って、母親の異性関係を嫌いますからね。嫌悪感を抱いたのです。いま思えば、僕がいたから結婚もできなかったのでしょうけど。で、だだをこねたのです。ピアノを買ってくれなきゃ、高校へも行かない、と。

なにせ、周りの家は金持ちだから、みんなピアノがあったけど、うちは庶民ですからね。分不相応なものでした。まあ、脅すようにして買ってもらい、芸大の学生がアルバイトで教えに来てくれました。古典から現代音楽までピアノで学んだから、学校の音楽授業はつまらなかったですよ。

ハーフブームが来たのは中学生の時かな。なにか、周りの空気がガラッと変わったのを感じました。成績は良かったから、中学三年の時、新入生歓迎の辞を読む役に選ばれたんですよ。その後、一ヶ月間くらいは、僕を見るために、他クラスの生徒たちが毎日、教室の窓から覗きにやってきました。

高校は都立戸山高校。ベトナム反戦や安保闘争などが始まってましたね。大学は東京都立大学の人文学部、専攻は哲学です。音楽を仕事にできるほどの能力はないと思ったから。

学生運動をやっていた連中と、一緒に行動することが多かったのですけど、安保にしろベトナム反戦にしろ、内心は複雑でしたね。だって僕の父親はアメリカ人なんだから。だから僕はノンセクト・ラジカル。チラシもヘルメットも一人で独自のものを作ってました。

大学を変えたいとか言いながら、のこのこ通うのもおかしいと思い、三年で中退しましたしね。

いま音楽で、いろんな国のアーティストとコラボしてます。だから、どこの国の人間だからどうということはないんだけど、心のどこかにね、父親が白人で良かった、地位のある人で良かった、母親が売春婦じゃなくて良かった……と思う気持ちがあります。

差別や偏見を嫌悪しているはずなのに、それって、自分の中にある差別意識ではないかと思わずにはいられません。

interview

浅野順子

一九五〇年生まれ

画家。息子は俳優の浅野忠信。

私の母は広島の生まれ。でも生まれてすぐに、一家は満州へ渡ったのね。母の父、つまり祖父は、満州で芸者置屋を営んでた。で、母も長じて、そこから芸者として出たの。

そして二十四歳で満鉄（南満州鉄道株式会社）に勤める男性と結婚。そこでなにがあったのかは知らないけど、八年後に離婚するのね。ちょうどその頃、終戦になって、母は命からがら、満州から脱出した。

その時点で、祖父は亡くなってたし、祖母は再婚してたの。母は一人でなんとかするしかなかったわけだけど、生まれ故郷の広島は、原爆を投下されて、戻れる状況じゃなかったのね。それで、横浜へ出てきたの。

私の父、ウィラードは駐留軍司令部の料理兵だった。母と知り合って結婚。正式な結婚か同棲か？　さあ、日本人とアメリカ人が結婚するとなると、当時は手続きなんかもたいへんだからね、籍が入ってたかどうかはわからない。でも、正装して二人が並んだ結婚写真はあるのよ。後の展開を知ると、二人とも結婚する気だったことは間違いないと思う。

母が妊娠六ヶ月の時、父は朝鮮戦争で出征したの。で、戻ってきた時、私は生後十ヶ月の赤ん坊。父はもう夢中になって、何枚も私の写真を撮り、片時も離れたくないという子煩悩ぶりだったとか。

私が覚えているのはクリスマス。父がベースから、大きなクリスマスツリーやチキンの丸焼きを持って帰ってきたの。一家で飾り付けをして祝った光景が、なんとなく脳裏に残ってるのよね。

それから少し後に、米軍が帰還することになったのね。父は当然、母と私を連れて帰るつもりだったし、母もそれを承諾してはいたのよ、当初はね。

けど、母はその時、四十四歳。父より十五歳も年上よ。言葉もままならないアメリカで、敗戦国日本の女。どんな眼で見られるか、怖かったんでしょうね。間際になって、一緒に行かないと告げたの。

父にとってその別れがどんなに辛かったか、ＮＨＫで放映された「ファミリーヒストリー」という番組で、私は初めて知った。番組のスタッフはアメリカへ行って、私も知らない父の家族を探し当てたの。

父は独りで帰国した後、四年間、独身でいて、その後、二人の子どものいる女性と再婚した。スタッフが取材したところでは、ほんとうに真面目で几帳面な人だったそうよ。その家族にはなにも言わなかったそうだけど、亡くなるまでいつも持ち歩いてた財布の中に、私の写真を大事に入れてたの。

スタッフからその写真を見せられた時は、さすがに私も、息子の忠信も号泣したわね。ろくに顔も覚えてない父から、こんなにも愛されていたなんて……。

母は生きるために、私を連れて、親戚のいた三重県の津市へ行った。そこで働いて私を育てた。私はその町の小学校へ入学したんだけど、三重県にハーフって珍しいでしょ？　着てる服も言葉づかいも違うし。だからいじめられたわよ。

でも母は、私に引け目を感じさせまいと、お菓子を近所の店でツケで買えるようにしてくれたり、可愛い服を着せてくれたりと、精一杯護ってくれた。

それに私も、石を投げられたら投げ返すような子だったからね。そんなことでひるまなかった。引っ越しが多かったからあちこち転校したけど、そのたびに「転校してきた浅野順子です」と挨拶して、注目を浴びるのが嫌いじゃなかったもの。

母はおしゃれな人で、美容院、映画、ダンスホールというのが定番コースだった。着物でダンスをするコンテストで、チャンピオンになったこともあるんだから。私もよく一緒に行ったよ。きれいなもの、楽しいものをたくさん見せてくれて、私に自信と誇りを持たせてくれた。

母は九十三歳で亡くなったの。私は六年間、介護したのよ。

モデルはね、十六歳くらいからやったかな。だけど頼まれたからやっただけ。ゴーゴーガールのほうが好きだったかな。東京の「キラージョーンズ」というディスコに出てたの。

店の「顔」になるわけだから、オーディションを勝ち抜かないと駄目。外見も大事だけど、ダンスが絶対にうまくないとね。一日に三、四ステージ。月収が、あの当時で三十万円くらいあったわね。横浜の有名グループ「ナポレオン党」の党首、小金丸峰夫が、仲間を何人も連れて来て、花を添えてくれたりしてね。

衣装は自前よ。あの頃はスタイリストという職業がまだなかったから、モデルは自分で自分をスタイリングしたの。既製服をアレンジして、オリジナルにするの。ステップも自己流で編み出す。プライドの高さとプロ意識は相当なものだったよね。

中華街の、名の通ったクラブにも出入りしたけど、お金を払ったことは一度もないわね。私たちが出入りするだけで店が華やぐから、店は絶対、お金なんかとらない。「いつでも、自由に来てください」って、お願いされてたもの。

横浜の友達にはインターナショナルスクールやヨーハイ（進駐軍家族専用の学校。ヨコハマ・アメリカン・ハイスクール）の子が多かったね。そう、どっちも米軍や軍属の子弟が通う学校。パーティーは、どこかでいつも開催されてたよね。アメリカとの経済格差とか気後れとか、まったく感じなかった。アメリカ人の男の子なんか、正装して、花なんか持って迎えに来たりするんだから。そうそう！　アメリカの青春映画そのまま！

でもね、それはそれで人生の一時期。すごく楽しかったけど、ずっとそういう風に暮らしたいなんて思わなかった。芸能界なんて、まったく興味なかったし。

だって、結婚して子どもを産み育てるのが夢だったんだもの。二十一歳の時に結婚して、男の子を二人産んだ。その人とは離婚したけど、子どもたちの父親だし、いまも普通に付き合ってるよ。

化粧？　うん、しないね。ほとんどすっぴん。でも、外見なんかどうでもいいなんて、少しも思ってないよ。これがいまの自分に合ってると思うから、こうしてるだけ。いつも気持ちは前向きだし、自分らしくありたい。私は努力してるもん。化粧の問題じゃない。生き方をかっこよくしようと、いつも努力してるよ。

夢の街ヨコハマ

中区関内に「サリーズ・バー」という店がある。U字形のカウンターだけというこぢんまりした店だ。壁にはザ・ゴールデン・カップスをはじめとして、一世を風靡したグループサウンズやロックミュージシャンのポスターが張られている。

ポスターにあるのはほとんどが彼らの若き日の姿だが、この店では、「現在《いま》」の彼らともしばしば遭遇する。彼らはふらりとやってきては、一般のサラリーマン客と肩を並べて腰掛け、普通に飲んで帰る。肩肘張らない、普通の時間が流れ、私のような、夜の街にはほとんど出ないという人間にも、居心地の良い時間を与えてくれる。

私はここで、オーナーのサリーさんや客の話に耳を傾け、六〇年代、七〇年代の横浜を教えてもらった。同世代ではあっても、リアルタイムではかいま見ることすらできなかった特別な世界だ。

彼らはいまでも仲がいい。大きな会場を借り切って、有名無名を問わず仲間が集まり、音楽とダンスのパーティーを催すこともしばしば。

私もその場に参加させてもらったことがある。青春の頃に還るのではなく、いまの彼らがそのまま、ジーンズもミニスカートも革ジャンも似合う、かっこいい大人であることに感動した。

踊れるわけでもなく、ファッショブルでもない私が、ちんまりと隅に座って眺めていても、無理に引き入れることはしない。その距離感がなんとも心地よい。私は内側に入るのではなく、いつも他所者として外側から眺めることを楽しんでいる。

店の壁に、ひときわ大きなポートレートが四枚。七〇年代のファッション写真で、四人の美しい女性たちだ。彼女たちはこの頃、まだ十代だったが、モデルとして最先端で活躍していた。

キャシー中島（一九五二年生）、石川ジル（一九五四年生）、浅野順子（一九五〇年生）、サリー（一九五一年生）。

キャシー中島と石川ジルはバストショット。大きな瞳と整った顔立ちが、いかにもハーフだ。髪をショートカットにした浅野順子は、ミニスカートから伸びた長い足を、下からあおってさらに強調したアングル。長いストレートな髪のサリーもミニスカート。ソファに腰掛け、ロングブーツで足を組んでいる。

いまでこそ、顔が小さくて足が長く、眼もぱっちりした若い女性は少なくない。けれどもこの当時は、体型もスタイルも、欧米人と日本人とでは明らかな差があった。そして、憧れの欧米人と同じスタイル、顔立ちを持っていたのが、ハーフだったのである。

戦争が終わり、横浜中心部もかなり復興してきた頃、彼女たちはこの街で生まれた。横浜の復興に大きく寄与したのは、皮肉にも、この街を焼け野原にした米軍だった。第二次世界大戦は終結したが、アメリカの戦争はどこまでも続く。横浜は、朝鮮戦争（一九五〇～五三）、ベトナム戦争（一九六五～七三）における基地として、大いに活用された。

横浜へ行けば仕事があるというので、全国から労働力が集まった。職業安定所が中区寿町に移り、周囲に簡易宿泊施設が林立したことから、この地区はドヤ街と呼ばれるようになった。

中華街には米軍兵士相手のバーやクラブがひしめき、明け方まで賑わった。街を明々と彩ったネオンは、同じアジアで流された、おびただしい血の色だった。

横浜にはどこよりも多くのハーフが生まれた。サリーズ・バーに掲げられた四人の女性のうち、三人がアメリカ人を父に持つハーフだ。唯一、両親ともに日本人なのが、この店のオー

サリーズ・バーの壁面を飾る写真。右からサリー、浅野順子、キャシー中島

ナーであるサリーこと佐藤和代さんだ。生まれたのは中区相生町。横浜の中心地関内の、さらにど真ん中である。

「羅紗《ラシャ》問屋だったんですよ、うちは」

羅紗というのはポルトガル語で、軍服やコートに使われる厚地の毛織物のこと。この頃は、洋服生地を仕入れ、注文服を仕立てるテイラーをそう称したようだ。

「小さい頃、まだ空襲の焼け跡は残ってたわね。相生町にも物乞いの家族がテントみたいなのを張って暮らしてたもの。拾い物をしたりして食べてたのかな。小さい子もいたのよ」

傷痍《しょうい》軍人も物乞いもいた。それがoccupied yokohama（占領下の横浜）の、日常的な光景だった。まだ日本全体が貧しかった。だから逆に、貧しさがそれほど気にならなかった。

私が生まれ育ったのは、京都府宮津市という日本海に面した町。ここも空襲に遭っているのだが、私自身が見た戦争の痕跡らしいものは、丘の中腹に残っている防空壕くらいだ。

小学生になった頃、うちは風呂も煮炊きも薪だった。水道はあったが、井戸も併用していた。トイレは当然ながら汲み取り式で、大きな桶を天秤棒で担いだ「おわい屋」さんが、定期的に排泄物を取りに来た。それらは畑の肥料として売られた。

だから畑に実った野菜にトイレの紙がくっついていたこともあったたし、子どもたちはみんな、人糞を介して広まる寄生虫を持っていた。学校で定期的に虫下しを飲まされたものだ。

電化製品などほとんどなかったが、それが普通の暮らしだったから、不便だとも思わなかった。しかし、基地がすぐそばにあった横浜中心部の子どもたちは、豊かで便利なアメリカ人たちの暮らしを目の当たりにしている。ことに中区本牧には、フェンスに囲まれた広大なベース（米軍住宅）があった。

フェンスの中には映画館、銀行、ボーリング場、野球場、学校、テニスコート、PXと呼ばれたショップなど、なんでもあった。瀟洒《しょうしゃ》な戸建住宅には水洗トイレ。冷蔵庫、テレビ、洗濯機など、日本人にはまだまだ遠い存在だった電化製品が揃っていた。

クリスマスに、七面鳥の丸焼きや大きなデコレーションケーキを抱えて颯爽と歩くアメリカ人を、指をくわえて見ていた……という話を、当時の横浜を知る人からよく聞かされる。横浜の子どもたちは、その格差をまざまざと見せつけられながら育った。

ＡＲＥＡ　ＯＮＥの角を曲れば
お袋のいた店があった
白いハローの子に追われて
逃げて来たＰＸから
今はもう聞こえない
お袋の下手なＢＬＵＥＳ
俺には高すぎた鉄のＦＥＮＣＥ

「FENCEの向うのアメリカ」
歌　柳ジョージ
詞　トシ・スミカワ

この歌に出て来る日本人の子どもは、白人の子どもに追われて逃げた。しかし『横浜ヤンキー』の著者、レスリー・ハイムの父は、日本人の子どもにいじめられ、泣きながら家に帰っている。ベースのあった本牧の人からも、「子どもの時、みんなでアメリカ人のガキを袋叩きにしたよ」と聞いた。

とはいえ子ども同士は、喧嘩をしながらもいつしか仲良くなる。年頃になれば恋も芽生える。もはや、終戦直後の米兵と街の女の関係ではない。

「インターナショナルスクールの子たちと仲良くなって、ベースにも出入りしたわね。男の子はパーティーの時なんか正装して迎えに来るし、女の子とは一緒に、家庭科の時間にドレスを縫ったりして。あちらの学校で」

と、サリーさん。

あちらの学校って？

「インターナショナルスクールとか、いまはなくなっちゃったけどヨーハイ（ヨコハマ・アメリカン・ハイスクール）とかでね。中に友達がいれば、普通に授業まで受けさせてくれたの。おおらかだったわねえ、あちらは」

物心ついた頃から、サリーさんの周りには外国人もハーフもいた。だからなんの偏見もなかった。逆に、特定の言葉が差別になることも知らなかった。当時はみんな銭湯に行ったが、そこで黒人を見て、「あ、くろんぼだ！」と言って、父に叱られた。

少女になって本牧のライブハウス「ゴールデン・カップ」に出入りするようになった頃、黒人に「ハーイ、ジャパニーズ」と声を掛けられ、「ハーイ、ニグロ」と返したら、「ノー、ブラック！」と言い返された。言葉の微妙な差がわからなかったのだ。

サリーさんの家は生地問屋で父親は仕立屋だったから、幼い頃から、可愛い服を作ってもらえた。自然とファッションセンスも磨かれていった。

普通の女の子は「ファッション」などという言葉とはまだ無縁だったが、彼女はＰＸでアメリカやフランスのファッション雑誌を手に入れ、それを参考に洋服を仕立てていた。デザインをコピーするだけでは飽き足らず、それをまた自分でアレンジし、オリジナルな服に変えて着た。

男性の洋装は早く、日本の開国後、間もなくからだったが、女性の洋装が一般化したのは戦後である。洋裁学校やミシンがブームになった。それまで服を作る人は、デザインが自分のオリジナルであっても「仕立職人」だったが、欧米風に服飾デザイナーとしての地位を得る人たちが出てきた。

服飾デザイナーだけではない。グラフィック・デザイナー、イラストレーター、コピーライターなど、広告業界を中心に、これまで「職人」としてやっていた仕事がカタカナに置き換えられ、存在の意味合いが変わってきた。

若者向けファッション雑誌「ａｎ・ａｎ」の創刊は一九七〇年、「ｎｏｎ－ｎｏ」は一九七一年だが、ベースに出入りしていた横浜の若者たちは、その前から欧米の流行をいち早く取り入れていた。

「東京より横浜のほうがずっとファッショナブル。大胆で個性的だったわね。ミニスカートなんか、買ってきたスカートを自分でちょん切って作ったもの。パンタロンスーツは、事細かにここをこうしてほしいと説明して仕立ててもらったり……。プロの仕立屋だって、そんな服、見たこともなかったんだから」

サリーさんの昔の写真を見ながら、こんなブーツ、売ってなかったでしょう、当時の日本では、と驚く私に、もちろん特注、と彼女は答える。贅沢なお嬢さんだったんだ、と思われるかもしれないが、サリーさんは自力でそれができたのである。アルバイトで。

敗戦で何もかも失った日本は、最低限の衣食住を得て、命を繋ぐことに必死だった。しかし気が付けば、世界にも例がないと言われるほどのスピードで高度経済成長を果たしていた。欧米に追いつけ追い越せ、が目標だったわけだが、振り返ってみればこの時期、日本で顕著だった文化は、すべて欧米から来たブームだ。

ビートルズに代表されるリバプールサウンド、そのコピーともいえるグループ・サウンズ、ミニスカート、マキシ、サイケデリック、パンタロンなどのファッション、ダンスはツイスト、ゴーゴー、そしてヒッピー、フラワーチルドレン……。

その必然として、欧米の容姿を持つ混血児が、ハーフと呼び換えられ、脚光を浴びた。ことに、ベースを通じて東京より早く欧米の流行を取り入れていた本牧の若者たちは、マスコミに注目された。

ハーフはモデル界、芸能界に次々とスカウトされた。彼らの仲間であり、ハーフに勝るとも劣らぬスタイルと美貌を持つサリーさんも、当然のようにモデルやゴーゴーガールとして活躍することになる。

本牧には、車をレーサーのように操り、喧嘩、ファッション、ダンスにかけては東京なんか目じゃないと自負する、ナポレオン党という若者グループがいた。全員、男性だ。

彼らと付き合っている女性たちはクレオパトラ党と呼ばれた。メンバーにはハーフも多かったが、サリーさんや、亡くなった世界的モデルの山口小夜子のような日本人もいたのだ。

ミュージカルの名画「ウエスト・サイド物語」さながら、横浜にはさまざまな若者グループが群雄割拠し、それぞれの縄張りを主張していた。

「本牧のナポレオン党は中心部にいたから目立ってたけど、他にも、伊勢佐木町、保土ヶ谷、蒔田《まいた》など、それぞれグループがあったの。強かったのは横浜駅西口を根城にする韓国・朝鮮グループ。中華街の南京グループと対立していて、どっちも恐れられてたわね」

クレオパトラ党はナポレオン党に護られてた？

「護られなくても、気が強くてプライドの高い女ばかりだったからねえ。みんなまだ十代。こっちはこっちで他の女性グループとしょっちゅう喧嘩してた。あの頃って、女の子はみんな、一番仲のいい子とペアで行動してたの。私はいつも、ジュンコ（浅野順子）と一緒。ジュンコはほんとに鉄火な女で、男同士の喧嘩にまで、先頭切って仲裁に入ったりしてたから」

世界的に有名なグラフィック・デザイナー、ピーター・マックスが来日した時も、二人はそのイベントにモデルとして出演した。

「結婚したのも、子どもが生まれたのも、ジュンコとは同時期だったね。もちろん、いまも親友です」

一枚の写真がある。サリーとジュンコがお揃いのTシャツにショートパンツで、同じくらいの年齢の男の子を抱っこしている。ジュンコに抱かれている男の子は、髪の色が金髪かと思うほど明るい色だ。

この男の子は、いまや国際俳優として活躍する浅野忠信である。

interview

キャシー中島　一九五二年生まれ

タレント、日本におけるハワイアン・キルトの第一人者としてキルトショップ「キャシーマム」を経営。

母と父の出会い？　恵比寿にあった米軍将校の家。終戦後、母はそこでお手伝いさんとして働いてたの。その一家にとても気に入られたのね。彼らがボストンへ帰る時、一緒に来てくれと懇願されて渡ったの、アメリカへ。

母はボストンで十九歳の学生と知り合って、プロポーズされたの。その時、二十七歳だったのよ、母は。当然ながら、向こうの家族は大反対。そりゃそうよね、日本人だし、八歳も年上だし。

でも、父は軍隊に入ったから、母も一緒にボストンを離れたのね。そしてハワイに駐在している時、マウイ島で私が生まれた。また日本に戻ったのは、私が三歳の時。本牧のベースで暮らしたのよ、五歳まで。

でも、父が戦地へ行くことになったから。そこでいったん、ボストンへ帰ることになったのね。だけど母はボストンで暮らすのが絶対いやだったの。だって、歓迎されないのがわかってたから。

まあ、結局、それで離婚したわけだけど、そうなるともうベースにはいられないし、母は一人で、私を育てていかないといけないでしょ。彼女の実家は埼玉なんだけど、ハーフの娘が差別されるといけないから、母は横浜にとどまったの。

住まいは中区石川町。子どもを何人か預かってるお婆さんがいてね、母は私をその人に託して、中華街でバーテンとして働きだした。

ある時、公園でブランコに乗ってたら、お婆さんが私に言ったの。

「あんたのマミー、まだお金を持ってこないよ。困るねえ」

母はきっと、たいへんだったのよね。でも頑張って、野毛にバーを出した。だから私は、石川小学校から、中区花咲町の本町小学校へ転校。

ハーフは、何人かいたわね。いじめられてる子もいたわよ。そういう場に遭遇すると、私は箒《ほうき》を振りかざして、いじめっ子をやっつけるの。大人になってから、同級生だったハーフに言われたのよ。中島にはずいぶん助けてもらったよねって。

私自身は、いじめにあったという意識がないのね。体格が良かったし、気も強いでしょ。やられたらやりかえすほうだから。

でもその発育の良い体と目立つ顔のせいで、小さい頃から男性の視線を浴びることが多かったわね。野毛は肉体労働者が多いところだったから、もう、あからさまに舐めまわすような視線。すごくいやだった。映画館なんか行くと、必ず痴漢が寄ってきたし。

小学校に上がった頃のある日、私のことをじいっと見てる女性に気づいたの。見てるだけじゃなくて、預け先の家までついてきたのよ。日本人なんだけど、夫が白人。夫婦でお菓子なんかを持参して、何度も預け先へ来るようになったのね、私に会うために。

可愛い、可愛いと褒めちぎって、とうとう自宅にまで招かれたの。家はベースの中。大きなベッドに最先端の電化製品、たくさんのご馳走。しばらく泊まっていきなさいと言われて、素直にそうしたわ。子どもだったからね。

その夫婦は、じつは私を養女にしたかったのね。子ども預かりのお婆さんも、「あんたは、あのうちの子になったほうが幸せだよ」と、しきりに勧めるの。

だけど、それを知った母は血相変えて怒った。この子は絶対、誰かにあげたりしないって。

私が十歳の時、母は日本人の子どもを産んだ。私の弟よね。その頃から、ようやく母と一緒に暮らせるようになったの。

ずいぶん奔放に思えるでしょうけど、母は自分をしっかり持った人だった。自分の道を行くなら、なにが起ころうと自分で責任をとる……そういうことを、母の生き方を見て、自然と学んだわね。

ああ、そうだ！　子どもの頃、一度ね、誰かに「あいのこ！」と罵られて、泣きながら帰ったことがあった。そしたら母は私をまっすぐ見つめて言ったの。

「そうよ、あなたはあいのこよ。それがどうしたの？　日本人の血も、アメリカ人の血も入ってる。そのことを恥じるなんてとんでもない。誇りに思いなさい」

モデルになったのは中学生の頃。世はハーフブームだったし、基地のある本牧はアメリカ文化で輝いてた。「平凡パンチ」なんかも創刊されてマスコミが押し寄せるでしょ。みんなスカウトされてモデルをやってたわね。

でもね、アルバイト程度ならともかく、プロのモデルとして食べていくのは、そう簡単なことじゃないの。きれいだとかスタイルがいいだけじゃ駄目。そんな子はいくらでもいるし、次々と若い子が出てくるんだから。

事務所に所属した頃は仕事がなくて、電話番をやらされてたのよ。でも、ただ電話を取るだけじゃしようがないから、必ず「キャシー中島という、いいモデルがいますよ」と他人の振りをして宣伝しておくの。

自分でチラシも作ったわよ。その甲斐あって、一年たたないうちに事務所のメインになった。そう、十七歳の時には売れっ子モデルだったわね。これで母を助けられると思うと、ほんとうに嬉しかった。

モデルからタレント・女優に転向したのは二十歳の時。でも、国が豊かになると、もう一年ごとに人間の体型が変わるのよね。私よりちょっと若いだけで、顔の大きさ、足の長さが違うの。

　このままモデルを続けられるとは、もちろん思ってなかったけど、「キャシーは喋りがうまいからタレントが向いてる」と、周りからも言われていて、わりにすんなりと、そっちへ。「ぎんざNOW!」という人気番組の司会を、せんだみつおさんと一緒にやったの。自分の番組を持った最初のハーフタレントだったかな、私が。

　キルトを始めたのも二十歳の時から。こまごました手仕事が好きで上手でもあったのは、母譲りなのよ。気が付いたら、いつの間にかそれが、仕事の域に達してたのね。

　ほんとに、あの頃はハーフブームだったわよねえ。シェリー、マギー・ミネンコ、マリ・クリスティーヌ、ゴールデン・ハーフ……生まれてきた時の事情は、みんないろいろ。

　だけどね、私の周りにいたハーフたちは、若い頃から、誰も浮ついてなかった。どんなにちやほやされても、しっかり現実を見据えてたわね。

　だから芸能界から身を引いても、自分の道を着実に歩んでる。彼女たちのことが誇らしいし、尊敬してる。青春を共に歩んだ仲間としても、同じハーフとしてもね。

interview

石川ジル（京子）

一九五四年生まれ

川崎で夫とともにスペイン料理店「ノミデリ」「コルメナ」を経営。

私、自分がハーフだということを知らなかったんです。まあ、たしかに色白だったたし、西洋人っぽい顔立ちで背も高かったけど、とくにそれを意識したことはなかったたし。でも、変だなと思うことは幾つかあったのね。小学校の時、仲良しだった子に言われたの。「うちのお母さんが、京子ちゃんと遊んじゃいけないって言うの」って……。

その時は理由がわからなかった。だけど、その子のお母さんは私の母と知り合いだったから、私の出生について知ってたんでしょうね。

近所の子から石を投げられたこともあります。でも私の場合、ハーフだということでいじめられたのは、その程度でしたけどね。

五歳下の弟がいて、彼はハーフじゃない。でも私は彼と同じように両親から可愛がられて育ちましたしね。

ハーフだとはっきり知ったのは十三歳の時。同年齢の従姉妹がうちに泊まりに来て、「いまから言うことをよく聞いてね」と、意味ありげに切り出して……。

「じつはね、京子ちゃんのお父さんは、ほんとうのお父さんじゃないんだよ。ほんとのお父さんはアメリカ人なの」

そんなにびっくりしなかったんですよ。中学校へ入学する時の書類に、私が父の「養女」と記載されてるのを見たことがあって、ちょっと変だなと思ったこともあったから。

怒りとか悲しみとか、そんな感情も湧いてこなかったし。

とはいえ、周りはみんな知ってるのに、本人の自分だけは知らない、というのもいやだから、この時点で母に尋ねました。自分が生まれてきた事情を。

私の母方の祖父は、満鉄に勤めていて、戦争前から満州に単身赴任していたそうです。母は長女ですが、その下に子どもが二人。計三人の子どもを連れて、祖母はある日、夫に連絡もせず、満州へ渡ったのです。

満州のどこにいるかもわからないまま行ったんですよ。で、港で会った中国人に事情を話したら、親切に捜し出してくれたんですって。

どういう事情があったのか、詳しいことは知らないけど、結局、祖父に諭《さと》され、祖母は子どもを連れて、また日本に戻ります。

そして戦争、終戦。祖父も帰国しましたが、夫婦仲はうまくいかず、二人は離婚します。一番下の男の子は祖父のほうへ行き、娘二人は祖母が引き取りました。

生活のため、祖母は横浜の中区若葉町でスナックを始めます。終戦後の一時期、若葉町には米軍の飛行場があり、祖母のスナックも、客はみんな米軍兵士だったようです。

その店を娘である母が手伝っていて、客としてやってきた父と知り合ったのです。母は二十歳で私を産みました。その時、父が私に付けた名前はシャーリー。

私が二歳になった時、父がアメリカへ帰国することになりました。父は、母と私を連れて帰りたかったようです。でも、離婚して苦労しながら娘を育ててきた祖母は猛反対。遠くへ行かせたくなかったのね。

結局、父は一人で帰国し、距離ができてしまったことで別れたのです。

その後、母は日本人と結婚しました。それで私には、日本人の父と弟ができたわけです。

あなたが二十歳になったら、すべて話そうと思っていた、と言って、母は箱をひとつ、私に差し出しました。

「あの頃はね、お金のために米軍兵士と付き合って、産みたくない子を産む人もいた。でも、私たちはそうじゃなかった。愛し合った結果、あなたが生まれたの。これがその証拠よ」

箱の中には、父からの熱いラブレターがぎっしり。彼は朝鮮やベトナムの戦争にも行っています。その戦地からもたくさん届いていました。

結婚はしなかったけど、まぎれもない愛の結晶として産んだことを、母はこうして、娘に証明してくれたのです。

私には、実の父の記憶って、まったくありません。でも、父に抱っこされた赤ん坊の頃の写真があるんです。それを見たことはあるのですが、近所の外人さんがたまたま私を抱っこしてるだけだと思って……。

ハーフであることを恥じたことは一度もありませんね。自分がハーフだと知った頃って、ハーフブームの真っ最中。知り合いに芸能プロダクションにコネのある人がいて、タレントになることを勧められました。

カネボウ・チャーミングスクールというのがあるのを知って、そこへ入ろうと、自分で決めました。可能性を試したかったのでしょうね、ハーフとして生まれたことの。

芸能界入りに賛成ではなかった母ですが、この時は私の決心を知って、お金を出してくれました。彼女は彼女なりの、思いと責任を感じたのかも知れませんね、娘に対して。

モデルデビューは十四歳。オーディションに受かって所属した事務所には、当時、「ａｎ・ａｎ」などのモデルとして一世を風靡した秋川リサがいました。芸名の「ジル」は、その頃、リサさんが出演したＮＨＫドラマの役名。事務所の社長がつけてくれたのです。

資生堂のＣＭ、11ＰＭ（七四年から放送されていた深夜テレビ番組）、ファッションショー、いろいろやりました。ラジオでパーソナリティーを務めたこともありましたね。

結婚して、いまの店を出してから、エディ藩がここでライブをやってくれたことがありました。その時、「ジルの歌だよ」と言って、歌ってくれたのが「丘の上のエンジェル」。

あの歌には、子どもとの別れを余儀なくされる女性の心情が歌われていますよね。母は恋人との別れを余儀なくされ、それなりに辛い思いをしたと思います。

もう三十年以上も前ですけど、カウンターバーをやってたことがあります。その時、お客さんも入れてハーフが四人揃ったので、ハーフ会なんていう名前をつけて、よく一緒にお喋りしてました。その人たちからは、いじめられた話をよく聞かされましたね。

そういえば、店によく来てた沖縄生まれの女性がいました。その人の彼氏がハーフで米軍兵士だったのですが、飲んで、いきなり暴れだしたことがあったんです。そう、店で。

他のお客さんを帰して彼を宥《なだ》め、じっくり話を聞きました。そしたら、弟が二人いるんだけど、三人の父親がそれぞれ異なる男性だとか……。家庭的にいろいろあったんでしょうね。そこへ戦地での体験が加わって、もうストレスまみれになっていたようです。

思うに、ハーフのトラウマというのは、ハーフだからということではなく、生まれ育った環境から出てくるものが大きいのではないでしょうか。

第六章　横浜の「外国人」たち

横浜中華街、台形の中の嵐

私が横浜中華街を訪れたのは一九八六年（昭和六十一）秋のことだった。いや、その何年も前から横浜に住んでいたのだから、二、三回くらいは誰かと食事に行ったはずだ。だけどいつだって単なる観光客。ちゃんと歴史を意識したのは、これが初めてだった。

この年の夏、私は江戸川乱歩賞を受賞し、作家デビューしている。本やテレビでしか知らなかった方たちと、対談、シンポジウム、出版社関連の会食などでご一緒させていただくようになった。人気エッセイストだった故・青木雨彦さんとも、そのようにして知遇を得ることができた。

横浜が舞台のミステリーでデビューしたのに、じつは横浜に関して薄っぺらな知識しかなかった私に、ハマっ子である青木さんは、横浜のキーマンを何人も紹介してくださった。その一人が、中華街の関帝廟通りにあった広東料理店「萬来軒」のオーナー、呂行雄《ろこうゆう》さんである。

「なんでも甘えてください。行きたいところ、見たいものがあったら、遠慮なく言ってくださいね。横浜中華街をより多くの方に知っていただくためなら、労は惜しみません」

呂さんは初対面の私に言った。一九三九年生まれ。百八十センチの長身に、スーツがよく似合う。学生時代はバスケットボールの選手だったそうだ。

横浜華僑総会会長を務め、この時、四十七歳の働き盛りだった。

まだ土葬のご遺体が多くあった中華義荘、仕入れ帰りの料理人たちが朝食をとる早朝の喫茶店など、いろいろ案内していただいた。呂さんの紹介で中華街の春節パレードにも、友人たちと一緒に参加した。美しい民族衣装を身に着け、沿道をぎっしりと埋めた人々に手を振りながらパレードしたことは、とびきり華やかな思い出になった。

もっとも印象的だったのは関帝廟である。

呂さんに案内され、「ここです」と言われて覗き込んだところは、真っ暗な空間だった。眼をこらすとその闇に、鮮血を一滴垂らしたような赤い点が浮いていた。その上で、糸のように細い、蛇を思わせる白いものが身をくねらせている。丈の長い線香と煙だった。

身じろぎもできずにいる私を見て、呂さんはようやく、私が関帝廟すら初めてであることに気づかれたようだ。

「焼失したのです。今年の元旦に」

失火なのか放火なのか、わからずじまいだという。
関帝廟は『三国志』で有名な後漢時代の将軍、関羽を祀った廟だ。商売の神様として崇められ、世界各地のチャイナタウンに関帝廟がある。

一八五九年の横浜開港と同時に多くの中国人が来日した。彼らは「華僑」と呼ばれた。華僑は、他国に渡り、中国籍のまま、そこに根を下ろして暮らす人々である。

当時の中国は清王朝。イギリス、フランス、アメリカなどに不平等条約を押し付けられ、搾取されたあげく内乱も起き、大国とはいえ疲弊しきっていた。しかし一方で、清国人たちは欧米文明や文化をしっかりと自分たちのものにしていた。そして開国日本においては漢字という中日共通のツールを使い、欧米と日本のパイプ役となった。

貿易の仲介役となった中国商人をコンプラドール（買弁）という。品物の選別から値段の駆け引きまで、間ですべてを取り仕切るのだから、利鞘《りざや》も大きい。財を成した華僑も少なくなかった。

開港期の横浜浮世絵には、いたるところに辮髪《べんぱつ》の中国人が登場する。港崎遊郭一の妓楼、岩亀楼で、西洋人と一緒に飲めや歌えの宴に興じていたり、輸出品の茶葉が積み上げられた倉庫で日本人労働者を仕切っていたり。

他国へ渡った中国人の中には、苦力《クーリー》と呼ばれた最下層の肉体労働者もいたが、日本に来たのはインテリ層や技術を持った職人たちだった。

横浜の華僑たちは、外国人居留地の一画にコミュニティを築いた。それが横浜中華街である。横浜の中心である関内地区は、道が碁盤の目状に並んでいるが、そこだけは横倒しになった台形になっている。風水を重んじた結果この形になった、などとまことしやかに言う人もいるがそうではない。

この場所は、開港前からあった横浜新田という埋立地。横浜村の人々が田んぼにしていたところだ。水捌けが悪いから欧米人は使いたがらなかった。空いていたその場所を、華僑たちが仕事場や住まいに変えていった。

中華街はいまや、横浜を代表する観光地である。

「関帝廟は初期からあったのです。故国を離れて暮らす華僑にとっては、心の拠りどころですからね」

呂さんは続ける。

「五姓田《ごせだ》義松という開港期の画家が、赤や緑や黄色で彩られた、明治初期の関帝廟を描いています。それから何度か拡張したりして立派になっていったと思うのですが、関東大震災で倒壊しました」

関帝廟の歴史と重なるように、横浜の華僑もまた、何度も嵐に巻き込まれている。明治二十七年（一八九四）、日清戦争が勃発。多くの華僑が中国へ帰らざるを得なかった。しかし踏みとどまった者もまた多かったので、中華街は存続した。

関帝廟（2019年、撮影・大森裕之）

関東大震災では「朝鮮人が井戸に毒を入れた」というデマで、中国人もかなり犠牲になっている。

そして日中戦争。

戦地となった中国では、日本軍による強姦、虐殺、強奪などが横行した。後に日本に渡って華僑となった人々の中には、この光景を目撃した者も多い。彼らはめったにそのことを語らないが、村上令一『横浜中華街的華僑伝』（一九九七年発行、新風舎）などのインタビューで、その記憶をかいま見ることができる。

日中戦争から太平洋戦争へと戦火が拡大すると、日本と同盟を結んだドイツ、イタリアを除いて、欧米諸国の在住者は多くが帰国した。それができない者は収容所に収監された。

しかし、華僑は違った。行動の自由を制限されたり、スパイ容疑を掛けられて拷問されたりと、「差別」はあったが、収監はされていない。ここがややこしいのだが、日中戦争時の中国には、複数の軍閥があった。日本が敵とみなしていたのは、蔣介石率いる重慶政府だ。しかし汪兆銘（汪精衛）が率いる南京政府もあり、これは日本の傀儡《かいらい》政権だった。

どちらを故国の政府として認識すべきか。中華街の人々は悩んだ。その結果、それぞれの思いは別として、南京政府支持を公的に表明した。日本にいる以上、そうしないと無事には済まなかっただろう。

昭和二十年（一九四五）五月二十九日、横浜大空襲。

震災後に建て直された関帝廟は焼失した。中華街も焼け野原になった。もちろん、華僑にもたくさんの死傷者が出た。

日本の戦争はこの年の八月十五日、天皇の玉音放送とともに終わりを告げた。敗戦とはいえ、ともかく終わったのだ。ここでまたややこしいのだが、中国は戦勝国となった。戦時中は日本の傀儡政権に与《くみ》するかたちをとっていたが、もとは日中戦争。日本が敗戦国なら中国は戦勝国だ。

戦後の日本は餓死者が続出するほど窮乏したが、GHQの特配もあって中華街には物資が豊富に流れた。米軍に接収されてもいない。だから中区の野毛と同じように闇市状態になった。艱難辛苦《かんなんしんく》をくつがえす繁栄も、ここから始まったのだ。

しかし中国と朝鮮半島には、長い、あらたな不幸が始まっていた。中国は蔣介石が中華民国を台湾に移した。大陸では一九四九年、共産党の中華人民共和国が誕生した。それから一九七二年の日中国交正常化に至るまで、日本とは国交断絶している。

朝鮮半島は南北に分断され、大韓民国と朝鮮民主主義人民共和国になった。そればかりか両者は戦争に突入した。同じ民族でありながら殺しあわなければならない。その辛さは想像を絶する。

関帝廟の解説をしていた呂さんが、ふと表情を曇らせた。

「朝鮮半島のような戦争こそしませんでしたが、他国で暮らす華僑も、故国の分断には巻き込まれました。この狭い横浜中華街の中でも、もう忘れてしまいたいような対立もあったのです」

「たとえば、どういうかたちでそれが……」

私はまだ、恥ずかしいほどこの街のことを知らない。知らない分、無神経に問いかけてしまう。

「横浜中華街の歴史を、これから山崎さんもたくさん読んだり聞いたりなさるでしょうが、そこでたぶん、『学校事件』というのが出てきます」

「学校……と言いますと？」

関帝廟と同じ敷地に、横浜中華学院がある。

「ここの他に、横浜山手中華学校というのがあります。文字通り、山手にあるのですが」

「中華学院」と「中華学校」。たった一字しか違わない。

「そう、紛らわしいでしょ？　それも結局、分裂のせいです」

関東大震災以前は、華僑のための学校が五校もあった。そのすべてが震災で倒壊した後、中華公立学校ができた。しかし空襲で焼失。戦後、一九四七年になってようやく、幼稚園から中学校までを擁する横浜中華学校が山手に創建された。

「そこが『中華学校』と『中華学院』に分かれざるを得なくなった出来事が『学校事件』です」

「学校事件」は中華学校で起きた。それから二十年後、今度は中華学院のほうで流血の惨事が発生したという。

「忘れたい出来事です。この街の人たちは、みんなそう思っているでしょう」

いつもの呂さんらしからぬ、呟くような口調だった。そんな話を出したことを、後悔しているようにも見えた。私はそれ以上、問うことができない。

「でもね、これからこの街は変わりますよ」

もとの温和な表情に戻り、呂さんは線香の赤い火に目を転じた。

「あらたな関帝廟を再建します。その時は、ひとつになるはずです」

「対立がなくなる、ということですか？」

「故国の事情はともあれ、我々は同じ民族です。もとはひとつ。同胞としての心を取り戻さないと、前には進めないでしょう」

それから四年後の一九九〇年、同じ場所に、壮麗な関帝廟が誕生した。中国から工匠を招き、石材などを取り寄せ、伝統工芸の極みを集結させた。呂さんの言葉通り、この大事業で大陸系と台湾系は見事に協力しあったのだ。

呂さんはそれを見届け、二〇〇五年、六十六歳という若さで亡くなった。その翌年、航海の女神である「媽祖《まそ》」を祀る媽祖廟も創建され、横浜中華街は世界一華やかなチャイナタウンとなった。

日本在住の外国人で、もっとも数が多いのは中国人だ。一九七〇年代の末に中国は経済開放政策をとり、新華僑と呼ばれる中国人がなだれを打って日本に流入した。いまもそれは続いている。

それ以前からいて、中華街を創り上げてきた人たちを老華僑と呼ぶが、昨今は、戦争や文化大革命の時代、この街にどんなことが起きたのか、知らないし興味もない、という新華僑が増えていると聞く。

学校事件と文化大革命

馬晶《ましょう》さんという友人がいる。一九六〇年生まれの華僑二世。横浜山手中華学校の教師を長く務めている。夫は「横浜市歌ブルースバージョン」などで知られるミュージシャン、中村裕介。

『天使はブルースを歌う』を書いた際、横浜のロック・ヒストリーもミュージシャンも知らなかった私は、彼にいろいろとお世話になった。エディ藩と作ったチャリティCD『丘の上のエンジェル』も、「ウォーターカラースタジオ」という中村裕介さんの録音スタジオで制作した。馬晶さんと知り合ったのもその時だった。

私は「学校事件」とは一体どんなものだったのかを、馬晶さんに尋ねてみた。事件が起きたのは、彼女が生まれる九年も前。しかし、自分には「当事者感」があると、彼女は言う。「なぜなら、事件のきっかけとなった展示を、私の母がやっていたから。父はちょうどその年から、山手中華学校の教師に就任していたからです」

それは一九五一年十月十日、辛亥革命の記念日で双十節とも呼ばれる日に起きた。中学三年生が書いた壁新聞を、康述英という少女が張り出していた。康述英は中華学校の卒業生。高校一年生だったが、この日は展示の手伝いに来ていたのだ。

朝鮮戦争の勃発が一九五〇年。南北に分かれた朝鮮の後ろに、アメリカ、ロシア、中国などが付いて、自由主義と共産主義の覇権争いという事態になっていた。アメリカはマッカーシズムと呼ばれる共産主義追放の真っ只中。アメリカの占領下にあった日本でも、レッドパージ旋風が吹き荒れている。

そのぴりぴりとした情勢の中、中華街でも、台湾派と大陸派は互いに相手を監視しあっていた。そしてこの展示が、視察に来た台湾派の逆鱗に触れた。内容が「辛亥革命以来、中華人民共和国成立まで、中国人民の解放のため犠牲となった先覚者及び烈士たちに心から哀悼と尊敬の意を表します」というものだったからである。

「解放」は中国共産主義のスローガンである。翌年、台湾派のメンバー数人が学校に押し入り、校門を閉めて教師たちを締め出した。教師たちは中へ入ろうとして、彼らと揉みあいになる。そこへ、横浜港に入港していた台湾海軍五十人がバス二台で駆け付け、威嚇するように校門の前に整列した。

次いで、加賀町署の警官たちとヘルメット姿の機動隊約二百人が学校を取り囲み、窓ガラスを割って突入。騒ぎを聞きつけた生徒の父母たちも駆け付け、教師たちが不法侵入で逮捕された。

これが「学校事件」である。

それから半日ほど後、不法侵入は勝手に入ってきて占拠したほうではないか、ということがわかり、教師たちは全員釈放されている。日本としては、この問題にあまり関わりあいたくない、という警察の立場もあったようだ。

それにしても、このご時世では「反共」のほうが強かったのだろう。中華学校は結局、校長から教師たちまで、全員、台湾派がとって代わった。校名も横浜中華学院となり、台湾大使館の下で運営されることになった。

その改革に従った者もいた。だが納得できなかった保護者も多かった。追い出された教師の何人かは、家や部屋を借り、寺子屋形式で生徒を教えた。また生徒の多くが、この時、日本の学校に転校した。

これ以降、争いに巻き込まれるのを避け、セント・ジョセフやインターナショナルスクールなどのミッションスクールへ子どもを入れるケースも増えた。

最終的に中華学校は、山手に臨時校舎を建て、三年という月日をかけて「学校」としての認可を取得した。現在はJR石川町駅北口前に新校舎を建設し、移転している。

そして、呂さんが口にした「流血の惨事」は、二十年後の一九七二年、日中国交回復の年に起きた。

大陸系の若者三十人が中華学院の校内に侵入。咎めた事務員と口論になった。若者たちは「おまえたちは中国人じゃない。なのになぜここにいる！」と気勢をあげる。彼らは駆け付けた王慶仁を取り囲んだ。王は「学校事件」で中華学校の校長も教師も追い出された後、新校長になった台湾系の人物である。校長職を終えてからは横浜華僑総会の副会長を務めていた。若者たちの一人が、刀で斬りつけた。王は入院一ヶ月の重傷を負ったが、斬りつけた犯人の名前を警察にも言わなかったという。斬りつけた側の痛みがわかっていたのだろう。

「学校事件」の際、手伝いに来ていて壁新聞を張り出した康述英は、その年から中華学校で教師を務めていた馬廣秀と後に結婚する。彼に勉強を助けてもらいながら昭和薬科大学に進み、卒業後は薬剤師になった。その二人が馬晶さんの両親だ。

「母は山東省の出身ですが、父は旧満州の丹東というところで生まれ育ちました。満州国の留学生として、岩手県の黒沢尻中学校（現・岩手県立黒沢尻北高校）に入り、そこから東京工業大学へ進みました」

満州国の皇帝は清朝最後の皇帝となる愛新覚羅溥儀である。その成立には日本陸軍が大きく関与していた。満州国が国費で日本に派遣した留学生たちは、将来の満州国を、ひいては日本との関係を背負って立つエリートだ。

しかし戦争は終わり、満州国も同時に消滅した。馬廣秀のような留学生は苦しい立場に立たされたわけだが、彼は中華学校の教師という道を選んだ。日本の傀儡国家とも言われた満州国の留学生だったとはいえ、腐敗した清朝を倒し、その名の通り人民のための新国家となった中華人民共和国を、心から誇りに思ったことだろう。

もちろんそうですよ、と馬晶さんも大きく頷く。

「私は日本で生まれましたが、学校は当然のように山手中華学校。朝礼は『毛沢東語録』で始まりました。貧しい人々が中心になり、自分たちの手で革命を成し遂げたのですから、子どもながらに文化大革命はすごいと思ったし、自分が中国人であることを誇りに思ってました」

ところがその後、文化大革命の暗部が露見することになった。共産党内での権力争い、紅衛兵の暴走、知識層への惨《むご》い迫害、弾圧、独裁をほしいままにしていた毛沢東夫人江青などの四人組逮捕……。

「実態を知った時は、ちょうど多感な思春期ですよ。そりゃあもうショックで……、だって価値観が真反対になったんですもん。もうね、どっかに消えてしまいたいと思いました。なにを信じていいのかわからなくて……。だけど、その思想で教育をしていた父は、もっと大きなショックを受けたでしょうね」

一九五一年から中華学校の教師になった馬廣秀は、一九七二年から八七年まで校長を務めている。外国に生きる華僑として、母国の成し遂げた大革命は、大きな心の拠りどころだったに違いない。

華僑の心情を表す言葉に「落地生根」がある。他国に住んだらそこに根を下ろし、子孫をつくり、その国の土となる……という意味だ。実際、華僑はそのようにして世界のいたるところに根づいてきた。

が、もうひとつ、「落葉帰根」という言葉も、大切にされてきた。どこの地に住もうと、死んだら遺体は中国に戻り、その土となる……という、信条というより願望だ。実際、横浜の中華義荘には長いこと土葬の遺体があった。棺の中でミイラ化した遺体もあった。

国交が断絶していたので、遺体を故国に戻したくても戻せなかったのだろう。

「そうですよねえ、たしかに、その思いは両方ありますよ」

と、馬晶さん。

「日本で生まれ育って、中国人だからといって差別されたわけでもないです。それどころか、中国人であることにプライドを持ってました。華僑というのは、他国にいるけど国籍は中国に置いてる人のこと。私は、いまは帰化して国籍は日本だから華人です。日本が嫌いなわけじゃない。ここも、まぎれもなく私の故郷。だけど中国人であることも、大事なアイデンティティなんです」

初めて中国へ行ったのは大学へ入った年だったという。

「飛行機から降り立った時、わあーっと涙が噴き出して……。これが中国なんだ、私の故郷なんだと……。あの文化大革命の正体を知った時のショックも含めて、その時点から、日本、中国、そこにいる自分、ということを、いろんな視点で考えるようになりましたね」

私と馬晶さんの話を、黙って脇で聞いていた中村裕介さんが、不意に口を開いた。

「それにしてもねえ、馬晶との夫婦喧嘩って、中国が原因になることが多いんだよね」

え、どういうこと？

「たとえばテレビなんか観ててさ、中国のことをニュースでなにかやってたとするでしょ？で、俺がなにげなく感想を言うじゃない。中国の悪口なんか言ってないよ。そのあたり、けっこう気を遣ってるからね、こっちも。ただの感想なのに、馬晶の顔色が変わって、なんか反論してくるんだよね。そうなるとさ、もうなにを言っても文句言われそうで、どうしたらいいのかわかんなくなるんだよね」

馬晶さんは苦笑している。いつもオープンで歯切れの良い人なのだが、「いや、だからそれは……」と、自分でも戸惑っているように見えた。

ああ、わかるな、と私は納得した。

ハーフや在日の友人に対して、裕介さんと同じ戸惑いを覚え、言おうとしていた言葉をあわてて飲み込んだことが何度かある。

たとえば在日韓国・北朝鮮系の人と、慰安婦問題、拉致問題を話す時。アメリカ人とのハーフである人と米軍接収時代、沖縄基地問題を話す時。私は、相手をいやな気分にさせないかと気を遣う。だから、こうした問題を忌憚《きたん》なく話し合えたことがない。

公平に話しているつもりでも、私の言葉には、ついつい日本人としての立場が出てしまうようで、相手の顔色が微妙に変わることに気づかずにはいられない。相手の気持ちがわかっているつもりで、その実、私はわかっていないのだと思う。

ルーツである国に関して、非難がましいことを、彼らが自分で言う分にはいいのだが、他国の人間に言われるのはいやだ。それはあたりまえの感情だと思う。

私の父は、私がまだものごころつかない頃に警察沙汰を起こし、母と離婚した。その後もさんざん身勝手なことをして周囲の人を傷つけた。祖母はそのせいで自殺した。

娘である私は、彼の犠牲者だ。だから遠慮なく、あれはとんでもない人だと、ろくに会ったこともない父のことを悪しざまに言う。が、そんな父であっても、他人から悪く言われたくはない。母も同じく彼の犠牲者だが、私は母からでさえ、父の悪口を聞かされるのはいやだった。人の気持ちとは、そういうものではないだろうか。

在日という立場

「在日」とは、日本に在留する外国人のことだが、中国、韓国・北朝鮮系の人に対して使われる場合が多い。それだけ人数が多いということもあるだろうが、とりわけ後者に対してよく使われる。時としてそこに、差別的な意味合いが含まれる場合もある。

インターネットというものができてから、有名人などをネット上で「晒す」という行為が頻繁に行われるようになった。匿名という仮面をかぶると、人はここまで醜くなれるのか、と思わざるを得ないヘイトコメントの中に、決まって、錦の御旗のごとく出てくるのが「〇〇は在日だ」というもの。

日本と朝鮮半島との間には、たしかに複雑な歴史がある。明治四十三年（一九一〇）、日韓併合が行われ、昭和二十年（一九四五）まで、朝鮮は実質的に日本の植民地になっていた。関東大震災時の朝鮮人虐殺、慰安婦問題、強制連行、北朝鮮による拉致問題など、尾を引く問題が後を絶たない。双方にわだかまりはあるだろう。隣国ゆえの近親憎悪もあるのかもしれない。

これを書いているいまは二〇一八年だが、今年四月、十年半ぶりに、板門店において南北首脳会談が開催された。次いで六月には米朝首脳会談。

あまりの急展開に世界中が驚いた。私も日々、テレビにかじりついてニュースを観ていた。トランプ大統領と文在寅大統領はノーベル平和賞候補だという話も飛び交った。

私には在日の友人が何人もいる。これでほんとうに南北が休戦から終戦になるのなら、金正恩委員長も入れて、三人一緒にノーベル賞でもいいじゃないかと思ったものだ。日本の政権がいちいち持ち出す「北朝鮮の脅威」もなくなるだろうし、と。

北朝鮮と韓国は同じ民族同士で戦争し、いまは休戦状態にあるわけだが、国民同士がすべて憎みあっているわけではない。日本にいる在日の人々にしても、ルーツは北朝鮮、韓国の両方にある。もとはひとつの国だったのだから、両方に親戚がいたりしても不思議ではない。拉致事件が発覚し、日本のマスコミがこぞって北朝鮮を悪者扱いするのを、韓国籍の人たちはなんとも複雑な気持ちで見ているしかなかったのだ。

そしていま、二〇一八年も終わろうとしているが、期待したような状況にはなっていない。北朝鮮と韓国は国の体制があまりに違うので、すぐに自由往来とはいかないだろうと予測できた。それでも、はっきりした終戦宣言は出てほしかった。

日本との関係で言えば、北朝鮮との拉致問題はまったく進展していない。韓国とは慰安婦問題が尾を引いている上に、戦時中の徴用工に関する訴訟という新たな問題が浮上してきた。

過去は尾を引く。しかしその「過去」を、私のように終戦からたった二年後に生まれた世代でさえ、学校ではきちんと学んでこなかった。軍国主義から民主主義にいきなり変わり、教育する側も混乱したのだろうか。それとも軍国主義時代のことは早く忘れた方がいいと思ったのか。

アメリカの意図もあったのではないかと、いまになって思う。日本人なのに、給食はパンとミルク（脱脂粉乳）。入ってくる文化も欧米のものばかり。私のように図書館で翻訳ミステリーを読みふけり、その華やかさに憧れた人間だけではなく、日本人の多くは欧米思考になった。ことに、戦争中は敵であり、空襲で家も人も物も焼き払ったばかりか二度も原爆を落としたアメリカが、日本にとっての「夢の国」になった。

あれはなぜだったのだろう。日本人の意思は、戦後、アメリカが好きになるよう、巧妙にコントロールされていたのではないかと思う。もちろんいまも、日本政府は常にアメリカの顔色を窺っている。アメリカ空軍機は日本の飛行機より自由に日本の空を飛び交い、沖縄の基地建設は、どれほど県民が反対しようと無視して決行される。

こういう日本に誰がした、と問うなら、やはり私たち自身がしてしまったというしかないだろう。

同時に、隣国である中国、北朝鮮、韓国にはほとんど目を向けてこなかった。その間、これらの国では熱心な民族教育が行われ、戦争でなにがあったかを後の世代にしっかりと教え込んだ。

その差は大きい。数年前、ＮＨＫテレビで中国、韓国、日本の大学生が数人ずつ集まり、国と国との関係を討論するという番組を観た。中国、韓国の学生が熱心に発言するのに対して、日本の学生は気圧《けお》されたように黙り込んでいる。

日本の学生だってこういう番組に出る以上、ちゃんと歴史を学んできたはずだ。なのに、対等に話ができない。もっと驚いたことに女子大生の一人は「けれども、日本に軍国主義があったことはないんだから……」と発言し、さすがに、出演していた大人のコメンテイターから

「いや、軍国主義はありましたよ」と訂正されていた。

欧米に追いつけ追い越せで高度経済成長を果たしたのはいいが、その分、日本人は隣国との歴史や人々に対して、鈍感になっていたのかもしれない。傲慢にもなっていたと思う。

そのことを認識し、互いの気質や文化を理解する努力をしない限り、関係性はよくならないだろう。

interview

宮本泰明（李泰安《イテアン》）　一九六一年生まれ　旅館、飲食店経営

僕のルーツは済州島。祖父母がそこの生まれなの。昭和のいつごろかはっきりはわからないけど、祖父は妻と十人もの子どもたちを残して日本へ渡ったんだよね。だから僕は在日三世。

祖父が日本で得た仕事は、船にいろんな物を載せて東京湾を行き来する物流。祖母も時々は日本に来てたのかなあ。昭和十年、博多で僕の親父を産んでるから。でも親父は三歳の時、母

親と一緒に済州島へ返されたみたい。祖父にはその時、もう日本人の妻がいたからね。

親父は終戦の後、兄、弟と一緒に日本へ密航したの。たった九歳の時に、だよ。終戦後の済州島は北と南が対立して大混乱してたんだね。虐殺事件なんかも多発してたというから、命からがら日本へ逃げてきた人もいたのかもしれない。うちの親父がそういうケースだったかどうかはわからないけど。

でも佐世保で見つかっちゃって、兄と弟は強制送還されたの。親父はすばしっこかったから逃げて、どういう経路だったかはわからないけど、自分の父親がいるという横浜中華街へやってきた。

どうやって横浜まで来たんだろうねえ、九歳の子が。詳しく聞いたことはないけど、助けてくれた同胞がいたのかもしれないね。

親父は中華街へたどり着いて、通りすがりの朝鮮人らしい、おばさんに、父親の名前を言って、「こういう人を知りませんか」と尋ねたの。そのおばさんの娘と、後に結婚することになったんだから、不思議な縁だよねえ。横浜中華街は、中国人だけじゃなくて、韓国・朝鮮系の人も多かったんだよ、昔から。

祖父と一緒に暮らしてた日本人の妻は、まあ、実質的に僕の祖母という立場になったわけだけど、彼女は駄菓子屋をやってたのね。だから僕の親父は、子どもの頃、そこで店番をしたんだって。

祖父が亡くなったのは昭和二十八年。天候の悪い日に、どうしても荷物を運んでほしいと言われ、船を出した。だけど嵐になって船が転覆して亡くなった。

僕がものごころついた頃、親父はハシケ（だるま船）に車を積み込んで、千葉へ送る仕事をしてた。母は小さな焼き肉とモツ煮の店をやりながら、僕、弟、妹と、三人の子どもを産み育てたの。家は中区の扇町。昔はこのあたりに、十坪くらいの小店がいっぱい並んでてね。オイルショックの時、親父は艀の仕事を辞め、磯子区根岸の坂下橋に寿司屋を出した。在日の知人から紹介されて、居抜きで店を買ったの。板前も三人付きで。回転寿司なんかない時代だったから繁盛したんだよね。山手に家を買ったもの。

僕が通った小学校は南区の南吉田小学校。外国籍の子が六割？　ああ、いまでもそうなんだ。僕が子どもだった頃から、あそこはそうだよね。在日の子もたくさんいたもの。

朝鮮学校からはね、こっちへ通うようにと、盛んに誘いがあったんだよ。でも、親父がそれに応じなかったの。これからずっと日本で生きていくんだから、日本の学校に入れる、と。だから僕は韓国語ができない。後からちょっと覚えた簡単な日常会話程度。

名前は、もう小学校の時から宮本姓。いわゆる通名だよね。通名には、本名の一字を入れる場合が多いね。だから名字を聞いただけで、在日同士はなんとなくわかる。

いじめ？　僕の場合はなかったね。さっきも言ったけど、学校に在日が多かったし、僕はスポーツ万能でスターだったもん。中学生の時からギターもやってて、いまでもバンド組んでるし。

通名を名乗っているとはいえ、僕は横浜で、自分が在日であることを隠すこともなくやってこられた。でもねえやっぱり、日本における在日差別は大きいよ。芸能人やスポーツ選手だって、どんなに大スターになっても日本名で通してるでしょ？　最初から本名で出て人気者になったのならともかく、日本人だと思ってファンがついたわけだからね。いまさら在日だと告白しても、いいことはなにもないでしょう。

それと日本人が誤解してるのはね、在日における韓国と北朝鮮の関係。国同士は長いこと休戦状態だったけど、在日同士はね、ルーツが北朝鮮だろうと韓国だろうと、普通に仲良く付き合ってるんだよ。

だって、南北に分かれるまでは、朝鮮半島って、ひとつの国だったんだもの。どちらにも親戚がいたりするんだよ。交流だってあるし。

平昌《ピョンチャン》オリンピックの開会式で南北が一緒に行進するのを見たら、そりゃあ、自分のルーツが北だろうと南だろうと胸が熱くなるよね。もちろん統一が実現したら嬉しいよ。

そうだ、オリンピックといえば、十人もいた父のきょうだいの末っ子、僕の叔母にあたる人の息子が、一九九二年のバルセロナ・オリンピックに出てるの。

マラソンの代表で黄永祚《ファンヨンジョ》という名前。日本の森下広一選手と激しく競り合って金メダルを獲得したんだって。オリンピックのマラソン史に残る名勝負として、韓国ではずっと語り継がれてるんだよ。

自分の国意識？　いや、日本人だよ。日本で生まれ育ったんだから。普段は、そう。ただね、ふと鏡を覗き込んだ時なんかに、考えるというか、頭の中がちょっと混乱するんだよね。この男、誰？　日本人？　韓国人？　自分はなんだろう……ってね。

interview

Fさん　一九六〇年生まれ　男性　不動産業、在日二世

私の場合、父が在日一世で、母が二世です。父は九十歳でつい最近亡くなりましたが、一九三六年あたりにこちらへ渡ってきました。十代の半ばくらいだったでしょうかね。九人兄弟の次男です。日本には兄と二人で来たそうです。

父が生まれたところは慶尚北道にある大きな港湾都市。昔から文学者の家系で、祖父も教育

熱心でした。それで長男と次男を、より高度な教育を受けさせるため、日本に送り込んだのです。

尋ねたことはありませんが、家の環境からして、密航ではないと思いますよ。

日本に渡って、新聞配達とか、いろんなアルバイトをしながら、父は中央大学へ入りました。高校？　わかりません。日本に来た時、誰かコネがあったのかもしれないけど、それも聞いてないです。

子どもってなにか特別な動機でもなければ、親の人生を根掘り葉掘り尋ねたりしませんよね。私も、親が自分で話したこと以外、こちらからあれこれ尋ねてはいないのです。父も自分のことを、それほど積極的に話すほうではなかったし……。

ああ、でも、差別を受けた話を一度だけ聞いたことがあります。大学生の時、親しくなった日本人の友達に、家へ招かれた。相手の親は、息子の友達が来るというので、ご馳走を用意して待っていてくれたそうです。

ところが、挨拶をして名前を名乗ったとたん、親の顔色が変わった。料理を載せた皿、茶碗、そして箸まで、その場でゴミ箱に捨てられ、二度と来るなと怒鳴られたそうです。

でもね、そんな差別があったかと思うと、新聞代の集金に行った先では、床屋にも行けなくて髪が長いままの父を見て、「これで刈りなさい」とバリカンをくれた人もいたそうです。

父はそのバリカンを大事に仕舞っておいて、自分が結婚して親になってから、子どもの髪を刈るのに使ったのです。

朝鮮半島と日本には、長くて複雑な歴史がありましたからねえ。双方の心情も複雑になってしまうのでしょう。

古来、朝鮮には、中国の文化や先進技術がいち早く入ってきました。朝鮮を経て、さらに日本へと伝わります。朝鮮半島と日本は「魏志倭人伝」にも登場するとおり、盛んな交流がありました。文化交流も戦もあり、その間、当然ながら人々の血は入り混じったはずです。

ただ、国民性はずいぶんと違いますよねえ。やはり朝鮮半島は大陸と地続き。影響を受けないわけにはいきません。ヨーロッパも含めて、大陸は力の争いが絶えませんでした。

朝鮮は必然的にそのあおりを受けます。モンゴルに支配されてた時期もあったし、豊臣秀吉に攻め込まれたこともあった。王朝の権力争いも、韓国時代劇に描かれているように激烈でした。

その後は中国が宗主国、朝鮮が朝貢国という、まあ、簡単に言えば、独立国ではあるけど、中国の属国であり続けたわけです。

それにしても中国は、どうしてあの半島を、いっそ自分の国にしてしまわなかったのか。地続きだし、力の差は圧倒的だしで、考えると不思議な気がしますね。

思うに朝鮮民族って、ものすごく民族意識が強いのです。支配され、抵抗してきた歴史が長いだけに、自己主張もかなり強い。その分、摩擦もなくならないのですよ、国の内外で。

それに比べて、日本人はあっさりしている。摩擦を避けます。本音と建前を使い分けます。そしてなにより集団力がすごい。高度経済成長期の猛烈サラリーマンがいい例ですね。みんなで同じ方向を向いて突き進む。

もっと言えば、戦争の時もそうかな。「天皇陛下万歳！」で一致団結できる。さらに我慢強い。敗戦の焦土から立ち上がって経済大国になったのも、その民族性があったればこそでしょう。

同じ顔をしていて、隣の国ではありますが、朝鮮民族は動乱を繰り返してきた。日本は、空襲や原爆、接収はあったけど、外敵の襲撃をほとんど受けずに来た。その結果、民族性に大きな違いが出たのも、当然かもしれませんね。

関東大震災における朝鮮人虐殺のことですが、一九一〇年（明治四十三）に日韓併合という、日本による朝鮮統治が始まりました。

それまでの厳しい身分制度から朝鮮民族を解き放ち、民主化した、という側面もあったでしょうが、朝鮮半島の場合、第二次大戦終結後の日本がアメリカによってすんなりと民主主義国家になったようにはいかない。

朝鮮人による朝鮮の改革ではなかったし、実質的には日本の植民地になったわけですから、激しい独立運動が起こりました。ソウルでも上海でも、流血のテロが続出したのです。

だからね、関東大震災が起きて、朝鮮人が井戸に毒を入れたとか反乱を起こしたとかいう噂が流れた時、日本人はそれを、ただの噂だと聞き流すことができなかったのです。

充分ありうることだと思ったのでしょう。ほんとに怖かったから、自警団を結成して朝鮮人狩りをしたのだと思いますよ。

父の話に戻りましょう。大学を卒業すると、父は朝鮮学校の教員になりました。そして文学者になりました。韓国で作品が本になっています。

私は小学校から高校まで朝鮮学校に通いました。サラリーマンを二十四年間やって、いまは自営の不動産業です。

私自身の受けた差別ですか？　そうですねえ、小学校の時、日本人の子と喧嘩をすると、相手の決め台詞は「おまえ、なんで朝鮮に帰らないんだよ！」でしたね。

一番いやだったのは指紋押捺。役所で、別に抵抗してなくても手を摑まれて、押させられるのです。屈辱的ですよね。

父はずっと本名で通しましたが、私は、仕事の場では通名を名乗ってます。在日を隠してはいませんが、日本名のほうが面倒も少ないことは確かですから。

意識ですか？　もちろん日本人ですよ。日本で生まれ育ってますから、ここが慣れ親しんだ自分の国です。

だけどね、自分でも不思議なんですけど、サッカーのワールドカップで日本対韓国の試合があると、どういうわけか韓国に肩入れしてしまう。なぜかわからないけど、自然にそうなるのです。

私の子どもたちは違うんですよ。あたりまえに日本を応援してます。彼らの母親も在日ですが、子どもたちは、私よりずっと日本人なのでしょうね。

第七章　いまだ渦中――沖縄

　あれは二〇一六年七月二十九日のこと。根岸線山手駅で、沖縄出身の女性二人と待ち合わせた。二人とも父親がアメリカ人というハーフだ。顔はフェイスブックにアップされた写真でしか知らない。

　最初に現れたのは森田美千代さんだった。一九五四年の生まれというから、もう六十代のはずだ。けれども、私に気づき、改札口の向こうから微笑んで会釈したその姿は、どう見ても四十代。身長は百六十センチより少し高いくらいだろうか。

　きりりと整った顔。肩のところで軽くウェーブした黒髪。そんなにハーフっぽくはない。言われなければわからなかっただろう。孫だという少女と一緒だったが、母娘にしか見えない。自己コントロールの利いた穏やかな人、というこの時の印象は、その後も変わらない。

　後から現れたのは比嘉マリアさん。一九六八年生まれだから、五十代になったばかりだ。私を見るやいなや、改札口を飛び越えんばかりの勢いで走ってきた。涙をいっぱいに溢れさせ、「はじめまして」もなにもなく、「やっと会えた！　やっとここへ来られた！」と、力いっぱい抱き着いてきた。

日本人離れした初対面の挨拶だが、不思議と違和感はなかった。髪も目も明るいブラウン。白い肌。背はそれほど高くないが、見るからに洋風な容姿だ。

二人の女性を引き合わせてくれたのは、フェイスブックの友人だった。彼が自分のフェイスブックで繋がっていた比嘉マリアさんに、根岸外国人墓地と慰霊碑のことを告げ、マリアさんとフェイスブックで繋がっていた森田美千代さんにそれが伝わった。

インターネットの力はすごい。現在、マリアさんは静岡、美千代さんは埼玉に在住している。フェイスブックがなければ、私たちが知り合うきっかけなどなかったかもしれない。

私は二人を根岸外国人墓地へ案内した。真夏の墓地は、暑い上にヤブ蚊がすごい。ここは崖に沿った階段状の墓地で、混血の嬰児たちが埋葬されているというポイントは、でこぼこの石段を二階、三階と上がったその奥。

しかし、田村泰治さんはいまから三十五年ほども前、仲尾台中学校の生徒たちとともに、夏休み時期中心でここを調査された。当時はいまよりはるかに雑草が生い茂り、その分、ヤブ蚊の襲来も凄まじかったという。その辛抱強い調査研究に敬意を表するなら、訪れるのは夏だ……と考えたわけではなかったが、なぜかその後も、彼女たちとここへ来るのは、真夏が定番になった。

私のテーマは横浜と混血だ。だから二人に会うまで、正直に言うと本書で沖縄にまで話を拡げるつもりはなかった。が、二人は、自分たちもOCCUPIED JAPANが生み出したGIベイビーだからと言い、遠路はるばる、この墓地の慰霊碑に会うためやってきたのだ。酷暑の中を。

沖縄で生まれた自分が、なぜここへ来ずにいられなかったのか。マリアさんは一気に言葉を溢れさせた。同じことを、彼女はフェイスブックにも書き、沖縄のメディアでもインタビューに答えるかたちで吐露している。

沖縄を撮り続ける女性写真家、石川真生さんと親しくなったことで、彼女の思いや使命感はさらに強くなったようだ。

人の表現方法はさまざまだが、マリアさんの選択は「GIベイビーとして生まれた自分」を力いっぱいオープンにすることだと感じる。ひりひりするような選択である。

美千代さんはまた違った。聞けばなんでも答えてくれる。沖縄でどんな風に生まれ、どんなことがあったか、淡々と話してくれた。かなり凄まじい内容ではあったが、彼女はその過去に決して溺れない。冷静に振り返ることができる強い人で、包容力も大きい。

その後、私はマリアさんの住む静岡へ行き、彼女の運転する車で、彼女の子どもたちと一緒に埼玉の原爆の図丸木美術館へも行った。石川真生さんのトークショーと写真展がここで開催されたのだ。

美千代さんとは、彼女の案内で、短い日程ではあったが沖縄を旅した。

二人と知り合ってから、私が沖縄に関して読んだり観たり聞いたりする範囲は格段に拡がった。が、横浜との関わりに比べたらまだまだ語る資格はない。横浜と米軍基地の問題はほとんど過去のものになったが、沖縄はいま現在も、じつに複雑なかたちでそれが続いている。

だから本書では、二人へのインタビューを紹介させていただくにとどめておく。とはいえ、沖縄の話はきっと横浜でも同様のことがあったに違いないことを彷彿とさせてくれる。貴重な時代の証言である。

interview

比嘉マリア

一九六八年生まれ

介護福祉士

あ、私の書いたものやインタビュー、みんな読んでくださったんですか？　ありがとうございます。いつも息せき切ってるような生き方ですよね。振り返ると自分でも怖くなる（笑）。

沖縄のハーフに生まれて、結婚して離婚して、また結婚して離婚して、子どもは六人。一番上が子どもを産んで、私はおばあちゃんになりました。でもね、孫の顔を見た時は、「こんな幸せがくるなんて!」と、その過去に感謝しました。

過去のすべてが累々と繋がって、あらたな人間がこの世に誕生したのですから。しかも私の孫として!

私のテーマは「沖縄」「ハーフ」そして「家族」。

この三つは、やっかいで、愛おしくて、もうメビウスの輪みたいに終わりがない。沖縄とハーフは私自身。家族の問題は普遍的なもの。何もかも隠さず、後に伝えていこうと決めたのです。だからまず、両親のことから話しますね。

私の母は昭和十七年に生まれました。連合軍が沖縄に上陸して、凄惨きわまりない戦闘が展開されたのがその三年後。祖父はこの時、戦死しました。祖母と、幼児だった母はかろうじて生き残りました。あの小さな島で、人が殺しあったのです。日米あわせて二十万人も死んだのですよ。そのうち九万四千人が民間人。生き残っただけで奇跡でしょ?

その後の混沌と貧困の中で、生きるために祖母は再婚しました。させられたと言ったほうがいいかも。母は幼い頃からあちこちをたらい回しにされ、十二歳で那覇へ子守っ子に出されました。売られたと言うほうが正確かも。本人にはなにも実入りがなく、束縛と隷属を強いられるだけの人身売買的な奉公だったのですから。

そんな時代にも金持ちはいて、母の奉公先はそういう家でした。先輩女中たちは、母を陰湿ないじめの対象にしました。耐えきれなくなった母は、ある晩、泣きながら裸足で、奉公先を飛び出してしまったのです。

母親のところへ行こうにも道がわからず、真っ暗な畑の畦道を歩いていると、現れたのは数人の荒くれ男たち。近くの小屋へ連れていかれ、着物を引き裂かれ、あわやという時、外から「誰かいるのか?」と、男の声が呼びかけました。畑の持ち主が、異変を感じて小屋へやってきたのです。

男たちは逃げ出し、あやういところを助かったのですが、母はそれから、沖縄の男に対して恐怖と嫌悪を抱くようになりました。その反動で、大人になってから付き合うのも米兵になったのでしょう。幼い頃から、食べ物や衣類を与えてくれたのは、キリスト教会のアメリカ人でしたしね。

その時点からどうやって生きてきたのか、母は語りません。私が聞いたのは、米兵と結婚し、アメリカへ渡ったところから。

自家用車、部屋が幾つもある家、オール電化で、巨大な冷蔵庫には食材がぎっしり。あちらの両親もやさしくて、夢のような日々だったそうです。しばらくはね。

ところが彼はベトナム帰りだった。最前線で、相手を殺すしか生き残るすべのない戦闘を体験してきた男。精神の深いところで病んでいたのです。奇行が始まり、母は身の危険を覚えるようになった。それで、お金があるはずもない自分の母親……沖縄にいた私の祖母にね、どうか帰国の旅費を工面してほしいと、必死に頼みました。

祖母は親戚や近所の人にまで頭を下げて旅費を作り、母に送りました。それで母は、ようやく離婚して、日本に帰ることができたのです。

自由の国アメリカは、じつはとても差別の激しい国でもあります。黒人差別のことはよく知られているけど、アジア人でも同じ。米兵と正式結婚して渡米しても、相手が戦争のトラウマを持っていたり、差別にあったりして、幸せではないケースもいっぱいあったのです。

母がリーと出会ったのは二十四歳の時。十九歳のリーは、辺野古のキャンプ・シュワブにいました。ハンサムで、アメリカには結婚を約束した恋人もいました。母はその町の飲食店で働く、きれいで英語ができてダンスの上手な若い女。二人は恋に落ちたのです。

でもリーは、母の妊娠という現実を受け止めるには若すぎた。それとも、彼にとっては異国のアバンチュールに過ぎなかったのか……。

堕胎してくれと懇願する男、絶対に産むという女……折り合いがつかないまま、別れが来ました。赴任期間を終え、リーが帰国したのです。私が生まれる四ヶ月前に。

七歳の時に体験したことを話しますね。ベトナム戦争終結の年？　でもキャンプ・ハンセンのある町、金武町《きんちょう》には、変わらず米兵が溢れていました。私はこの時、母と二人で、この町に住んでいたのです。

Ａサインバーが林立して、まさに不夜城の歓楽街がありました。Ａサインの「Ａ」はAPPROVED（許可済み）の略。米軍公認の店です。

喜屋武《キャン》マリーというロック歌手を知ってます？　水商売の日本女性と米兵との間に生まれたハーフ。彼女はＡサインバーから歌手デビューしたのですが、コザや金武町でライブをして、ちょうどその頃、大人気でしたね。

母と私の住む家は、歓楽街から崖を降りた住宅街。米兵たちは普通、そこへは来ません。だけど、まだ若い女性と幼い娘が、二人っきりでここに住んでいることが、なにかで伝わったのでしょう。ある夜、来てしまったのです。酔っぱらった米兵たちが。

夜中、物音で目を覚ますと、母が必死の形相で電話を掛けていました。鴨居の上の細いガラス部分を見ると、部屋を覗き込んでいる米兵の顔が並んでいました。明らかに酔っぱらっていて、ニヤニヤしています。

母は警察に電話をしていたのですが、なかなか相手が出ない。米兵たちに電話を指さして、「警察を呼んでる！」とアピールして見せるのですが、米兵たちは逆に「ヘ～ルプ！」とおどけておもしろがり、ドンドンと足で戸を蹴る。

窓にはすべて鉄格子がはまってるし、母は毎晩、厳重に戸締まりしてました。とはいえ、大の男たちが本気で蹴れば、ドアなんか簡単に破られてしまう。

「早く隠れて！　早く！」

母は私に向かって叫びました。七歳の子どもでも、容赦なくレイプに遭いますからね。ようやく警察に電話が繋がったと思ったら、相手は「行けない」の一点張り。米軍に対してなんの力も持ってない。接収中の横浜も？　でしょうねえ。そのやりたい放題が、沖縄ではずっと続いていたわけです。

母は受話器を外したまま電話のそばを離れ、家じゅうの電気のコードを引きちぎりました。むき出しになった銅線部分をソケットに入れて通電させ、ドアについているトタンの金属部分にくっつけました。全部で四つあるドアのすべてにその作業をして回ったのです。

外から、「アウチッ」という声やあわてて手を放して転ぶ音が聞こえました。それでも米兵たちは引き上げません。母は激しく警察と交渉していましたが、らちが明かない。

ほんとうに怖かったです。そこへＭＰの車がやってこなかったら、どうなっていたことか……。

母はそんな風にして、命がけで私を護ってくれました。私がもっと幼い頃は、養女にという話が幾つもあったのに、それも一切、受け付けなかった。貧しくても自分で育てたのです。

生まれた時、父が書類にサインしなかったので、私はずっと無国籍でした。母が長いこと裁判を続け、十歳の時、ようやく国籍を取ることができたのです。

でもその強さと、苦労の果ての人間不信が、母をかたくなな人にしてしまいました。私に自我が芽生え、自分の意志で考えたり行動したりするようになると、母は恐ろしく支配的になり、時には激しい暴力で私を束縛し始めたのです。

母は比嘉さんという、真面目でやさしい沖縄男性と結婚しましたが、私に対するやりかたは変わらなかったですね。

私、元の名前は実父の「リー」からとって「リーエ」だったんですよ。それに漢字を当ててはめて「理恵」という名にしてくれたのは継父。実父に会えるよう、後押ししてくれたのも継父なんですよ。

神様みたいなその継父は、仕事先で事故に遭って亡くなりました。彼は私に「母親から逃げなさい。このままでは殺されるかも」と言っていました。その言葉通り、母の執着と暴力は度を増すばかり。それやこれやで、私は沖縄から逃げ出したのです。

沖縄は、本土よりずっとハーフ差別が酷いです。米軍基地の問題は、日本とアメリカ、政府間の問題でしょ？　だけど個人の問題にされてしまう。米兵と付き合うような女が産んだ子、しかも婚外子、日本からもアメリカからも弾き出された子……私のような立場のハーフは、ずっとそういう扱いを受けてきました。

「平和学習」というのがあります。学校で沖縄の歴史や戦争、基地などについて学ぶのです。おびただしい数の人々が、米軍によって殺された。いまも基地があり、米兵による事件が後を絶たない。

それを、半分アメリカ人の私なんかは、なんとも複雑な気持ちで聞かなきゃいけない。指さして「ヤンキー・ゴー・ホーム！」と言われたこともありますよ。

「アメラジアン」という言葉がありますよね。アメリカとアジアをくっつけた言葉です。『大地』を書いたノーベル賞作家、パール・バックが創った言葉です。

親が正式結婚してないから基地のアメリカン・スクールには入れてもらえない。日本の学校でもいじめられる。だから、そういう子どもが入るアメラジアン・スクールというのがあるんです。

私はまあ、「アメラジアン」という言葉自体、少し抵抗がありますねえ。なんだか、そう位置づけられちゃうようで、大きなお世話、という気がしないでもないんです。


実父には十七歳の時、アメリカに行って会いました。同じ沖縄で、父親捜しをしているハーフがいると聞いて、私もやってみることにしたのです。自分の親を知りたい、親にも自分の存在を知ってほしいというのは、人間として当然の感情ですよね。

十七年前、沖縄からアメリカに帰った父は、故国の恋人と結婚し、子どもも持ち、ちゃんとした家庭を営んでいました。母や私のことを内緒にせず、帰国した当時、両親にも恋人にも告白していました。でも彼らを振り捨てて日本に戻る勇気はなかったのでしょう。

でも、私、失敗を犯しました。これまでの思いが溢れて、ストレートに父を問い詰めてしまったのです。私のことをどう考えていたのか、気にならなかったのかと……。

帰国してほどなく、父からは絶縁状ともとれる手紙が来ました。いまの家庭を壊したくない、あなたとのやりとりは負担だから距離を置きたい……と。

アメリカでは、父の両親つまり私の祖父母とも会い、文通もしていたのですが、すっぱりやめました。もういらない、子どもに責任を取らない親なんて自分の中から消してしまおうと。

それから十三年ほどたって、父から連絡が来ました。彼は私に謝るために日本へ来たのです。それでも私は父を赦さなかった。

だけど、自分自身が離婚して、子どもを手放さざるをえない事態になり、ようやく、親だって弱い人間なんだ、どうにもならないほど無力な事態になることがあるんだ、とわかったのです。私は、相手を理解しようとする前に、負担になるほどの愛を求めすぎていたのだと。

父はもう亡くなりました。母は、何度電話をしても、私だとわかると、ガシャンと切ってしまう。母は、遠ざけることで娘を護ろうとしたのかもしれないと、私は思うのです。近づけば、また傷つけてしまう。自分から距離をつくることが、娘にとって一番良いのだと。

そうこうするうちに母は認知症で施設に入り、もう私のこともわからなくなりました。でも、ようやく母が、私のもとに戻ってきたような気もします。母は沖縄だから物理的距離があるけど、私は沖縄の親戚や知り合いに片っ端から連絡をとって、絶えず誰かが母の様子を見てくれるシステムを作りました。みんな、快く引き受けてくれましたよ。

それから、私の長男が、父の家族と付き合うようになりました。アメリカに留学するかもしれません。時の流れって不思議ですよねえ。拒否し、拒否された家族が、いつの間にかちゃんと繫がってる。

沖縄も同じだと思うんです。長い年月をかけて、犠牲を払いながら、粘り強い抵抗を続け、自己を貫いている。生活があるし、しがらみもあるから、本土から来る活動家みたいに声高な抵抗は難しい。だけど静かな抵抗をしぶとく続ける。いつか基地がなくなったら、ちゃんと別の方法で生き抜いていく。

私もね、右往左往し続けてきた沖縄ハーフですが、気が付けば、自分のやるべきことをやっている。これからも、プライドを持ってこのスタンスを続けていきますよ。

interview

森田美千代　一九五四年生まれ

私の母方の祖母は徳之島の裕福な家で生まれました。その分、わがままに育ったらしくて……。嫁いだものの、お金を好きなように使えないのが不満で、実家に戻ってしまったのです。妊娠した身で。

それで生まれたのが私の母。でも、戸籍上は祖母の妹ということになっています。その後、祖母は再婚して十一人の子どもを産むのですが、私の母は実家に置き去りにされました。不憫な子だというわけで、蝶よ花よと育てられ、自分の母親同様、わがままになってしまいました。

ところが、祖母の弟夫婦、つまり、母にとっては叔父、叔母にあたる人によって、まだ十代の頃、別の島へ売られてしまったのです。

年端もいかない女の子を、その子の身内が遊郭のようなところに売る。そんなことが、昔は普通にあったのですよね。もっともその身内は、後から自分の行為をとても悔い、何度も謝っていました。

その後、なにがあったのか、母が言わなかったから私も知らないのですが、ともかく沖縄に出てきて、米軍基地のメイドになります。それから夜の店へ。

そこで、知り合って同棲したのが、コザにある基地の米兵だった私の父。米軍だけど、イギリス人MP（憲兵）だったと聞いてます。名前は、フランクとかフランキーとか……。

母は二十一歳で、私を産みました。結婚する当てもなかったのに出産したのは、混血児を産んだ女性が周囲にけっこういたし、どの子も可愛かったから……という単純な理由だったようです。

父は潔癖性で、私の母は掃除嫌い。喧嘩が絶えなくて、私が三ヶ月になる頃、彼はアメリカに帰ってしまったそうです。

私、ほったらかしだったらしくて、ある日、布団を頭からかぶって息も絶え絶えになってるところを、保険外交員の女性に発見されました。つるさんという女性でした。

働き者で、二階建ての家を持っていて、私を預かると、母に申し出てくれました。だから私は十歳まで、つるさんの家で、つるさんの家族と一緒に育ったのです。

私、無国籍だったんですよ。母が出生届をだしてなかったから。父親不在だし……。

米軍兵士と日本人女性の間に生まれた子は、そういうケースが珍しくなかったのです。で、小学校へ上がる歳になって、国勢調査が来て、戸籍が必要だというので、お寺へ連れていかれて、お寺で「美千代」という名前をつけてもらいました。それまでは「ふじこ」と呼ばれてましたけどね。

そんなこんなで、人より一年遅れで小学校へ入学しました。だけど、その時点で取れたのは仮戸籍だったのです。

中学一年の時、水泳の国体選手に選ばれました。でもその頃はまだ、全国大会のため本土に行くにはパスポートが必要でした。それを取ろうとした時、自分にちゃんとした戸籍がないことを初めて知りました。

申告すれば、これまでみたいな仮戸籍じゃなくて、ちゃんとした戸籍が取得できることを知ったのは、十五歳の時。

私が生まれた病院へ母を引っ張って行って、出生証明書をもらい、家庭裁判所へ行き、ようやく母の戸籍に入りました。自立戸籍を勧められたのですが、まだ子どもだし、そんなことを言われても、よくわかりませんよね。

母は一度も家裁に来ませんでした。こういうごたごたのせいで、国体に出るチャンスも逃しました。先生がものすごく残念がってくれたのを覚えています。自分の養子にしようかとまで、考えてくれたみたいで。でも当然ながら、家族の反対にあって、その話は消えました。

十五歳でパスポートを申請して、取れたのは十六歳か、十七歳の時でしたね。

話はもっと小さい頃に戻りますが、つるさんのところを出て、他に二ヶ所、預けられたところがありました。でも、どちらでも性的虐待を受けそうになって、祖母のところへ逃げて行きました。

だけどね、悪いことばかりじゃなかったんですよ。預けられた先の家に、同年代のミチコという女の子がいました。姉妹のような親友になったのです。

ミチコの母がアメリカ人と再婚して、家族でテキサスへ行くことになりました。ミチコも、ミチコの両親も、私を一緒に連れていきたがったのです。だけど戸籍上の家族じゃないから、手続き上の問題があって、それはできなかった。

ミチコのパパは、その後もずっと私のことを「日本に置いてきた娘」と言って、気にかけてくれていたそうです。それを聞いただけでも、心が温かくなりますよね。

ミチコも後に、アメリカで私の父のことを調べてくれました。でも、とことん突き止めようとするとお金がかかるので、私が途中で止めたのです。

母と暮らしたのは二年間くらいでしょうかねえ。彼女は食事も作らない、洗濯もしない、傘も買ってくれないから、雨が降ったら学校へ行けない。保護者とはとても言えませんでした。

でも、母とは父親違いの叔母がアメリカ人と付き合っていて、向こうで暮らしてたことがあったんです。叔母はね、一時は彼と結婚して、私を養女にしようと思ったようです。だけど結局、実現せず、叔母もアメリカ人の彼と別れてしまいました。

学校ではいじめられましたね。混血だったし、親もいないに等しかったから。

私もまた、すぐに泣くような子だったら可愛げがあったかもしれないけど、気が強かったから、いじめに抵抗したんです。だからエスカレートしましたね。両手両足を、みんなに押さえつけられて殴られたりとか。

子ども心に生きるのがいやになって、家にあったアスピリンを全部服《の》んで……。だけど死なずに目が覚めちゃいました。母がじろりと私を見て、

「いつまで寝てるつもり？」

三日三晩、眠り続けてたんです。母は医者も呼ばなかった。

その時はコザにいたのですが、アメリカへ行くミチコが、徳之島にいる親戚のところへ挨拶に行くから一緒に行かないかと誘ってくれて。

その親戚というのが化粧品店をやっていたので、私は中学を出ると徳之島へ行って、祖母の家に住み、化粧品店に就職しました。その時、祖母にいろいろ話を聞いて、彼女には十一人も子どもがいたことを初めて知りました。

十七歳の時、親戚の紹介で大阪の明石へ行きました。富士通の工場に就職したのです。だけど、この先どうなるんだろう、という不安がいつもありましたね。学歴もないし、バックボーンとなる家庭もないわけですから。

そんな時でした。母が事件を起こしたのは。

黒人の米兵に失恋して、ガス自殺未遂。ガスが爆発して、母は大火傷を負いました。

その時、富士通で仲良くなった友達が、きっぱりと言ったのです。

「ここから逃げよう。逃げなきゃ、駄目になるよ」

二人で東京へ出ました。なんとかして手に職を付け、この先も自活できるようになろうと決心していました。週刊誌で求人していた縫製会社に、拝むようにして雇ってもらい、縫製の学校へも通わせてもらいました。

私は縫製の店を持ちたくて、夜はスナックでアルバイト。必死で百万円貯めたのです。だけどB型肝炎にかかっていることがわかり、体が続きませんでした。

結婚したのは二十四歳の時。アルバイトをしていたスナックの客で、五歳年上の左官職人。彼の父親も左官職人でしたから、私は結婚前に三ヶ月間、彼の家に住み込んで、「職人の女房」としてのノウハウをたたき込まれました。

結婚するまで、私が寝るのは両親の部屋。姑はとくに厳しかったけど、耐えましたね。母は結婚式に出てくれましたが、にこりともしませんでした。

結婚後、双子が生まれました。二卵性で男の子と女の子。子どもはこれで終わりにします、と婚家の両親には約束したのですが、七年後、女の子が生まれました。もちろん、欲しくて産んだのですよ。間違ってできた、ということにして……。

いまは、孫も五人できて、幸せです。家族はいくらでも欲しいし、家族の世話をするのは、ちっとも苦にならない。

「戦争をしないようにできるのは、反戦運動ではなく、平和運動だ」という言葉が好きです。

戦争反対、と旗を振るのも大事だけど、個人がそれぞれの家族を愛し、平和に生きることを心がけることこそ、国家や地球といった大きな規模の平和に繋がるのだと、私は信じています。

第八章　逐《お》われた女たち

「ちょんの間」街

二〇一〇年二月、タイのチェンライ、チェンマイに一週間の旅をした。あるＮＰＯ法人が主催したスタディツアーだったが、参加者は私を含めてたったの二人。テーマが、日本の性産業で働いていた女性たち、さらにタイ女性と日本人との間に生まれた子どもたちの施設を訪ねる、という、かなり特殊なものだったからだろう。

わたしではないもう一人の参加者は、前にもこうしたスタディツアーで訪タイしたという女子大生。コーディネーターとしてＮＰＯのメンバーが二人参加して、計四人という、じつにこぢんまりしたツアーだった。

なぜこれに参加したかというと、私の住まいのすぐ近くに、タイ人女性が多いという全国有数の「ちょんの間」街があったからである。

京浜急行日ノ出町駅近くから黄金町駅にかけての高架下。大岡川に沿ったその一帯に、小さな二階建ての家がみっしりと並んでいる。一階がカウンターだけのスナック。二階が四畳くらいの個室。「ちょんの間」とは、そこで行われる十五分から三十分くらいの短い売買春のことだ。時間が短いから料金も安い。俗に「黄金町」と呼ばれ、全国的に有名な場所だった。最盛期、店の数は二百五十軒ほどもあった。

売春街としての歴史は終戦直後から始まっている。遊郭のあった南区真金町は赤線地帯だったが、こちらは青線地帯。いわゆる私娼窟だった。昭和三十八年（一九六三）に公開された黒澤明監督の映画「天国と地獄」にも「魔窟」として登場する。

薄暗い路地に、売春婦、麻薬中毒患者などがひしめいているシーンは、ホラー映画さながらに恐ろしい。しかし当時の黄金町を知る人は、まさにあのとおりだったと口を揃える。

この町は大岡川に沿っている。当時は川にハシケ（だるま船）がひしめいていた。その船で家族ともども暮らしている水上生活者も多くいた。吉田新田エリアを挟んで逆の側にある中村川にも、ハシケは多かった。まだこの頃、横浜港には大きな貨物船が着岸できなかった。もちろんいまのようなクレーンもない。貨物船から岸壁まで、ハシケで荷を運び、その先は荷役と呼ばれる労働者たちが荷下ろしして倉庫やトラックへと運ぶ。

横浜には日本三大ドヤ街のひとつと呼ばれる寿町がある。が、中村川沿いには、寿町より早くから簡易宿泊所が建ち並んでいた。昭和三十年代の日本はまだ貧しかったが、港湾はベトナム戦争の米軍で賑わっているし、埋立や市街地建設などで、横浜には仕事がいくらでもあった。全国から日雇い労働者が集まり、簡易宿泊所やハシケを使った水上ホテルなどに長期滞在をしていたのだ。

水上生活者には住所がない。船には電気もガスも水道も、もちろん電話もない。灯りはランプで煮炊きは炭火。水は大岡川の岸にある湧き水から得ていたのだろう。

学校へ行っていない子も少なくなかった。ハシケは基本、運送業だ。物を運ぶため沖へ出る。その間、子どもたちは陸に置いていかれ、野宿、ということも珍しくはなかったようだ。その子たちのために伊藤伝《つたえ》というクリスチャンの教育者が、「日本水上小学校」を開設していた時期もあった。

大岡川の衛生状態は最悪だった。現在、舗道になっている川岸には、バラックが川に張り出すかたちでびっしりと並んでいた。そのバラックやハシケから、ゴミや汚物が川に捨てられる。このあたりはヒロポンと呼ばれた覚醒剤のメッカだったから、使い古しの注射器どころか、ふらふらになった中毒者、酔っぱらいなども落ちてくる。ぶくぶくとメタンガスが噴き出すような川だった。

昭和三十年代の半ばに、黄金町で覚醒剤を売っていたという人から、当時の話を聞かせてもらったことがある。Uさんというその男性は一九四〇年（昭和十五）生まれだというから二十歳の頃だったようだ。

横浜へ行けばなにかしら仕事があるはずだと、地方から出てきた。そして気が付いたら、危険だが日雇い労務者より楽に金が入りそうな覚醒剤に手を染めていた。日本はまだ、貧しい灰色の国だったが、横浜という大都会は血の色に輝いていた。

朝鮮戦争からベトナム戦争へと続く戦争介入で、米軍にとって横浜港は重要基点。港に近い横浜中心地あたりは、明日の命よりいまこの瞬間の快楽を、女、博打、クスリに求めるしかない米兵や日雇い労務者たちが彷徨していた。

「真金町の遊郭が昭和三十三年の赤線廃止でなくなったから、行き場のない女たちが、あの周辺で立ちんぼ（街娼）をやってました。私の客はそういう女たちでした。日雇いの男たちと一緒にハシケに乗り込んで、沖の船にいる船員相手に売春している女たちもいましたね。日ノ出町あたりに、そういう女たちの休憩所があったのです。ええ、六畳くらいの。彼女たちはそこへ自分の茶碗を持って覚醒剤を買いに来るのです」

水に溶かして一升瓶に入れた覚醒剤を、一回分、二回分と、その茶碗に注ぐ。それを首や足などの静脈に注射する。首などは自分で打てないから、誰かにやってもらう。ずいぶんと乱暴なやりかただ。事故も多かっただろう。

「覚醒剤は、当時、あのあたりを仕切っていた稲川会から買いました。純度の悪いものだと、打ったとたん体に震えがきて、救急車を呼ぶ羽目になります。パケって、わかりますか？　白い紙で粉薬みたいに包んだ覚醒剤です。あれも売りました。中身は重曹。そう、偽物も売ったのです、そうやって」

使いまわしの注射器で、C型肝炎などに感染した者も数知れない。

「注射針を皮膚に差し込んでポンプを引くと、血が注射器のほうに吸い込まれます。それをまた押し出すと、覚醒剤の効き目がよくなる、なんていうことも覚えました」

おとり捜査官が潜入してくることもよくあった。

「だけど、こっちも慣れてるから見破る。肩なんかいからせて、さも、俺はヤクザだ、という態《てい》でやってきたり、田舎者の振りをしてみたり、妙に人懐っこくて饒舌だったりね。そのくせ目つきが鋭いもんだからばれるんですよ。新聞記者なんかも同じです。日雇いを装っていても、手を見ると妙にきれいだったりとかね」

捕まったことはなかったのだろうか。

「危なかったことはありますよ。クスリを欲しいという客が、取引するから町田まで一緒に行ってくれ、と言うんです。タクシーで連れていくからと。で、いい金になるかと思ってオーケーしたものの、ふと、いやな気がしたんですね。だけどもう断れない状況になっていた。喫茶店で会っていたから、さりげなくトイレに行って、クスリをそこに隠しました。

その客が呼んだタクシーに乗ると、いよいよ勘が当たったことを確信しました。客がね、やたらといろんなことを訊いてくるんですよ。どこで仕入れるのか、誰が仕切ってるのか、とかね。で、運転手の写真を見たら、ドライバーとまるで別人。案の定、町田に着いたとたん、周りを警察官や刑事に取り囲まれて警察署に。客はまだ覚醒剤常習者の演技を続けていて、すみません、もうやりません、なんて刑事たちに謝ってる。刑事たちは彼をわざとらしい大声で怒鳴ってる」

そこで、Uさんは思わず言った。

「いいかげんにしてくださいよ。あの人もドライバーも刑事でしょ。俺はなにもしてませんからね」

すると怒鳴り返された。

「じゃあ、なんでおまえは町田くんだりまで来たんだ！」

「ちょうどね、近々、町田に行きたいと思ってたんですよ。タクシーに乗せてくれるっていうから、そりゃ、ありがたいと思って」

Uさんのポケットからは注射器のキャップが出てきた。しかし、いまのように尿検査はなかったのだという。

「キャップだけでは証拠になりません。だから警察は、私を逮捕することができませんでした」

とつとつとそう話すUさんは、車椅子だ。痩せて、頬もそげている。話を聞いた場所は横浜市の某区役所内だった。さまざまな病気を抱えている彼は、「過去の罪滅ぼし」として、覚醒剤の恐ろしさを語るボランティアを続けていた。

四十九歳、スカウトされる

米軍が引き上げ、高度経済成長期に入って港湾設備も充実してくると、川岸のバラックもハシケも撤去された。しかし、黄金町の「ちょんの間」街は増幅していった。日本におけるエイズの第一号患者も、昭和六十年（一九八五）、この町から出た。

一九九六年、私は大岡川の対岸から、ここを何度も眺めていた。末期癌の夫が、ここからそう遠くない病院に入院していた。ほぼ毎日、当時の住まいがあった緑区から、片道一時間かけて通っていた。

完全介護ではなかったので、大きな紙袋に洗濯物を詰め、寄り道をする元気もなく、まっすぐ自宅に帰っていた。それでも、夕暮れともなると軒先に濃いピンクの明かりが灯るこの川岸が気になり、ときおり、ぼうっと見入らずにはいられなかったのだ。

「ちょんの間」街の対岸には、とても目立つ大きなラブホテルがある。隣にはキリスト教の教会があり、庭に美しいマリア像が立っていた。川を挟んで、マリアとマグダラのマリアが並んでいるようで、いつも不思議な気分になった。

秋のある日、一大決心をして橋を渡った。その勢いでガード下に入った。もちろん昼間だ。

二十四時間営業とはいえ、さすがに夜、ここを歩く勇気はない。

以前、男性と二人で夜の大阪を歩いていて、不思議なところに迷い込んでしまったことがある。同じような家が建ち並んでおり、玄関がすべて大きく開かれている。玄関先には年配の女性と若い女性らしき人影が、誰かを待つかのように正座している。

大阪屈指の遊郭、飛田だ、と気づいた時は遅かった。どこからともなく、「あんたなんかの来るとこじゃないよ！ さっさと出ていけ！」という怒号が飛んできた。

それはそうだ。カップルでのんきに観光しに来るところではない。私たちは必死で別の道に出る路地を探し、走って逃げた。その時の恐怖を思い出し、せめて昼間ならなんとかなるかと思ったのだ。

ありがたいことに人通りは少なかった。飛田遊郭よりはるかに狭い路地を、私はさも、たまたまここを通りかかった者ですよ、だから、どんなところかなんて知らないし、なにも気が付いてないですよ、といった風を装いながら歩いた。

数人の男とすれ違った。私も男たちもさりげなく眼を逸らす。お互い、目的の相手ではないことがわかっている。道の両側に並んだバラックの多くは、ドアが開いていた。足を止めずにちらりと横目で中を窺う。カウンターに女性が座っている。が、私を見るとすぐに顔を背ける。

ドアの前に佇んでいる女性もいた。やはり私に気づくと、すっと中へ入ってしまう。ここでの私は、女性にとっても男性にとっても招かれざる人間だった。

不思議と、怖いという気持ちはなかった。飛田では怒声を浴びせられたが、基本的にこういうところの人たちは、暴力団であれ女性たちであれ、よけいな騒ぎを避ける。警察沙汰にでもなったら、困るのは自分たちだ。もともと違法な商売をしているのだから。

それをいいことに、私は侵入している。恐怖はなかったが罪悪感にかられていた。人が見られたくないところを、私は覗き見しているのだ。

「ねえ、奥さん」

いきなり、背後から声を掛けられた。振り向くと、中肉中背でシンプルなセーターとスパッツの女性が立っていた。年齢は三十代後半から四十代半ばくらいだろうか。整った瓜実顔《うりざね》は素顔に近い薄化粧だ。風俗女性には見えないが、そのあたりの主婦ともどこか違う。

彼女は私に近寄り、静かに言った。

「奥さん、仕事、捜してるんだったらあるわよ」

一瞬、なにを言われているのかわからず、返答に困った。からかいでも嫌味でもない。彼女が本気でそう言っていることはわかった。「言っている」というより「言ってくれている」のだと、その親身な表情から察することができた。

そういえば私は、いろんな意味合いで切羽詰まった様子だったかもしれない。タブーの場所に足を踏み入れたという緊張感も隠しきれなかっただろうし、夫の病気で心身ともに疲弊していた。夫は日に日に痩せていったが、同時に私も、疲労で胃が食べ物を受け付けなくなり、ついに倒れて検査を受けたら栄養失調だと言われる始末。病院代がかかる上に仕事ができる状態でもなかったので、当然、経済状況も悪化の一途を辿っていた。それがすべて、外見に出ていたのだろう。

「だけど、あの……」

ようやく声が出た。

「私、四十九歳なんです」

彼女は表情を変えなかった。

「あなた、ここはねえ、七十歳になっても働けるのよ」

「……ありがとうございます」

それしか言えなかった。あとは「また今度……」とかなんとかごまかして頭を下げ、向きを変えた。そのまま足早に川岸へ出たのだが、そこで自分を叱りつけた。なんで逃げるの、わざわざ向こうから声を掛けてくれたというのに！

渾身の力で自分を励まし、またガード下へとって返した。さっきちらりと見た彼女の店へ行き、名刺を出し、物書きであることを告げた。そして、この町のことを聞かせていただけないかと頼んだ。

「いいわよ」

驚いた表情はほんの一瞬で、彼女はあっさりと頷いた。そして数日後、同じくらいの時間に、彼女の店をあらためて訪れた。

他の店と同様、そこも一階はカウンターだけの小さなスナック風になっていた。棚にはウイスキーのボトルが並べられている。

「一応ね。飲食店ということになってるから。たまに一杯飲む人もいるし」

そう言いながら、彼女はウーロン茶をコップに注いでくれた。そして私に問われるまま、生い立ちを語ってくれた。名前を凜子さんとしておこう。男前、とでも言いたいような、凜とした女性だったから。

ものごころついた時には、横浜のドヤ街である寿町で、父親、弟と一緒にいた。母親の記憶はなぜかない。父親は飲んだくれで、姉弟は学校へもろくに行けなかった。食べるものも自分で得なければならなかった。夜、伊勢佐木町や福富町へ花売りに行った。おなかがすいて、人が吐き出したチューインガムまで拾い、洗って食べた。

十七歳で結婚して、すぐ男の子が生まれた。相手の男はヤクザだった。そういう相手としか付き合えない環境だった。

父親と同じく、家族を養うことのできない男。なんとか離婚した後、もう二度と男に頼るまいと決心し、水商売に入り、やがてこの店を借り、必死でお金を貯めた。そして家を買った。老いた父親と高校生の息子と一緒に暮らすために。

「家を買うというのが、私の人生の大きな目標だったの。なにせ、狭い簡易宿泊所で育ったからね。その目標を達成した時は、ほんとうに嬉しかったし、誇らしかった。小さくても、自分で買った家は私の誇りなのよ」

息子には、スナックをやっているということしか言ってない。でも息子も男だし、インターネットも見る。黄金町という場所からして、ただのスナックではないということを知っているかもしれない。なにも聞かないし、言わないけど。

自分自身の生い立ちを思い出し、私は不覚にも涙ぐんでしまったが、彼女は同情を引くでなし、開き直るでなし、淡々と語った。どうしてここを取材したいのかとか、どこに書くのかとか、彼女は一言も訊かなかった。訊かれたから答えるというその自然体に私は圧倒された。

話を聞いている最中に、中年の男性が入ってきた。すると彼女は立ち上がり、男性を外へ呼んで短くなにか伝えた。男性は頷いて去った。

「ごめんなさい。お仕事の邪魔をしちゃって。もう帰ったほうがいいね」

私はあわてて言った。

彼女は「大丈夫」と頷き、なんでもなさそうに言った。

「後でまた来るから。おしっこ飲む人なのよ、あの人」

そういう性癖がある客だということらしい。

ずっと後になって、この町によく通ったという男性から話を聞く機会が何度かあった。

「あそこの女たちは自由だよ。稼いで、楽しんでかなり儲けてるから」

買春をする男たちは、そう思いたいのだろう。そう思わないと少々うしろめたいのかもしれない。ここの女たちがどんな思いで男たちの相手をしていたのか、誰にもわからない。けれども相当な覚悟とプロ意識が必要であることだけは確かだと思う。

それからしばらく後、マスコミ関係からツテが見つかり、今度は知人と一緒に、客として別の店へ行った。凜子さんは私に「ここは七十になっても働けるから」と言ったが、この店のママさんは六十代も後半に見える。それでもふっくらしていれば、それなりの母性的魅力もあるだろうが、残念ながら骨ばった体形だった。若い頃は美人だったかも、という面影もない。

「若い女の子を使ってる店もあるけどね。あたしは自分で稼ぐほうが好き」

濃いアイシャドーの細い目に得意そうな笑みを走らせ、彼女は言った。

「工夫があるのよ、ちゃんと」

そう言って、彼女は私たちを二階に誘った。どの店も同じだろうが、三、四畳の小部屋である。そこへ上がって覗いたとたん、鳥肌がたった。四方の壁にびっしりと、男と女が絡み合う、いわゆるエロ写真が貼られていた。男はこれでやもたてもたまらなくなり、実際の相手が年をとっていようがどんなご面相だろうが、その気になるのだという。

階下へ降りて、私たちに飲み物を出しながら、彼女は楽しそうに話をつづけた。

「あたしなんかさあ、この歳だし、常連になろうって客はあんまりいないのよ。誰でもいいから出すもの出しちゃいたい、とか、目当ての女がつかまらなかったとかさ、そういうのが入ってくるの。だけどこっちは、カモをちゃんと確保しないと食べていけないんだからね。客が脱いだ上着の中から、こっそり名刺とか免許証とか抜き出して、これ、サービスよって、ビールかなんか飲ませといてさ、会社の名前や家の住所、電話番号なんかをメモしとくの。で、何日かたってから電話を掛けて、来てくれないと、会社とか自宅とかに行っちゃうからって脅すのよ」

けらけらと笑いながら、彼女は言った。ぞっとしながらも苦笑するしかなかった。

またこの頃、ベテランの風俗ライターであるH氏に、黄金町のすぐ近くにある大通り公園へ案内してもらったことがある。中区、南区を貫いて東西に細長く伸びた公園だ。下を横浜市営地下鉄ブルーラインが通っている。地下鉄の駅で言えば、関内、伊勢佐木長者町、阪東橋の間である。

私たちは黄金町の「ちょんの間」街から大岡川を渡り、伊勢佐木町、国道16号線を横切って、大通り公園の脇に出た。H氏はそこで足を止め、公園の木立を見るよう、私を促した。

夜である。でも、そんなに遅い時間ではなかった。暗がりに目を慣らすために数秒。あまり密生していない木立の中に、人の姿が浮かんできた。なぜここに、こんなに何人もの人が、ゆらゆらと動いているのか。しかも女性ばかり。なぜか白人も混じって……わけがわからなかった。

そこへ不意に、男性の姿が現れた。三十代くらいだろうか。彼はスーパーのレジ袋のようなものを持ち、女性たちの間をゆっくりと移動している。女性たちはその袋に、なにかを入れているようだ。

男性の視線が、ふと、こちらに向いた。間髪を入れず、H氏が私の腕をぐいっと引き、体の向きを変えさせた。そのまま公園から遠ざかる。

「わかるでしょ、あれ。このあたりで体を売ってる女と、危険から身を守ってやる代わりにアガリをかすめてる暴力団の男」

H氏には風俗業のあれこれをずいぶんリアルに見せていただいた。そのつど驚きはあったが、夢か現《うつつ》かという光景を見たこの時ほど、衝撃を受けたことはない。

その後、私は黄金町から遠のいた。怖かったからではない。夫の死、その後始末、そして初めてのノンフィクションに取り掛かるなど、プライベートも仕事も、大きな転機に突入したからである。

後から知ったのだが、この頃から、黄金町には大量の外国人女性が流入してきた。彼女たちは若い。客はおのずとそちらに流れる。この町に残った日本人女性は、大岡川の対岸にある福富町、曙町といった歓楽街では雇ってもらえないような年増が多かったと聞く。当然ながら、若い方が値段は高かった。

また、京急の高架補修工事で、高架下にあった店舗が立ち退きを余儀なくされた。それで

「ちょんの間」が少なくなったわけではなく、周辺に散らばったことで逆に拡大した。ここと横浜の官庁街である関内の間には野毛がある。野毛は戦後、闇市として賑わった町だが、大衆的な飲み屋街へと移行した。しかし、黄金町、日ノ出町、初音町あたりは、取り残されるどころか時代に逆行したかのようだった。

二〇〇三年（平成十五）、ついに地元有志が結束し、初黄《はつこう》・日ノ出町環境浄化推進協議会が発足した。その中心的存在だった小林光政さんに話を伺ったことがある。

「黄金町、初音町、日ノ出町に売春窟が拡がると、シャッターが閉じたままという一般の店が続出しました。普通の人が近寄らないからです。諦めて他所へ越していく人もいました。観光バスがわざわざ『このあたりが麻薬で有名な町です』なんてガイドするものだから、子どもがいじめられる事態にまでなったのです」

「町の四重苦」と言われるものがあった。売春、暴力団、オウム真理教の事務所、中国人経営の日本語学校。日本語学校は「学校」とは名ばかりで、中国から送られてくる人間を引き受け、売春などに送り込む役目。宿泊所まであった。

警察の手入れはこれまで何度もあった。しかしいつも、いたちごっこに終わった。だが地元が一致団結して立ち上がったおかげで、横浜市だけではなく、神奈川県、いや、国をも巻き込んだ大掛かりな掃討作戦へと進んだ。

タイミングも良かった。この年、国は全国十一ヶ所の歓楽街対策に乗り出した。ただの歓楽街ではなく、暴力団の大きな資金源になっている場所だ。そこに黄金町も組み込まれた。

バイバイ作戦

当時の新聞記事などから黄金町に関する記事を拾っていくと、「バイバイ作戦」と名付けられたこの大摘発の経緯がわかる。名称の由来は売買春に「さよなら」する、ということだという。

二〇〇二年（平成十四）、横浜市の中田宏市長と神奈川県警の末綱隆本部長が、横浜西口繁華街、中区伊勢佐木町のイセザキモール、曙町、日ノ出町などを視察。この年はサッカーのワールドカップ決勝戦が横浜国際総合競技場（日産スタジアム）で開催されている。

二〇〇三年（平成十五）一月、神奈川県警が日ノ出町から黄金町にかけての通称「ガード下」のパトロールを強化。同年八月には、松沢成文県知事と神奈川県警・末綱隆本部長が伊勢佐木町周辺の繁華街を、日本ガーディアン・エンジェルス横浜支部員、地元企業有志のボランティア・パトロール隊員など三十人とともに視察。

約千九百もの風俗関連店舗が密集し、違法ファッションヘルス店、外国人女性の客引きなどがあとを絶たない実状に耳を傾けた知事は、「ここまで酷いのかと絶望した。治安対策の必要をつくづく感じた」という感想を述べている。

同年九月、黄金町の一角に建設される予定の鉄筋三階建てビルに、県警がストップをかけた。横浜市がすでに建築確認済証を出していたこのビルは、約七畳（十二平米）の小部屋が七十二室。一室千数百万円で売り出される。場所が場所だけに売春ビルになるに違いないと県警は判断したのだ。

しかし横浜市としては、建ってからの用途はともかくとして、建築関連の法さえクリアしていれば、確認済証を出さざるを得ない。県警はこれに対して、「ビルが建ったとしてもあらゆる法令を適用して犯罪行為を取り締まる」と強調した。これまでは、警察は風俗店とつるんでいるのでは、と陰口を叩かれることさえあったのだが、本気で取り組む姿勢を明言したのだ。

二〇〇四年（平成十六）、中区から国へ「売春防止法の罰則強化・不法滞在者の取締り強化」という要望が提出された。中田市長が法務省へ出向き、時の法務大臣、野沢太三に要望書を手渡す写真が新聞に掲載されている。

同年十一月、警察庁の漆間巌長官が、末綱氏のあとを継いだ伊藤茂男神奈川県警本部長とともに黄金町ガード下などの横浜歓楽街を視察。伊藤県警本部長は翌月の記者会見で「全部撤去していく。（横浜の）署長は全般的におとなしい感じがした。犯罪組織に警察がなめられているのではないか。開港百五十年を控えた国際都市が、あれでいいというのであれば恥ずかしい」という強い発言をしている。

二〇〇五年（平成十七）、神奈川県警が「歓楽街総合対策バイバイ作戦推進本部」を設置し

黄金町地
浄化対策
売春飲食店を撲滅し
明るく住み良い街に！
24
上空注意

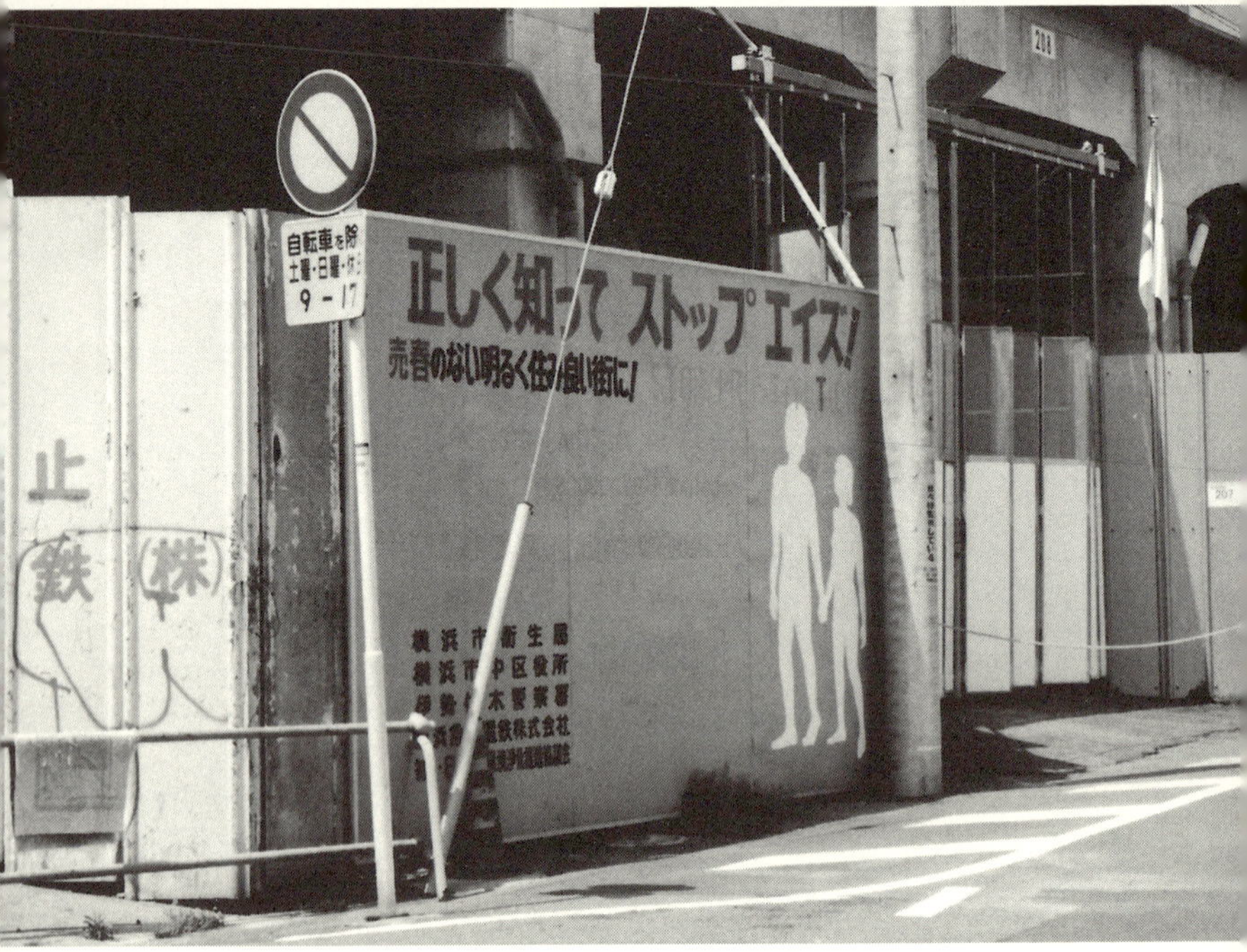
自転車を除
土曜・日曜・休日
9 − 17
正しく知って ストップ エイズ！
売春のない明るく住み良い街に！
横浜市衛生局
横浜市中区役所
止
鉄（株）

バイバイ作戦の頃の黄金町（2005 年、撮影・山岸丈二）

た。約百人の署員を投じ、年明け早々、バイバイ作戦がスタートした。対象は黄金町を中心とした大岡川沿いの非合法歓楽街。二十四時間態勢で制服警官を配置し、あらゆる法令を駆使して職務質問を掛ける。

その効果は凄まじく、二百五十軒の店舗、約五百人の女たち、日ごと夜ごと客が絶えなかった町が、一週間でゴーストタウンのように静まり返ったのである。

簡単じゃないか、と思われるかもしれないが、そんなことはない。警察がちょっと引くや否や、すぐ元に戻ることがわかっている。「二〇〇九年の開港百五十年までに、最後の一灯まで消す」という県警の本気は、開始から数年にわたって続いた。

私が再び黄金町と縁ができたのも、ちょうどこの年だった。緑区の戸建に住んでいたのだが、南区のマンションに越した。最寄り駅が京急黄金町だったのだ。

「ちょんの間」だった二階建ての家々は、そのままの外観で連なっていた。看板も赤や青のひさしも、まだ残っていた。九年前と異なるのは、ガード下と「ちょんの間」の間の細い道を、昼でも夜でも堂々と歩けることだ。といっても、ほとんど人は歩いていない。そこここに制服警官が立っているだけ。

凜子さんの店も、その後に行ったエロ写真満載の店も、もはや閉店になっていた。何度もそこを歩きながら、ここがどういう場所だったのか、いまなにが起きているのか、これからどうなろうとしているのか、地元民としてちゃんと知っておきたいと思った。

それから数年にわたり、機会あるごとにいろんな人の話を聞いた。ありがたいことに誰もが、驚くほど好意的に応じてくれた。市役所、区役所の担当者、伊勢佐木署の署長、生活安全課の刑事、県警本部長、浄化作戦の中心となった町の人々、「ちょんの間」を営んでいた女性、合法のバーを、「ちょんの間」だった建物で営業している人、昔この町で覚醒剤を売っていた人などなど。

誰もがこの町の大きな変化に接し、さまざまな意味合いでハイになっていた。

「黄金町」の声を集めて

バイバイ作戦開始から五年たった二〇一〇年の時点で、まだ営業している店は数軒あった。摘発は免れたが、客が来なくなった町でこれ以上、店を開けていても赤字になるだけだろう。どこも閉店は目前という状況だった。「P」もそういう店の一軒だった。

手入れを受けませんでした？　大丈夫でした？　と、率直に訊いてみると、憤懣《ふんまん》やるかたない、という声が返ってきた。

「言いたいことは山ほどあるわよ！」

ママは小太りで五十九歳。申し訳ないが年齢よりかなり老けて見える。カウンターには、同年齢くらいの痩せた女性が入っていた。手伝ってもらっている友達だという。

「警察も協議会もＮＰＯも嫌い！　大嫌い！　警察なんか、あんた、ガサ入れするぞ！　ぶちこむぞ！　とかさ、始めっから脅しまくるんだから。見てのとおり、ただの飲み屋よ。真面目な飲み屋でしょ？」

だけど、しょっぴかれたと憤る。

「ビールを客のグラスに注いだの。お酒出す店だもん、やるじゃない、それくらいのサービスは。ところがさ、その客がオトリの刑事なのよ。風俗営業の許可を取ってないのに接客したって、そんな理由でしょっぴかれたのよ。あと、おしぼりを拡げて渡したとかさ。なんなのさ、これ。弱い者いじめだよ、警察は！」

アルコールに強くない私はウーロン茶にしたが、頼みもしないのに突き出し風のものが次々と出てくる。ママの言い分は同じことの繰り返しだったが、私はお勘定が心配になった。ありがたいことに、ウーロン茶一杯と五種類くらい出てきた突き出しで千五百円だった。

だが、これはこの時期だったからだと、後でわかった。摘発を担当した伊勢佐木署生活安全課のＫ氏が、苦笑しながら言った。

「行ったんですか、あの店へ。で、まだそんなことを言ってるんですか、あのママは。たまま、いまは若い女の子を使ってないだけで、前はもちろん『ちょんの間』だったのですよ」

ほうっておけば「ちょんの間」に戻りかねない店は、すべてなんらかの理由をつけて摘発する。それがバイバイ作戦の方針だった。黄金町に詳しい人に聞いたところによると、この店はもはや「ちょんの間」をやっていなかったにしろ、知る人ぞ知る「ぼったくりバー」だったという。ビール一杯で三万円ということもあったらしい。

生活安全課のK氏は、十一年間、ここの摘発に関わってきた。

「京急ガード下の店が、高架下整備で追われ、周辺に散らばったのが平成十年から十一年にかけて。その前からね、工事を見越した業者が、地主から、一千万円くらいで買うわけですよ、狭い土地を。当時の価格でね。地主とすれば、こんな土地、売れないと思ってたから大喜びで売却しますよ。買った業者はそこにバラックを建て、二千万くらいで売るのです。人通りの多いところだと二千五百万くらいかな。

そこに、いわゆる『ちょんの間』ができて、一軒のバラックに、何人もの経営者がついたのです。営業時間は二十四時間。そこを時間割で数人のオーナーが仕切るわけですね。

暴力団は直接、経営に関わっていません。大家—経営者—女という構図です。直接、客をとる女性から、一人の客につき千円から二千円のアガリを取る。リスクの大きい仕事ですからね、女性はいざという時、身を護ってもらうために暴力団と繋がらざるをえない。暴力団にしてみれば、女性が多いだけに莫大な収入になるわけです。そして、収入が増えると、それだけ暴力団の力が大きくなるということです。金は経営者が割合で取るケースもありますね。売れっ子の女性だと経営者三分、女性七分。売れない女性だと五分五分だったりもします」

経営者は一日一万円くらいで女性に場所を貸す。五人いれば月百五十万円くらいになる。そこから大家に月五十万から六十万円くらいの家賃を払う。しかし公には、月十万から十五万円の家賃ということになっていて、偽の賃貸契約書や領収書が発行されていたという。

経営者のネットワークは強く、気に入らない女性をこの町から締め出すこともある。逆に女性のほうが、気に入らないと別のネットワークに移り、別の経営者の下で働くこともある。

当然ながら、そこをめぐってトラブルが起き、凄惨な事件へと発展することも多々あるのだが、それについては後述する。

それにしても、これだけ大きな無法地帯になるまで、なぜ警察は手をつかねていたのか。

「何度も手入れはやってきましたよ。ただ、売買春で摘発するのは非常に難しいのです。売春防止法って赤線禁止の時から変わってないんですよ。男女ともに、性行為に金銭が介在したとしてもそれは罪にはならない。摘発できるのは管理売春です。公道で通行人を買春に誘う行為も勧誘罪とか周旋罪になります。周旋罪なら二年以下の懲役または五万円以下の罰金ですね」

ただ、そういう罪で摘発するには、一度だけの目撃では難しい。証拠固めのため、警察側は何度も黄金町に通った。髪を刈り上げ、革靴を履いていると警戒されるので、簡易髪染めで金髪に染めていったりもした。

「一番、摘発したかったのは大家です。うちはただ貸してるだけですから、そこでなにがあろうと知りません、と澄ましたもので、濡れ手に粟です。直接、女性たちを使っている経営者と違って、罪の意識もない。土地や建物を持ってはいるけど、遠くに住んでいるケースも多いから、もちろん地元意識もないですしね。そういう大家を摘発し、あんたも罪になるんだよ、ということを知らしめることも大事でした」

管理売春、不法入国、不法滞在、風営法……入管も保健所も協力し、法律違反を丹念に見つけて摘発した。一晩に一人の女性が十五、六人の客を取っているケースも少なくなかった。

「働いていた女性の九割方が外国人でした。タイ人が圧倒的多数。あとは、中国、フィリピン、コロンビアなど……。タイ人は自国にいる家族を養い、家を建てる目的で来ているケースが多かったですね。恋愛？　まあ、本気になった男もいたようですね。だけど彼女たちはそんなに甘い気持ちで来てるわけじゃない。黄金町が駄目なら立ちんぼで稼いで、結婚する気でいる男を捨てて帰国、という例も見ましたよ」

黄金町駅周辺は、横浜の空襲被害がもっとも大きかったところ。一帯は焼け野原になり、足の踏み場もないほど遺体が転がり、死臭に満ち満ちていたと聞く。もともとは、その焼け跡で身を売らざるを得なかった日本人の女性たちから、「ちょんの間」は始まった。

日本が経済大国にのし上がると、貧しいアジアの国の女性たちが、代わって立つようになったのである。

interview

満州帰りの千賀子さん

もうねえ、このとおりよ。お客さん、まったく来ない。今日、閉めようか、明日閉めようかという毎日だわね。サントリーオールドのボトル？　ああ、これね。並べてあるだけ。中は空よ。だってバイバイ作戦以来、常連どころかふりのお客さんすら来ない。中身は全部、空なの。空ボトル。

あたしの歳？　九十一歳。長く生きたもんよねえ、大正生まれだもん。

生まれはねえ、伊豆長岡。結婚した人が軍人で、あたしは亭主について満州へ渡ったのよ。何年いたか忘れたけど、終戦は昭和二十年でしょ。八月の九日に、満州から撤退するように、という軍からの指令が来て、あたしたちは朝鮮へ渡ったの。いま、あのあたりは北朝鮮だわね。

昭和十九年生まれの息子と、十五年生まれの娘が一緒だったけど、亭主とは離れ離れ。ちっちゃい子を二人抱えて、そりゃあ心細かったわよ。

朝鮮ではね、日本が戦争に勝ってると向こうが思い込んでたから、丁寧な扱いをされたの。

だけど十五日になって日本の敗戦がわかっちゃった。もうなんとかして日本に戻らなきゃ、たいへんなことになるでしょ。だって朝鮮はほら、日本が植民地にしてたんだから、差別だってあったしさ。仕返しされるんじゃないかと、もう生きた心地はしなかったわよ。

朝鮮司令部から一年分の給料が支給されたから、一年近くそこで食べてはいけたんだけど、その後、司令部に護られて三十八度線を越えたの。もう朝鮮戦争が始まってたのよね。

南朝鮮に渡って米軍のトラックで仁川《インチョン》へ出て、そこから貨物船に乗って日本へ。これが評判の悪い貨物船でね、次々と人が亡くなったの。遺体をね、みんな海に捨てて……ああ、いやだ、ごめんね、思い出したくない。いまでも辛くなって涙が出るから。

いったん、伊豆長岡の実家に戻ったの。遅れて帰国した亭主もやってきて、米とか酒とか釣り針なんかを売る商売を始めたんだけど、鹿児島へ帰ると言い出したのよ。そう、亭主の故郷。だけどね、鹿児島って男尊女卑が強いのよ。そこで暮らすのはいやで、結局、亭主だけ帰ったの。まあだから、それが夫婦の別れになったわけ。

あたしだって、実家にはそう長くはいられなくてね。しばらくしてから子ども二人を連れて横浜へ出たのよ。そういう時代だったの。横浜あたりへ行けば仕事があるんじゃないかって……。

あの頃、若葉町（中区）には米軍の飛行場があって、進駐軍兵士とパンパンがいっぱいいたのよ。バラックもけっこう建っててねえ。二、三人入るといっぱいになっちゃうような小屋で居酒屋を始めたんだけど、まあ、おもしろいように客が入ったわね。

女の子を三人使ってたこともあるのよ。あの子たちも、頑張ってよく稼いでたと思うわよ。もうずっと昔の話だけど……。

いま、店が入ってるこの建物はね、昭和三十二年に建ったの。二階は簡易宿泊所。あ、いま、前の道を足の不自由な人が通ったでしょ、年とった男の人。あの人、生活保護貰って二階に住んでるの。

あたしは別のところに家も買ったし、おかげさまで子どもも立派に育ったし。よく働いたと思うわよ、我ながら。

覚醒剤？　そう、中毒患者がいっぱいいたのよ、ここには。売春とクスリの町というのはほんと。

だけど、怖くはなかったのよ。あの頃、ここを仕切ってたヤクザはね、それなりの秩序を保ってたの。素人には手を出さないとかね。なんというか、仁義も情もあったよね。ヤクザも女たちも麻薬中毒の人も。

悪くなったのはバイバイ作戦の十年くらい前から。

みかじめ料は要求するわ、花を高い値段で売りつけるわで、見境がないの。警察に言いつけると、なぜかそれがヤクザに伝わって仕返しされる。手入れなんか効き目ないわよ。伊勢佐木署をヤクザが見張ってて、手入れの車が出るとすぐ知らせるからね、まずいところを見られないよう、ヤクザはちゃんと準備して待つんだもの。
まあでも、今度は違うわね。道、誰も通ってないでしょ。死んだ町よ、ここは。身を売ってた人を三人知ってるけど、ここで稼げなくなったから、川の向こうで立ちんぼやってる。もう七十歳くらいになってるけどね。うちのお客さんが言ってたけど、福富町（中区）のソープだと三万円するんだって。ここだと一万円で遊べたのよね。それがなくなって困ったけど、立ちんぼがいてくれて助かったって。

あたしね、七年前、腸の癌になったの。手術したのよ。だから、おなかが硬いの。触ってみて。ほらね。最近また転移してるのが見つかっちゃってねえ。だけど抗癌剤なんか服《の》んでない。医者も服まなくていいって言うし。

歳だからね、進行が遅いの。痛くもないしね。それより抗癌剤の副作用が怖いじゃない。糖尿が少し出てるそうだけど、まあこのままにしとこうと。

うちの隣の店だけどね、ちょんの間を追い出して、横浜市が借り上げてさ、女子大生に安く貸してるの。二つ続きの部屋で三万円だって。絵を描いてるそうだけど、役所と親と両方にお金出してもらって、いい御身分だと思うわよ。あたしらからみるとね。

千賀子さんに話を伺ったのは二〇一〇年の九月だった。翌年の六月に、彼女は亡くなった。

interview

台湾から来たTさん

わたしが台湾から日本に来たのは三十年前。三十代のときね。最初は新宿の免税店で働いてたんだけど、五年ほどして横浜に来たの。歳？　いま六十四歳。あ、わたしのことは警察の人から聞いたよね？　ガード下で売春を始めた台湾人第一号よ。あの頃は、店が百五十軒くらいあったねえ。

一九九八年（平成十）に、わたしは店の権利を二千百万円で買ったけど、三、四年で元がとれたね。もっと遅くに買った人たちは、一斉摘発で商売ができなくなって、損をしたと思うよ。店は三軒持ってたの。景気が良かった頃は、女一人で一日五十万くらいも稼いだね。その代わり、三十人くらいの相手をすることだってあるから。

「ちょんの間」は一回二十分ということになってるけど、そこはテクニックでね。五分か十分でイかせるのよ。だから人数こなせるの。まあ、それだけセックスすると、つねってもわかんないくらい感覚がなくなっちゃうけどね。

ヤクザのみかじめ料は一日二千円だったけど、なにしろ数が多いから相当な儲けだよね。おまけにパーティー券とかいうものをしょっちゅう売りつけられる。それが三千円から六千円だよ。

わたしは朝八時半頃に家を出て、夜十時まで客をとったよ。だけどね、どんなに金を出すと言われても「生」はしなかった。「生」なら一回三万円稼げるんだけどね。

バイバイ作戦の前は、熱心じゃなかったよ、警察は。不法滞在の女を教えてやっても捕まえなかったもの。だから今回の一斉摘発は腹がたったけどね、まあ、嫌がらせされるのもなんだから、店はやめて、横浜市に三軒とも貸したよ。三軒八万円でね。

このマンション（伊勢佐木町にほど近い川沿いの２ＤＫ）も買ったし、台湾には三つマンションを持ってるから、もういいけどね。外食もしないでお金貯めたの。しっかりしてるから、わたしは。

Ｔさんは身長百四十八センチ。小柄だが肩がしっかり張っているので、もっと大きく見える。実際に「ちょんの間」をやっていて摘発された女性から話を聞きたい、と伊勢佐木署にお願いしたら、彼女を紹介された。

彼女が所有する横浜のマンションで、話を聞かせてもらった。警察官の立ち合いもなく、二人っきりで。上等な凍頂烏龍茶をご馳走になった。

彼女の紹介者である伊勢佐木署員にも、別の日に会ってインタビューさせていただいた。彼の話によると、バイバイ作戦が始まった二〇〇五年（平成十七）の検挙者は、不法滞在が二十人。内訳は中国人九名、韓国人五名、タイ人五名、フィリピン人一名。売春防止法では計七人。日本人二名、日本人四名（女性の雇い主）、韓国人一名。風俗営業法では日本人女性二名。場所提供では経営者四名。

二〇〇六年（平成十八）は不法滞在が十二名。内訳は中国人三名、韓国人五名、タイ人三名、フィリピン人一名。売春防止法ゼロ名、有印公文書偽造、中国人一名。二〇〇七年（平成十九）、出入国管理法、中国人一名、韓国人二名、インドネシア人一名。売春勧誘、日本人一名。

三年間で検挙した売春婦は三十六名。大掛かりな摘発のわりに人数が少ないように思えるかもしれないが、取り締まりを知って、女性たちが各地へ散っていったからだ。不法滞在も、期間が短い場合は検挙しない。オーバーステイは強制送還。入国管理局が独自に検挙するケースも多々あった。

客が来なくなった「ちょんの間」は撤退するしかない。儲からなければ暴力団も去る。しかしこの段階で少しでも手を抜くとまた元に戻る。現にいま（二〇一八年）でも、この町で「敷金礼金なし、保証人不要、水商売風俗営業可、外国籍ＯＫ」というチラシを目にする。

広範囲にまたがる一帯に、建物自体はびっしりと残った。最終的には民間での再開発を望んでいるというが、市としては、ともかくこの建物や部屋を売春に使われないよう、見張りつつ、別の利用形態で埋めていかなければならない。

行政と町の協議会は一体となり、地域防災地点を現地に次々と開設した。一般の人が参加できるような朝市などのイベントも、毎年、開催した。

警察はもちろんのこと、市民ボランティアによるパトロールも欠かさない。県知事も市長も視察に訪れる。「ちょんの間」のシンボルだった店の庇《ひさし》も片っ端から取り払われた。

二〇〇九年（平成二十一）、横浜開港百五十周年の年には横浜市が借り上げた部屋を管理するNPO法人、黄金町エリアマネジメントセンターが発足。屋根に大きな鷹のオブジェを載せた黄金町交番も開所した。

そして二〇一〇年（平成二十二）に入ると、ここをアートの町に変えるという構想が本格的に始動した。

お行儀の良いアートたち

この時点で黄金町地区をめぐる大改革は数々の賞を受賞している。神奈川地域社会事業賞、安全・安心なまちづくり関係功労者表彰「内閣総理大臣賞」、神奈川建築コンクール「アピール賞」、都市みらい推進機構理事長賞など。その後も、まちづくりや活動に関する受賞歴は続いた。

横浜市は「クリエイティブシティ」を掲げている。企業、経済、観光、文化団体、行政が連携し、文化芸術活動による横浜の新しい魅力を創りだそう、というのがそのコンセプトだ。山下町地区、中華街、元町、大さん橋、日本大通り、新港地区、馬車道といった横浜中心地の華やいだ場所が指定され、歴史的建造物や空きビルなどにアーティストやクリエイターの拠点ができた。黄金町地区もそこへあらたに組み込まれ、黄金町バザールというアートイベントが毎年、開催されている。

二〇〇五年（平成十七）の横浜トリエンナーレでキュレーターを務めた山野真悟氏をディレクターに迎え、横浜市立大の都市社会文化専攻・鈴木伸治氏（現・同大教授）とそのゼミの学生たちも運営に参加。「ちょんの間」だった建物にアーティストが続々と迎え入れられた。まだ「卵」の学生が多かったようだから、アーティスト志望者がほとんどだったかもしれない。

私もご近所だったせいか、拠点になるスタジオのオープニングや座談会などに招かれ、出入りすることになった。その中で、危惧したことがある。

「ここをね、日本のモンマルトルにするのです！」

レセプションで顔を合わせた横浜市の担当者は、かなりのテンションでそう言った。たいへん失礼だが、私は「モンマルトル」という言葉に少し引いた。かなりの違和感も覚えた。

市の人が言った「モンマルトル」とは、ピカソやブラック、アポリネールなどの芸術家を輩出したフランスのモンマルトルである。十九世紀の半ばから、この丘の安アパートに、美術家、劇作家、詩人などが集まって住み、結果的に世界的な芸術家を何人も生み出した。

才能のある人たちが窮乏生活に耐え、互いに刺激しあいながら新しい芸術を生み出していった。自分の才能で世の中を変えるという野望に燃え、従来のアートを壊すのもいとわなかった。急進的で反体制的でもあった。

しかし黄金町は行政が用意したものだ。部屋の持ち主から市が借り上げ、それを格安でアーティストの卵たちに貸す。当然ながら行政が「やってはいけない」というアート表現は禁じられる。少しでも風俗関連を想起させる表現があれば、すぐＮＧだ。

警察がいちいちチェックを入れるものが、果たしてアートと呼べるのだろうか。アートの町にするというのなら、たとえ卵といえどもアーティストとその創作物に、もっと敬意を払うべきではなかっただろうか。それができないというのなら、なぜ「アート」を選んだのか。

「あるアートグループがステップ・ワンというここの活動拠点にピンクのカーテンを掛け、そのカーテン越しに中を見る、という仕掛けをほどこしました。そうしたら、ピンクが『ちょんの間』のイメージにつながるというので警察からクレームがつきましてね。すぐにやめろというう。だけどここのアートグループを率いる人は、実績のある人だった。だからこれに怒りました。アーティストの発想を阻害してはいけないと。だけど警察も引かない。これまで一生懸命やってきたし、メンツもあるでしょうから、そんなことを言うならこの町から撤退するという。ついに、地元住民が間に入り、こんなことじゃあ総理大臣賞を返上しないといけない、と嘆いたのが効いて、アーティスト側が折れました」とは、前出の小林光政さんの言である。

こういうことは多々起きた。

横浜市からではなく、持ち主からじかに店を借り、カウンターバーや喫茶店を始めた人たちがいる。京急黄金町駅にほど近いあたりに、そうした店が数軒、かたまっていた。私も何度か行ったが、暴力団も売春女性も関係していない、普通の店である。しかし警察としては、ともかく飲食業をやってほしくなかったようだ。彼らに対して、圧力と言ってもいいような細かい「ダメ出し」があった。

学生たちが借主の許可を得て二階に集まり、酒代をメンバーから集めただけで警察に踏み込まれ、「酒を出した。違法だ」と決めつけられる。

黄金町プロジェクトに参加した若い「歌人」は、和歌の文句の中に「肛門」という言葉が入っているというだけで警察が飛んできた。「近隣から苦情がいっぱい来ている」ということで、その和歌はひっこめざるをえなかった。私も読んだが、まったく問題のある内容ではなかった。

「でもまあ、参加費を（主催者側から）数万円もらって出展してるわけですから、向こうが駄目

現在の黄金町（2019 年、撮影・大森裕之）

だと言ったら直すしかないですね」

と、その「歌人」は怒った様子もなくそう言った。

何年にもわたる厳しい摘発の成果で、黄金町はたしかに落ち着いた。大岡川の護岸もきれいに整備され、春には見事な桜並木を撮ろうと、橋の上でカメラを構える人が絶えない。川を、色とりどりのSUP（スタンドアップ・パドル・サーフィン）が行き交う光景も楽しい。

しかし、静かすぎる一帯になったのも事実だ。それぞれの建物にはアーティストを目指す人たちが入っているのだろうが、外からは見えない。だから一般の人たちは、一般向けのイベントでもない限りここへ来る用事がない。お行儀のよいアートは、正直に言うと賑わいを生み出すにはほど遠い。

バイバイ作戦が行われている頃、小林光政さんがおっしゃっていたことを思い出す。

「私も含めて、ここを変えるために努力してきた住人たちはね、アートの町というのがベストだとは思っていません。でもいまはこれしかない。見守っていくしかないと思っています。将来的な夢はね、あるのですよ。少なくとも私にはあります」

いま、日本中どこへ行っても、同じチェーン店の看板ばかり目につく。一方で小売店は、そうした大型スーパーや量販店に押され、どんどん消えていく。シャッター商店街は増えるばかり、と小林さんは言う。

「だから、アートの町がいつか職人の町に変わっていったら、素晴らしいと思うのです。昔の日本にはアーティストなんていう言葉はなかった。画家だって彫刻家だって料理人だって、みんな職人と言ったのです。職人芸という言葉があるでしょ。モノづくりの職人は、みんなプロとしての誇りや心意気を持っていました。あの小さな店のひとつひとつに、いろんな職人が入って、その技が創りだしたものを売ったら、あの町はそれこそ、横浜が誇る場所になるのではないでしょうか」

浅草のようなにぎわいがあって、浅草よりもっと洗練された職人街を、私は思い浮かべた。日常使いの物で、大量生産ではない職人技の品々……私のイメージと小林さんの脳裏にあったものは、おそらくそれほど乖離《かいり》していなかったと思う。

ところで、バイバイ作戦に関わっていた警察、役所、町の人などと話すたびに、必ず問いかけてみたことがある。

「ここにいた女性たち、ことに外国人女性たちは、どこへ行ったのでしょう」

答えは、判で押したように「さあ……」だった。そこまでは考えてない、と。

日本がまだ貧しかった明治、大正、昭和初期、海外へ娼婦として売られていった女性たちがいた。彼女たちは「からゆきさん」「ジャパゆきさん」と呼ばれ、行き先はシンガポール、ボルネオなどのアジア各地、満州、ハワイ、北米、アフリカなど幅広かった。なぜ、当時、日本よりさらに貧しかったはずの東南アジアに？　という疑問が湧く。じつはみな、ヨーロッパ列強の植民地である。そこには富裕層も多くいた。

二度と日本に帰れないことも覚悟の上だっただろう。彼女たちの多くは家族を養うため、女衒《ぜげん》と呼ばれる娼婦斡旋業の男たちに買われ、売られていった。開国以来、何度か外国から批判された人身売買だ。

黄金町にいた娼婦はタイ人がもっとも多かった、ということは伊勢佐木署の署員からも聞いたが、昔の「からゆきさん」「ジャパゆきさん」のような、人身売買も行われていたのではないだろうか。そのことが、私の頭から離れなかった。

巡り合わせとは不思議なものである。ちょうどその時、「これでしょ?」と言わんばかりのツアーと出会ってしまったのである。

日本に来たタイ女性たち

タイへ行くのは、このスタディツアーを入れて三度目だ。前の二度はただの観光旅行だったから、寺院を見物したり、メコン川クルーズをしたりバンコクの目抜き通りを埃と排気ガスにまみれて歩いたり、というありきたりのものだった。

しかし忘れられない光景がひとつある。その旅は一九八〇年代前半に行ったものだった。バンコクのホテルで、夕食前になるとロビーで繰り広げられる光景がある。いろんなツアーのコンダクターが、食後のオプションツアー参加者を募っている場面だ。「パッポン！」とコンダクターが声を上げると、そこにたむろしていた大勢の日本人男性たちが一斉に手を上げる。パッポンは有名な歓楽街だ。私も通るだけは通ってみたが、大きなショーウィンドウにボディコンシャスなドレスを身に着けた女性たちが居並んでいる。まさに、飾り窓の女だ。その一、二年前に行った韓国旅行を思い出さずにはいられなかった。

当時、韓国は男性がキーセンを買いに行くところ、というイメージだった。私は夫と二人で行ったのだが、空港でまず驚いた。私たちの乗る便を待つ客たちは、洋酒のボトルを持った日本人男性ばかり。当時、韓国では洋酒が高かったので、キーセンにプレゼントすると喜ばれたのだ。ホテルで朝食の食堂へ行くと、日本人男性と若い韓国女性のカップルばかりだった。話には聞いていたが、私には想像を上回る光景だった。妻や恋人のいる男性も中にはいただろうが、その弾んだ表情からは罪悪感のかけらも感じられなかった。

戦後の接収時代、日本女性がそうであったように、韓国でもタイでも、この女性たちは大きな外貨獲得源となったことだろう。

「売る女がいるから買う男がいるんだよ。女たちだって儲かってるんだもん、正義ぶってあれこれ言うことはないでしょう」

という声は、買春する男性がよく言いたがる理屈だ。しかしそれは、売る女と買う男がまったく対等な力関係で、しかも暴力団などがからむ管理売春でないケースにのみ、言えることではないだろうか。この頃、韓国もタイも、日本とはかなりの経済格差があった。韓国はその後、経済成長がいちじるしく、キーセンツアーなどという言葉はとんと聞かなくなった。黄金町にも韓国人女性の数はそんなに多くはなかったようだ。

ではもっとも多かったというタイ人女性たちは、どういう事情のもとに横浜へやってきたのだろう。そんなことを考えていた時、「タイ北部六日間　スタディビジット」というツアーと出会ったのである。

タイのバンコクに降り立つのも三度目だ。前の二回はドンムアン空港だったが、三度目の今回は二〇〇六年に完成したスワンナプーム国際空港。そのまま機を乗り換えてチェンマイへ。

到着するとすでに夜だった。宿泊するチェンマイプラザホテルは空港から送迎バスで二十分ほど。セブン‐イレブン、レストラン、マッサージ店、カラオケ店などが並ぶ繁華街だ。

長いストレートな黒髪をなびかせ、濃いめの化粧をした女性たちが街角に何人も立っていた。その中の何人かは「オカマ」だと、ツアーを主催したNPOのM氏が囁《ささや》いた。たしかにタイの繁華街は、バンコクを始めとして、女装の男性が多いことで有名だ。しかもみな、本物の女性と見まごうばかりの美女である。

外国人に人気だというタイ東北料理のレストランで夕食をとったが、見た目の良いコース料理など食べたのは、この旅でこれが最初で最後だった。他の日に入った店は、メニューなどないような食堂がほとんど。料理も、ご飯に二、三種類の炒めものを載せて食べる、というじつにシンプルなものだった。後は、訪問先で私たちが日本食をつくって振る舞ったり、タイの家庭料理を振る舞っていただいたり。

翌朝は早起きして朝食を済ませ、八時にチェックアウト。大きめのバンでチェンライへ。車窓の風景は、畑、田んぼ、野原、時々小さな村。一村一品運動というのがあり、こういった村々は、観光客が土産に買う銀細工や籐細工などを、村おこしのために作っているのだという。

正午近い時間にチェンライへ到着した。ここは隣のチェンマイ同様、外国人に人気のリゾート地だ。タイ最北端に位置し、バンコクのような暑さも埃っぽさもない。山岳地帯には少数民族が、ラオスやミャンマーとの国境をまたぐかたちで点在する。世界最大の麻薬生産地と言われた「黄金の三角地帯」もこの三国にまたがる場所にある。

ここで如田《によた》真理さんに会った。彼女は「SEPOM（タイ＝日移住女性ネットワーク）」を二〇〇一年に立ち上げ、チェンライに住んで活動を続けている日本人女性である。国際移住機関（IOM）の調査活動に参加し、日本から帰国したタイ人女性五十人の聞き取りを行ったことから、ケアと支援の必要を痛感し、この組織を立ち上げたという。

タイ人女性の日本への流入が多くなったのは一九八〇年代後半。一九九〇年代前半でピークになった。彼女たちの多くが日本の性風俗産業に取り込まれたというが、その数、フィリピン女性と合わせて約十万人と聞き、私は驚いた。それだけの需要が日本にあったということである。

いったいどういう仕組みでそれだけのタイ人女性が日本へ入ってこられるのか。

まず、タイ人のリクルーターが、地方の村や町で若い女性をスカウトする。狙われるのは、他国で売春してでも家族を養わなければならない娘……だけとは限らない。ちゃんとした仕事だから大丈夫、という言葉を信じて渡日する女性もいる。

タイ人ガイドが観光客を装った日本人と一緒に、「道に迷った」と嘘をついて家を訪れることもある。そして日本人が「親切にしてもらったお礼に、奨学金を出すから娘さんを日本に留学させないか」という魅力的な提案をする。それに騙され、村から連れ出されたケースもあったという。

バンコクへ連れていかれた女性は、待ち構えていたブローカーに引き渡される。日本大使館の窓口にも気脈を通じたものがいるらしく、ビザの申請は誰それのところに並ぶようにと指示される。

リクルーターだのブローカーだのと横文字で語られるが、日本でも昔はこの職業が堂々とまかり通っていた。「女衒」「人買い」と呼ばれていたのがそれだ。十代半ばの娘たちを、年季奉公の仲介名目で買い付け、遊郭に売る。

拙著『花園の迷宮』も、若狭の村から横浜の遊郭へ売られてきた十七歳の少女が主人公だった。時代は昭和初期。買われた金は、本人ではなく親に渡され、本人はそれを、遊郭に対する

「借金」として背負うことになる。

過酷な扱いに耐えかねて逃亡すれば、「借金」を踏み倒したことになる。遊郭が娼妓を生かそうと殺そうと、基本的に警察も助けてくれない。この遊郭は戦後の米軍接収時代、赤線になったが、それ以前と同じく、どんな目にあおうと、彼女たちが国から護られることはなかった。人身売買は明治時代に法律で禁止されたはずなのだが、実態はこういうものだった。タイでも同じことが行われていたのだろう。

性産業に売られたタイ人女性たちが、日本でどんな目にあっていたか。一九九〇年代前半、タイ人女性がらみの殺傷事件が相次いで起きたことから、事態が明るみに出た。

「女性の人権カマラード」という会が編著した『タイからのたより――スナック「ママ」殺害事件のその後』(現代書館)という本がある。タイ人の女性が同じタイ人のスナックママを殺害したという内容だ。場所も年月も名前もぼかしてあるが、実際、日本で起きた事件である。かいつまんで内容を紹介する。

ケーオ(仮名)は極貧の中で生まれ育った。家庭も複雑で、親きょうだいであっても、生きるためには自分のことしか考えられないという環境だった。なんとか小学校だけは出たものの、村には食べていけるような仕事はない。斡旋業の男に連れられて町へ出たが、その男に命じられた仕事は処女専門に買うという中国人に身を売ることだった。

娘の体が金になるというので、実の親までたかってくる。それがあたりまえのような環境だったので、町からバンコクに出て働くようになると、ケーオはせっせと仕送りをした。

二十歳の時、ブローカーに連れられて、同じような境遇の女性数人とともに日本へ。日本の税関もタイから女性が多数入ってくるのに慣れているのか、なんの問題もなく通過した。

日本に着くとタイ人のママに引き渡され、二百五十万円と言い渡された「借金」を返すため、売春に従事した。当初はわりあい自由で、借金も二ヶ月で完済。ケーオは稼いだ金を故郷の親族に送った。タイよりもたしかに、実入りははるかに良かった。ただし変態的行為を求める客も日本のほうがずっと多かった。それに耐えるしかない。

売春行為は心を病ませる。憂さを忘れるため、タイから入ってくるある種の麻薬を常用するようになった。数年後、五十万円でパスポートを手に入れ、タイへ戻ったが、家族はケーオの送金を浪費し、家を建てるなどの堅実なことはしていなかった。

結局、ケーオは再び、日本へと出稼ぎに出た。彼女を成田で引き取ったママは、前の時とは別のタイ人だ。三百五十万円の「借金」をケーオに課した。パスポート、IDカード、その他の持ち物もすべて取り上げられ、おまけに素裸の写真を撮られ、もし逃げたりしたら、ヤクザに命じておまえとタイにいるおまえの家族を殺す、と言い渡された。

ケーオの他に数人のタイ人女性が、狭い部屋に押し込められていた。彼女たちはみな、ろくに食べ物も飲み物も与えられないまま、畑仕事や店の雑役などを毎日、命じられた。

もちろん客はとらされる。生理を止める薬も服まされた。それはタイでの貧しい暮らし以上に過酷なものだった。家族に仕送りをするどころか、飢えや疲労で体調を崩し、逆にタイの家族に薬を送ってくれるよう、頼む始末だった。

些細なことで罰金を科され、借金はどんどん増えていく。逃げたら殺す、と日々、脅される。監視は厳しい。客にどんな残虐なことをされようと文句は言えない。

逃げようにも、必要な書類はすべて取り上げられていた。警察へ駆け込めば、逆にオーバーステイで逮捕される。ケーオのようなタイ人たちは、たいていが違法な入国、滞在をしているのだ。逮捕されたほうがよかったかもしれないのだが、教育も満足に受けず、知識もない彼女たちには、世の中のことなどわかるはずもなかった。

虐待に耐えかねたケーオは、ついにママを殺してしまう。判決は懲役六年だった。ちなみにタイ人によるタイ人ママの殺害事件は他にも数件起きている。

逃げるための妊娠

日本人によるタイ女性買春は、このような事件が頻発しても一向に減らなかった。しかし女性は女性の苦しみを、時代も人種も越えて共有することができる。一九九四年、「女性の人権アジア法廷」が開催され、性差別、民族差別、人身売買などの実態が当事者たちによって語られたことをきっかけに、女性たちを中心にした複数の支援組織が誕生した。

ＳＥＰＯＭもそのひとつだ。創始者の如田真理さんは、二〇〇八年に会を後進に託している。だから私が会った時は、一人でチェンライに住み、タイと日本の混血児たちに関わる問題と取り組んでいた。スタディツアーの一行は、彼女の案内で、ＳＥＰＯＭが支援している八人の女性たちと会った。

当初は彼女たちを含めた村人たちの価値観を変えることがとても難しかった、と如田さんは語る。まずはお金、とにかくお金、というわけで、手当が出るなら会議や勉強会に出る、というのが女性たちのスタンスだった。しかし、ＳＥＰＯＭの目的は彼女たちの自立だ。売春などしなくてもいいように、職能や資格を身につけること。さらに人権意識を持ち、自尊心を回復すること、仲間たちとしっかりした自助組織をつくりあげること。そうした活動のリーダーを育てること、である。

人権教育を受けてこなかった上に、親孝行という仏教の教えに従い、身を犠牲にしてきた女性たちには、それがなかなか理解できなかった。では、それだけ自分の身を犠牲にし、家族のために尽くしてきた彼女たちが、帰国した後、村で尊敬されるか、というと、まったくそうではない。

仏教は女性の貞節を説いている。多数の男に身を売ってきた女は蔑視の対象になり、結局は村に居づらくなって酒浸りになったり、また外国へ売られていく道へ戻っていったりする。

この矛盾は世界のいたるところである。日本もそうだ。横浜の開港時、外国人に対する緩衝材の役目を果たした港崎遊郭の遊女たち、経済恐慌の時代、飢餓の村から売られてきた少女たち、終戦直後、接収された街で「一般の婦女子」を米兵から護るために慰安所に集められた女たち、街に立ってドルを稼ぎ、戦後復興に貢献した女たちを、世間はどんな目で見たか。感謝と尊敬を捧げたか。

否、である。それどころか、「らしゃめん」「女郎」「パンパン」と呼んで蔑視し、そういう女たちがいたことすら、歴史から消そうとした。タイの人々を責めることはできない。

それでも如田さんたちの粘り強い説得で、数年後、彼女たちにも変化が起きてきた。養豚、養鶏、パッションフルーツ栽培、美容師、理容師、マッサージ師の資格取得などが定着しつつある。研修会では、家計簿の付け方、法律の基礎知識、HIVの知識なども学ぶ。

彼女たちに、日本のどこにいたのか尋ねてみた。茨城、和歌山、京都、長野、千葉、東京、神奈川と多岐にわたっていた。性産業に就いていて強制送還された人ばかりではなく、日本人と結婚したが、酷い家庭内暴力を受け、NPOの力を借りてなんとか逃げ出した人もいる。

このグループのリーダーであるシリラットさん（仮名）に農園や養豚所、住まいなどを案内していただいた後、彼女のケースを聞かせてもらった。

スナックママ殺害事件のケーオさん同様、シリラットさんも日本に着くなりパスポートを取り上げられ、丘の上の一軒家に連れていかれたという。見知らぬ国へ着くなり車に乗せられたので、そこがどこなのか、彼女にはわからない。教えてもくれない。茨城県だったということは、後から知った。

その一軒家には二、三十人の女性がいた。あらたな女性が連れてこられたり、数人まとめていなくなったりしたので、数字はあいまいだ。いなくなった女性は別の場所へ転売されたようだ。転売になると、そこからまた、あらたな借金を課せられる仕組みになっているという。

女たちは全員、二階に押し込められ、一階にはボス夫婦が住んでいた。夫は日本人で妻はタイ人だった。その他に見張りのヤクザがいたので、女たちは一切、外出はできなかった。

毎日、車で決まったホテルに連れていかれ、一人が何人もの男の相手をさせられた。そして暴力、暴言での束縛。ここから逃げるには妊娠するしかない、とシリラットさんは思い詰めた。突飛な考えのようだが、おなかの大きな女は使い物にならないので放出された、というケースがあったのを知っていたからだ。

避妊具を使わなければいいだけだから妊娠は簡単だった。しかしおなかが大きくなるまで、周囲の女性たちにさえ知られてはならない。中絶させられるからだ。シリラットさんは太り気味の体形だったから、ほとんど臨月になるまで気づかれなかった。

監禁されている二階の部屋で、彼女は出産した。仲間の女性がヘソの緒を切った。隠し通したため、なんの準備もない過酷な出産だった。シリラットさんは出血多量で意識を失い、病院へ運び込まれた。目覚めて初めて、生まれた赤ん坊が二千五百グラムの男の子で、保育器に入れられていることを知った。

ボスは子どもがいなかったので、その子を欲しがった。ボスの妻はシリラットさんが仕事に行っている間、赤ん坊の面倒をみた。しかしこのままでは、ボス夫婦のために子どもを産んだことになってしまう。シリラットさんは元のように働かされるだけだ。

あんまりだというので、赤ん坊が三ヶ月になった時、同僚の女性たちがお金をカンパし、シリラットさんと子どもを解放するよう、ボス夫妻にかけあってくれた。

おかげでもくろみ通り放出されたものの、赤ん坊を抱えたシリラットさんには行く当てがない。その時、この家にタイの食材などを配達に来ていた男性が助け舟を出してくれた。母子をタイ領事館に連れていってくれたのだ。

タイへ強制送還ということになったが、出発まで母子は、横浜にある「女性の家サーラー」に半月間滞在した。NPOが主宰する女性保護施設だ。家庭内暴力や暴力組織から身を隠す必要のある女性を護ってくれる。タイ人女性はこれまで何人も保護されていたようで、シリラットさん母子も手厚く面倒をみてもらった。外出も自由だったという。

タイ・ジャパン・チルドレン

タイ人の母親と日本人の父親の間に生まれた子どもを、タイ・ジャパン・チルドレン、略してT・J・Cと呼ぶ。沖縄の「アメラジアン」と同じで、当人にとっては「大きなお世話、勝手に位置づけないでくれ」と言いたくなる呼称かもしれない。

二〇〇〇年代に如田さんがSEPOMの活動を通じて調査したところ、その時点で四百三十人ものT・J・Cがカウントされた。

彼らの多くが、日本の米軍接収時に生まれた混血児と同じ問題を抱えている。まずは、母親はどうせ外国人に身を売っていた女だろう、という決めつけと偏見による差別、いじめ。

さらには無国籍。タイには少数民族が多いので、もともと国籍のない人が少なくない。平成十八年六月、サッカー少年十二人とコーチ一人がタイ北部の洞窟に入り、戻れなくなるという事件が起き、世界中の耳目を集めた。幸いにも全員無事に救出されたが、そのうちの少年三人とコーチが無国籍だった。

山岳地帯の少数民族の中には、十二万人にも達する無国籍者がいる。国籍取得には複雑な手続きと年月を要するので、そのままになっているケースが多い。タイ全土だと、政府が把握している無国籍者だけで六十八万人もいるという。

出稼ぎのために村から出た少数民族の女性が、人身売買組織の犠牲になることは多い。働く場所はバンコクのようなタイの都市部だったり、日本をはじめとする海外だったりするのだが、その結果、時としてT・J・Cが生まれることになる。

そもそも母親が無国籍だったり、父親が養育どころか認知もしなかったり、素性がわからなかったりすると、子どもも無国籍になる。そこが日本であってもタイであっても、母親が働いている間、どこかへ預けられたり親戚などをたらい回しにされたりと、過酷な子ども時代を送ることにもなる。

如田さんはチェンライに借りている自宅で、そういう子どもたちを集め、日本語を教えていた。日本で生まれたT・J・Cも多いが、彼らは日本語もタイ語も、同年代の子どもに比べておぼつかない。

さらに如田さんは、無国籍児のために国籍取得の手続きに奔走することもある。

T・J・Cが数人いるという養護施設も、如田さんとともに訪問した。ここも日本人女性が設立に関わっていた。

私はまたもや、横浜の米軍接収時を振り返らずにはいられない。あの頃、混血児も含めて孤児を保護し、一生懸命、育てたのはエリザベス・サンダース・ホームの沢田美喜、聖母愛児園のシスターたち、戦前から女性の自立と児童保護に力を尽くした平野恒子……女性の名が、まず浮かぶ。

自身が子どもを産むかどうかは別として、「生む性」である女性は、社会において弱者である貧しい女性や孤児を、他人事と片づけることができなかったのだ。

人身売買に関して、日本政府がやっと当事者意識を持ち、対策に乗り出したのは二〇〇〇年以降である。

現在の黄金町（2019 年、撮影・大森裕之）

エピローグ

二〇一八年夏、黄金町のアートイベント「黄金町バザール」が、例年通り開催された。オープニングパーティーのご案内をいただいたので、私も顔を出した。雨にもかかわらず、アート関係やNPO関係らしい若い人たちで会場は大にぎわいだった。

私は顔見知りのT氏を見つけ、

「バイバイ作戦からもう十三年もたちましたねえ」

と、立ち話。

「いえ、私らはもっと前からですよ」

T氏が笑いながら言った。

彼は地元で長く商売をしている方だ。「ちょんの間」街の弊害を行政に訴え続け、住民たちの自主パトロールを決行した。それが二〇〇五年のバイバイ作戦へと繋がったのだ。

この日は行政や県警からの来賓もあったせいか、ガード下に警官が何人も立っていた。が、普段はもう、表から見る限り、以前ほど警戒厳重ではない。にぎわいこそまだないが、穏やかな川沿いといった風情である。

しかし、ここの建物の多くは、いまだに横浜市が借り上げ、アーティストに安い家賃で貸している。

「もうそろそろ自主自営になってもいいのではありませんか？」

そう問いかけると、T氏は溜息とともにかぶりを振った。

「いやぁ、それがねえ……」

「なにかあったのですか？」

「まだ気を抜けないのですよ。時々、悪い人が周りをうろついていて……」

「ヤクザとか？」

「う〜ん、売春に誘う人とかねえ」

あいまいに、T氏は苦笑する。

川の向こうはいまでも風俗街だし、あちら側の川岸には「立ちんぼ」の女性もいる。この道を通る権利は誰にでもあるから、それらしい男や女が歩いていたり、ふと佇《たたず》んでいたとしても不思議はない。

「だけど、悪人は一人もここへは戻らせない、立ち入らせない、ということで、地元も警察も行政も決起したわけだからねえ」

悩まし気に、T氏は首をひねった。

たしかに悩ましい。浄化されたこの町に、立ち入ってもいい人間と、そうでない人間を、どうやって見分ければいいのか。売春をする女性もヤクザも以前とは顔ぶれが異なるだろう。町の人たちの意図とは別に、あらたな差別や偏見を生む危険性はないだろうか。

最近、横浜のドヤ街と呼ばれる寿地区に増えてきたのは、心身に障害を持つ若い世代だ。社会には容易に受け入れてもらえない彼らは、生涯、面倒をみてくれる家族でもいない限り、ここしか居場所がない。ここにいる限り「普通の人」との摩擦もかなり避けられる。誰にだって居場所は必要なのだ。

以前、この町の古い簡易宿泊所に泊まったことがある。帳場にいた中年女性の対応は、じつに冷たいものだった。

「あのう、宿泊費は先払いしたほうがいいのでしょうか」

おずおずと尋ねる私を、

「あたりまえじゃない！　金も払わないで泊まろうっていうの、あんた。なに図々しいこと言ってんのよ！」

と怒鳴った。しかしチェックインを済ませて外出し、帰ってきた時はがらりと態度が変わっていた。私は素のままのドヤを体験したかったのだが、この宿を紹介してくれたＮＰＯのスタッフが、取材であることを言ってしまったのだ。

「作家なんですってねえ。テレビにも出てらっしゃるんでしょ？　なにかご不自由なことがあれば言ってくださいねぇ」

帳場さんは満面の笑顔。声のトーンも違う。当時、私はワイドショーのコメンテーターをしていた。おそらく「作家」より「テレビに出ている人」のほうが、効いたのだろう。

簡易宿泊所街は、宿泊というより生活保護を受けて暮らしている人がほとんどだ。周辺にはホームレスも多い。この人たちは一人一人、事情も人間性も能力も異なる。しかし社会からは、ドヤ街の住人、ホームレスという固定概念でしか見られない。肩書、国籍、家柄など、外側についているものだけで、社会はその人への扱いを変える。

他者を理解するのは難しい。異質な生い立ち、性癖、文化、文明を受け入れるのも簡単ではない。しかし日本はいま、労働力として外国人をさらに受け入れつつある。この狭い島国に、これからは様々な人種が溢れる。いや、すでに溢れている。

私は横浜の中心に近いところに住んでいるが、ここはとりわけ外国人が多い。昔の横浜は、山手の洋館に白人が住んでいる、というイメージだったが、いまは違う。アジア、中近東、ソ連、中南米など。とりわけ中国人が多い。近所を歩いていると耳に入ってくるのは中国語。店に入れば店員は片言の日本語。

横浜はやっぱりインターナショナルだなあ、この街に住んで良かった、と、楽しくなる半面、正直に言うと、不安にかられることもある。ここが日本でなくなったらどうしよう……と。

人の心にふと芽生えるそんな恐怖や違和感が政情不安や不景気と重なり、さらに誰かが煽る。それが差別や偏見、ひいては戦争に繋がっていくのではないだろうか。

昔より人権意識は高まっているはずだ。けれども人間の感情は一筋縄ではいかない。心身障害者、高齢者、子ども、女性、外国人移住者などの弱者に対して、社会は確実にやさしくなっただろうか。人権意識に反比例するかのように、弱者への対応が、じわじわと冷たくなっているように私は感じる。

セクシャル・ハラスメントが問題になった時、某大臣は記者団に向かって「セクハラ罪というのが法律にあるのか？ ないだろ？」と言ってのけた。法律の問題ではないはずなのに。

某女性議員は「生産性のない人間（子どもをつくれないゲイ、レズビアン、バイセクシャル、トランスジェンダー）を行政が助ける必要はない」と公言した。普通の女性であっても、不妊症だったり、産めない事情があって子どもを作らない女性はたくさんいる。そういう人も生産性がないと言われるのだろうか。

逆に、ＧＩベイビーを産んだ女たちは、生産性どころか世間から白い目で見られ、生まれた子どもたちも差別や偏見にさらされた。こっそりと闇に葬られた子どもたちもいる。

現代でも離婚、死別でシングルマザーになった女性は寡婦控除の対象になるが、未婚の母は適用外だ。そこにどんな事情があろうが、結婚もせずに子どもを産んだ女は税金面で差別される。それは、子どもに対する差別でもあることに、国は思いを馳せないのだろうか。

なにかといやな方向へ考えが向かいがちの二〇一八年だったが、秋も盛りになった頃、希望がわいてくる展示と出会った。横浜市都市発展記念館で十月六日から十二月二十四日まで開催された「戦後横浜に生きる」という企画展示がそれだ。

「奥村泰宏・常盤とよ子写真展」という副題が付いている。二人の写真家は夫婦だ。両者とも米軍接収時代の横浜を精力的に撮り続けた。奥村泰宏さんの写真集『敗戦の哀歌』には浮浪児、混血児、日雇い労働者、日本人女性と肩を組んで街を闊歩《かっぽ》する米兵など、「基地の街・横浜」が余すところなく写し撮られている。

また常盤とよ子さんの『危険な毒花』『わたしの中のヨコハマ伝説』は、赤線だった中区真金町、そこで働く女性の定期検診を行っている診療所、さらにはチャブヤの女たちまで網羅し、女性写真家が中に入り込んで撮った写真集としてつとに有名である。

それらの写真が並んだ展示は圧巻だった。米兵も女たちも子どもたちも、顔をぼかしたりしていない。この瞬間の人々の気持ちを、表情から想像することができる。やはり圧巻は赤線の女たちだ。ここまで赤裸々な展示を、横浜の市立博物館が敢行したのだ。しかも共催は横浜市教育委員会である。

もうひとつの驚きは混血児の展示に大きなスペースがとられていたことだ。聖母愛児園と大和市にあった「ファチマの聖母少年の町」が、たくさんの写真や当時の保護書類などとともに紹介されている。

この企画を担当したのは学芸員の西村健さんだ。終戦七十周年の二〇一五年、私は西村さんと一緒に聖母愛児園や田村泰治さんを訪れ、取材した。その翌年、都市発展記念館で西村さんの担当による企画展示「焼け跡に手を差しのべて――戦後復興と救済の軌跡」が開催された。焦土の街をさまよう引き揚げ者や戦争孤児。その救済に力を尽くした施設や活動などを紹介したものだ。浮浪児を多く保護した光風園は大きく扱われていたが、混血孤児に関しては、ガラスケースの中にこぢんまりと紹介されているだけだった。

その時、西村さんと交わした会話を思い出す。

「やっぱり混血孤児のことは、このくらいしか出せないのでしょうか?」

「そうなんです。もっとちゃんと出したかったのですけどね、日本人の孤児のことはともかくとして、混血孤児のこととなると、まあ、国際間の問題などもからんで、クレームがいろいろ予想されるので……」

報道番組のディレクター、S氏も同じことを言っていた。番組を作りたくても、現状では難しいと。

しかし、今回の展示では、聖母愛児園にいた子どもたちの顔が、いっぱい並んでいる。

「前回とずいぶん違いますねえ」

私は思わず言った。

「はい。あれからまた、当時の混血児のことをいろいろ取材したのです。聖母愛児園の出身者にも話を聞きました。そうした中で手応えを感じたのです。今回はやれる、いや、やろう、と」

西村さんは立場上、個人の私ではなかなかハードルが高い行政関係の資料など、いろいろと入手なさっている。それを以前から、惜しみなく見せてくださっていた。そして今回も、「大和市史研究　第21号」のコピーを、私のために用意してくださっていた。

聖母愛児園が大和市南林間に開設した「ファチマの聖母少年の町」に関する聞き書きをまとめたものだ。終戦五十周年にあたる平成七年（一九九五）に発行されたもので、編集は大和市役所管理部庶務課。

「ＰＴＡや教育委員会がこぞって、混血児をうちの学校に入れるなと差別した事件なのに、大和市では役所みずから調査して、市の歴史として表に出したのですね」

私がそう言うと、西村さんは大きく頷いた。

「ほんとに、大和市は立派です」

横浜市も変わりつつあるのではないか。今回、このような展示を敢行したのだ。ＮＨＫも取材に来て、この展示は「おはよう日本」という朝の番組で紹介された。都市発展記念館の学芸員Ａ氏のフェイスブックによると、この日は電話が鳴り止まず、対応に大わらわだったそうだ。なんと小学生の団体もやってきたというから、学校や先生の大英断である。子どもたちにどういう解説をしてくださったのだろう。

さらには林文子市長も一人で来館し、ことに混血児たちの写真に見入っておられたとか。

時代は常に変化している。戦争、米軍接収に伴って起きた問題は、高度経済成長に伴って、一時、忘れられた。そんなことはもういいじゃないか、と言わんばかりに、闇に押しやられもした。

しかしそれからまた時を経て、いや、忘れてはいけないことがある、という機運が再び起きてきたのではないだろうか。そうであることを、強く願わずにはいられない。

参考文献

青木冨貴子『GHQと戦った女　沢田美喜』新潮社
井上節子『占領軍慰安所　敗戦秘史 国家による売春施設』新評論
今井清一『横浜の関東大震災』有隣堂
S・マーフィ重松『アメラジアンの子供たち　知られざるマイノリティ問題』坂井純子訳、集英社新書
奥村泰宏（写真）・東野伝吉（文）『敗戦の哀歌　ヨコハマ・フォト・ドキュメント』有隣堂
奥村泰宏・常磐とよ子『戦後50年　横浜再現　二人で写した敗戦ストーリー』平凡社
神奈川新聞『時代の正体』取材班『時代の正体　権力はかくも暴走する』神奈川新聞社
神田道子研究代表『アジア太平洋地域の人身取引問題と日本の国際貢献　女性のエンパワーメントの視点から』独立行政法人国立女性教育会館
恵泉女学園大学平和文化研究所編『占領と性　政策・実態・表象』インパクト出版社
佐木隆三『海燕ジョーの奇跡』新潮社
佐木隆三『ジミーとジョージ　海を越えた国際児たち』潮文庫
桜井達男『検診医』有紀書房
佐野眞一『沖縄　だれにも書かれたくなかった戦後史　上下』集英社インターナショナル
女性の人権カマラード編著『タイからのたより　スナック「ママ」殺害事件のその後』パンドラ
セオドア・コーエン『日本占領革命　GHQからの証言　上下』大前正臣訳、TBSブリタニカ
田村泰治『史論集　郷土横浜を拓く』私家版
朝鮮人強制連行真相調査団編『朝鮮人強制連行調査の記憶　関東編1』柏書房
仲新城誠『翁長知事と沖縄メディア「反日・親中」タッグの暴走』産経新聞出版
平井和子『日本占領とジェンダー　米軍・売買春と日本女性たち』有志舎

福地曠昭『沖縄の混血児と母たち』青い海出版社
松原耕二『反骨　翁長家三代と沖縄のいま』朝日新聞出版
吉村昭『ふぉん・しいほるとの娘　上下』毎日新聞社
村上令一『横浜中華街的華僑伝』新風舎
『愛を育む　創立65年記念誌』社会福祉法人キリスト教児童福祉会 聖母愛児園
『奥村泰宏　常磐とよ子写真展　戦後横浜に生きる』横浜市都市発展記念館
『神奈川県警察史　上・中・下』神奈川県警察本部
『関帝廟と横浜華僑　関聖帝君鎮座１５０周年記念』自在
『黄金町アニュアルレポート』特定非営利法人黄金町エリアマネジメントセンター
『黄金町読本』横浜市立大学国際総合科学鈴木伸治ゼミ編集・発行
『子どもたちと歩んだ日々　かながわ・児童福祉事業の軌跡』神奈川県社会福祉協議会
『「人身売買被害者支援の連携の構築――地域、国境を越えた支援に向けて」調査及び報告』人身売買禁止ネットワーク
『占領軍のいた街　戦後横浜の出発』横浜市史資料室
『千歳市史』千歳市
『婦人公論』昭和二十七年十一月号、中央公論社
『大和市研究　第21号』大和市役所管理部庶務課
『焼け跡に手を差しのべて　戦後復興と救済の軌跡』横浜市都市発展記念館
『横浜華僑の記憶　横浜華僑口述歴史記録集』財団法人中華会館・横浜開港資料館
『横浜華僑婦女會五十年史』横浜華僑婦女会
『横浜市史稿　風俗編』横浜市
『横浜市と米軍基地』横浜市政策局基地対策課
『横浜山手中華学校百年校誌』横浜山手中華学校

その他、多数の文献、新聞、雑誌、論文などを参考にさせていただきました。また、多くの方々に証言、助言をいただきました。心からの感謝を捧げます。

山崎洋子　やまざき・ようこ

1947年、京都府宮津市生まれ。横浜市在住。コピーライター、児童読物作家、脚本家を経て小説家に。1986年『花園の迷宮』（講談社）で第32回江戸川乱歩賞を受賞。小説、エッセイ、ノンフィクション、舞台脚本、演出など多数。小説に『横濱 唐人お吉異聞』（講談社）、ノンフィクションに『横浜の時を旅する ホテルニューグランドの魔法』（春風社）、『誰にでも、言えなかったことがある』（清流出版）など多数。2010年ＮＨＫ地域放送文化賞受賞。

女たちのアンダーグラウンド
——戦後横浜の光と闇

2019年5月30日　第1版第1刷発行

著　者　山崎洋子
発行者　株式会社亜紀書房
郵便番号 101-0051
東京都千代田区神田神保町1-32
電話 (03)5280-0261（代表）
(03)5280-0269（編集）
振替 00100-9-144037
http://www.akishobo.com
印刷・製本　株式会社トライ　http://www.try-sky.com
装　丁　國枝達也
カバー写真　大森裕之
組　版　コトモモ社

伝説の名著、ついに復刊！

天使はブルースを歌う——横浜アウトサイド・ストーリー

山崎洋子

街を彷徨う白塗りの老娼婦、破天荒なブルースマン、知られざる外国人墓地

元ザ・ゴールデン・カップスのギタリスト・エディ藩から、慰霊歌の作詞を依頼された著者。横浜には、訪れる人も少ない外国人墓地があり、戦後、八百体とも九百体ともいわれる嬰児が人知れず埋葬されたという。一体何があったのか。横浜の知られざる闇への旅が、幕を開ける。

黄金町マリア——横浜黄金町 路上の娼婦たち

八木澤高明

日本殺人巡礼

八木澤高明

暗い時代の人々

森まゆみ

沖縄　オトナの社会見学　R18

仲村清司
藤井誠二
普久原朝充

若松英輔のエッセイ集

常世の花　石牟礼道子

種まく人

言葉の羅針盤

言葉の贈り物

生きていくうえで、かけがえのないこと